LA PRINCESSE DE L'AUTOMNE

SHIKANOKO

Livre 2

Du même auteur

Le Clan des Otori

I. *Le Silence du Rossignol* (Folio, n°3907)
II. *Les Neiges de l'exil* (Folio, n° 4082)
III. *La Clarté de la Lune* (Folio, n° 4263)
IV. *Le Vol du héron* (Grand format, Folio, n° 4724)
Le Fil du destin (Grand format, Folio, n° 4932)
Le Clan des Otori (Grand format)

La Maison de l'Arbre joueur (Folio, n° 5731)

LIAN HEARN

LA PRINCESSE DE L'AUTOMNE

SHIKANOKO

Livre 2

Traduit de l'anglais
par Philippe Giraudon

GALLIMARD

Titre original : *The Tale of Shikanoko,*
Book 2, Autumn Princess, Dragon Child
Édition originale publiée par Hachette Australie, 2016

Carte : K1229 Design
Graphisme de couverture : Alex Merto – Illustration : Yuko Shimizu
Poème en épigraphe : *Kobin Wakashû, The First Imperial Anthology of Japanese Poetry*, traduit en anglais par Helen Craig McCullough, 1985

Précédemment dans

L'Enfant du Cerf
Shikanoko, Livre 1

Alors que le puissant empereur des Huit Îles s'apprête à quitter ce monde, deux clans s'affrontent pour désigner l'héritier qui lui succèdera sur le Trône du Lotus. D'un côté, le clan régnant, celui des Kakizuki. Sire Keita, leur chef, peut compter sur la loyauté de Kiyoyori, le seigneur de Kuromori, qui se battra jusqu'au bout pour protéger le jeune Yoshimori, l'héritier légitime du trône. De l'autre, le clan des Miboshi, soutenu par le prince abbé du Ryusonji, beau-frère de l'empereur, qui intrigue pour que celui-ci s'empare du pouvoir.

Kazumaru, un jeune orphelin chassé de ses terres par son oncle qui l'a laissé pour mort, va se trouver malgré lui au cœur de ces complots. Sauvé par un cerf puis recueilli par Shisoku, un puissant sorcier, il devient Shikanoko, l'Enfant du Cerf. La magie noire du sorcier et celle de la troublante dame Tora lui confèrent d'immenses pouvoirs, liés à un masque de cerf, qu'il apprend à maîtriser au fil de ses rencontres : il est enrôlé par un bandit, capturé par sire Kiyoyori qui le prend à son service, s'enfuit avec le sage Sesshin qui lui offre toute sa puissance magique, passe quelque temps auprès du prince abbé, qui veut faire de lui son disciple, puis s'échappe à nouveau lorsque ce dernier lui demande de retrouver le jeune empereur afin de l'éliminer. Celui-ci a réussi à prendre la fuite, emmené par Aki, la Princesse de l'Automne.

Quand il retrouve la trace des fugitifs, Shikanoko, désobéissant à sa promesse, choisit de les protéger. Mais tout bascule lorsqu'il revêt le masque du cerf : le prince abbé prend alors possession de lui et, sous son emprise, Shikanoko s'unit à la Princesse de l'Automne et manque tuer le jeune empereur. Durement châtié, il ne revient à lui que pour découvrir qu'il est seul, à la lisière du Bois Obscur…

Vous trouverez une liste complète
des personnages de l'épopée p. 353.

Je ramasserai
Les perles transparentes éparpillées
Près de la cascade
Et m'en servirai quand la tristesse
Aura épuisé ma provision de larmes.
Kokin Wakashû

La mer du Nord
Kitakami
Kitagawa
Col
Kuroyama
Akuzenji
Rinrakuji
Lac
Kasumi
Aomizu
Nishimi
Le pont
de
l'Arc-en-ciel
Majima
vers
Rakuhara
Kuromori
Kasumiguchi
Sagigawa
Ryusonji
Matsutani
Miyako
Shimaura
Akashi

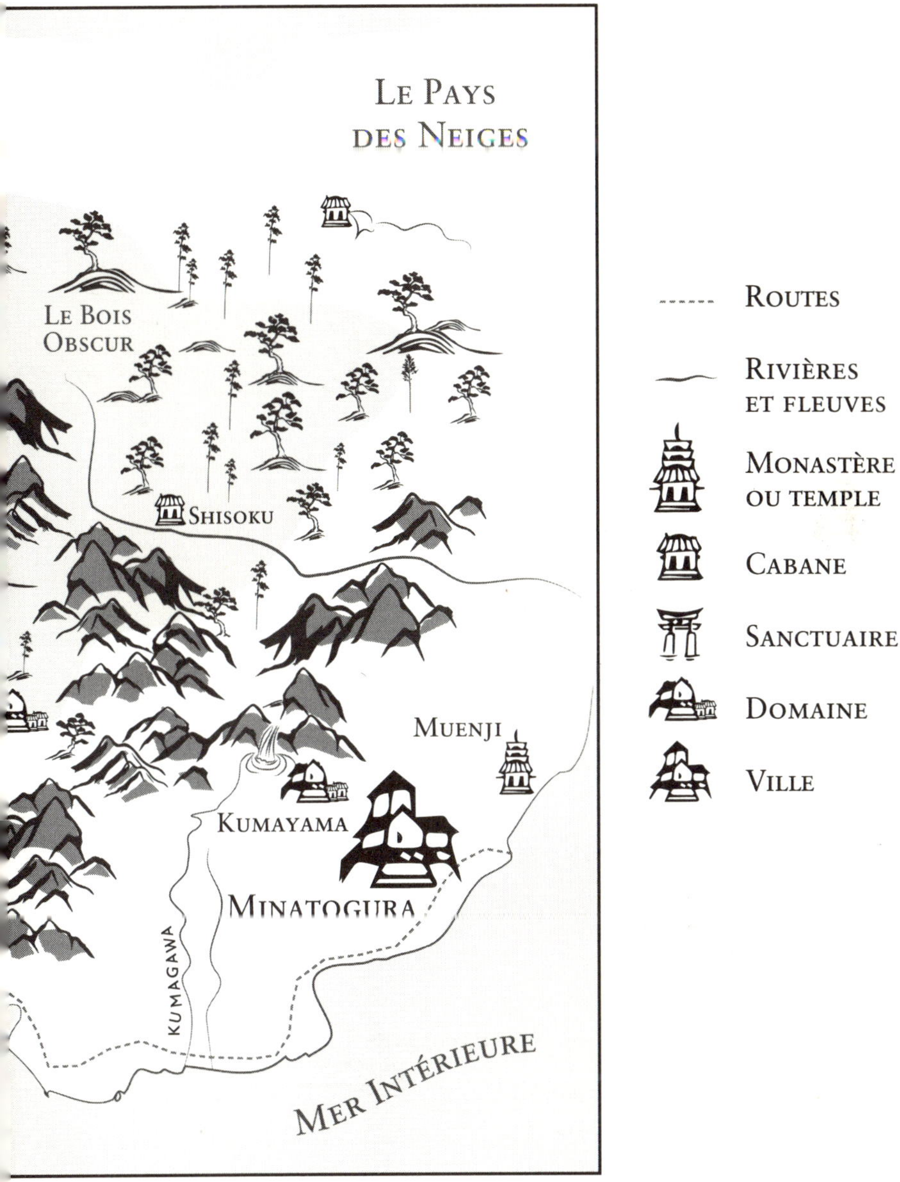
Le Pays
des Neiges
Le Bois
Obscur
Shisoku
Muenji
Kumayama
Minatogura
Kumagawa
Mer Intérieure
Routes
Rivières
et fleuves
Monastère
ou temple
Cabane
Sanctuaire
Domaine
Ville

1
KAZUMARU

Incapable de dormir, en proie à la douleur et à la fièvre, Shikanoko marcha jour et nuit à travers le Bois Obscur. Son corps était tantôt glacé, tantôt brûlant. Il avait l'impression qu'il ne lui appartenait plus. Il flottait au-dessus de lui en le regardant suer et frissonner, et se demandait pourquoi il s'accrochait encore à la vie. Souvent, il avait des hallucinations. Les morts semblaient marcher avec lui, en le sermonnant et en l'accusant. À un moment, il entendit les hennissements stridents des chevaux, sans savoir s'il devait courir vers eux ou les fuir. Ses armes et le sac contenant le masque brisé et le sabre de Kiyoyori lui paraissaient de plus en plus lourds. Un jour, il laissa tout bonnement tomber à terre son propre sabre, son arc et son carquois. Il lui semblait inimaginable de s'en servir à l'avenir. Le lendemain, une odeur de mort le mit au supplice. « Je suis en train de pourrir, se dit-il. Tout est fini. » Il s'appuya au tronc lisse d'un jeune hêtre, puis glissa et s'effondra à la fois et se retrouva assis à son pied au milieu des feuilles desséchées. Autour de lui, la forêt au cœur de l'été résonnait du chant des oiseaux et des appels des insectes. Il aimait cette rumeur, autrefois, il connaissait chaque oiseau. À présent, ce n'était qu'un vacarme pénible qui lui donnait mal à la tête.

Il avait enfoui sa tête dans ses bras, mais en entendant soudain un son étrange, une sorte d'aboiement informe, il leva les yeux. Un animal artificiel, évoquant un loup, se tenait devant lui. Il vit l'éclat bleu de ses yeux de lapis-lazuli, le miroitement assourdi de ses lèvres de cinabre. La netteté de cette hallucination s'ajoutant à sa fièvre le plongea dans le désespoir.

Puis le faux loup lança d'une voix pâteuse, hésitante :

– Bienvenue chez vous !

Et Shika comprit où il se trouvait, et d'où venait cette puanteur de chair en décomposition. Cela faisait plus d'un an qu'il était parti à cheval avec Akuzenji, le Roi de la Montagne, mais il était de retour chez le sorcier Shisoku.

Le faux loup le regarda se relever péniblement, puis il se détourna et s'éloigna d'un pas raide mais rapide. Shika traversa le ruisseau à sa suite, passa devant les sculptures, les peaux en train de sécher, les tas d'ossements, les animaux morts et vivants, jusqu'à la cabane près du paulownia.

Le faux loup s'arrêta devant la porte.

Maître ! appela-t-il.

Il prononçait clairement les voyelles mais ne parvenait pas à articuler les consonnes, ce qui donnait : « Maî-e ! »

Shisoku sortit de la cabane en s'abritant les yeux avec la main.

– Shikanoko ? Pourquoi êtes-vous revenu ? Qu'avez-vous fait ?

Quand le sorcier s'approcha, Shika laissa tomber le sac, qui resta sur le sol comme un oiseau mort, d'où émergeait la poignée du sabre.

– Quel est ce sabre ? À qui appartenait-il ? Il ne faut rien mettre d'autre que le masque dans le sac ! Où est le masque ?

Shika s'entendit répondre :

– Il est cassé.

– Aaaah ! hurla Shisoku comme une mère apprenant la mort de son enfant. Ce n'est pas possible. Aucune puissance humaine ne peut l'endommager. Comment est-ce arrivé ?

Sortant du sac les deux morceaux, il se mit à pleurer.

– Ce sont les chevaux, tenta d'expliquer Shika. Ils m'ont attaqué. Mais ce n'est pas leur faute, moi seul suis à blâmer.

Le visage du sorcier était déformé par la rage et le chagrin. Sans un mot, il se précipita dans la cabane. Shika s'effondra. Il claquait des dents et la fièvre le secouait de violents frissons.

– Vous êtes malade ? demanda le faux loup. Maître, il est malade !

– Qu'il meure ! cria Shisoku à l'intérieur. Il a détruit mon cadeau, ma création. Tout le pouvoir de la forêt aurait pu être à lui, et il l'a laissé perdre.

Le faux loup lança de nouveau :

– Maître, aidez-le !

Et il se mit à lécher le visage de Shika avec sa langue qui semblait celle d'un homme.

Le sorcier apparut sur le seuil. Shika l'entendit s'exclamer :

– C'est extraordinaire ! Cette créature le plaint. Peut-être devrais-je en faire autant. Oui, j'imagine qu'il est à plaindre.

S'agenouillant près du jeune homme, il palpa son front puis, avec une douceur toute relative, examina son bras cassé.

Tandis que Shika pleurait de douleur, Shisoku s'éclipsa. Après ce qui lui parut une éternité, il revint s'agenouiller près du malade. Il lui fit boire une potion qui engourdit suffisamment ses sens pour permettre au sorcier d'aligner les extrémités de l'os brisé.

Shika aspirait au sommeil, à l'oubli, mais chaque

fois qu'il fermait les yeux il se croyait mort, en train de brûler dans le feu de l'enfer, transpercé par des sabres, des poignards, des flèches et des épines, tourmenté par des visions de démons et par une soif insatiable. Il ne cessait de revoir les chevaux déchirant sa chair avec leurs dents énormes, et son corps se tordait de douleur en sentant de nouveau les coups de marteau de leurs sabots.

Du liquide s'échappait de son corps, sueur et larmes mêlées – les eaux du remords.

À un moment, il rêva que dame Tora s'approchait de lui.

– Êtes-vous morte ou vivante ? tenta-t-il de lui demander.

Mais elle posa ses doigts frais sur les lèvres brûlantes de Shika, faisant taire ainsi non seulement les mots, mais les pensées.

Il finit par s'endormir, peut-être plusieurs jours d'affilée, et le faux loup ne le quitta pas un seul instant.

À son réveil, il était dans la cabane. Il entendit Shisoku déclarer :

– Il s'est attaché à lui. C'est la première fois qu'arrive une chose pareille. Je ne m'y attendais pas. Même moi, je n'ai jamais éveillé l'affection de mes créations.

– Vous êtes un plus grand sorcier que vous ne le pensez, répliqua une femme.

Shika se tourna légèrement et vit qu'il s'agissait bel et bien de dame Tora. Elle continua :

– Peut-être est-ce parce que vous l'avez rendu capable de parler. Comment y êtes-vous parvenu ?

Shisoku éclata de rire.

– Je lui ai donné une langue que j'avais coupée dans la tête d'un homme, et j'ai fabriqué des cordes vocales avec des filaments de toiles d'araignée et des tendons.

– Et de qui était-ce la tête ?

– Entre Miyako et Minatogura, il y a eu des morts en abondance l'année dernière. En l'occurrence, il s'agissait d'un guerrier Kakizuki qui s'était enfui dans la forêt et avait succombé à ses blessures. Quand je l'ai trouvé, il était encore assez frais pour servir. Voilà son crâne, sur le mur.

Shika vit le nouveau crâne livide, qui souriait au vide. À côté de lui, le loup poussa un gémissement.

– Shikanoko s'est réveillé, dit dame Tora.

Ils regardèrent tous deux le jeune homme. Leurs silhouettes se détachaient à la lueur du feu et des bougies entourant l'autel. En voyant le ventre énorme de Tora, Shika se rappela qu'elle lui avait annoncé qu'elle donnerait d'autres fils à Kiyoyori. Quel que fût le père de l'enfant, la naissance était imminente.

– Shisoku était très en colère contre vous, déclara dame Tora, mais il vous a pardonné maintenant.

– Vraiment ? lança l'ermite d'un ton dubitatif.

– En tout cas, vous ne tarderez pas à lui pardonner. Mais Shikanoko ferait mieux de nous dire ce qui s'est passé.

Elle demanda au jeune homme :

– Êtes-vous en état de vous lever ?

Il se hissa péniblement sur ses jambes et sortit dehors, en s'appuyant sur ses deux compagnons. Ils le conduisirent au paulownia. Assis entre eux à l'ombre de l'arbre, il leur raconta tout : l'aveuglement de Sesshin et leur fuite dans le Bois Obscur, leur capture par son oncle Sademasa, qui les avait livrés au moine Gessho, le savoir que Sesshin lui avait transmis, l'hiver passé au Ryusonji avec le prince abbé.

– Il y a eu un soulèvement, expliqua-t-il. Enfin, c'est le prince abbé qui l'a provoqué en envoyant ses hommes arrêter le prince héritier, mais ensuite on a prétendu que Momozono s'était révolté contre son père. Il a péri, mais son fils s'est échappé. J'ai été chargé de le trouver et de rapporter sa tête à la capitale. Je l'ai rattrapé alors qu'il était en route pour le Rinrakuji avec Akihime, la Princesse de l'Automne.

– Ah ! s'exclama dame Tora. Je commence à comprendre.

– J'ai tué deux hommes qui voulaient lui faire violence, ainsi qu'au petit empereur. Car c'est vraiment l'empereur, vous savez. Toutes les créatures le reconnaissent. J'étais accompagné de deux faucons magiques, et ils ont su d'emblée que c'était lui. Je les avais appelés Kon et Zen. Zen a tenté de retourner au Ryusonji, et Kon l'a tué. Nous avons chevauché en direction du Rinrakuji, mais nous avons été arrêtés à un carrefour par un esprit. C'était sire Kiyoyori.

– Il est donc mort ? dit dame Tora d'une petite voix.

– Je l'ai rappelé à la vie, déclara Shika.

Il se rappela le pouvoir immense où il avait puisé. Un pouvoir qui l'avait trahi après l'avoir empli d'orgueil et d'arrogance.

– Son esprit est entré dans le poulain qu'attend actuellement ma jument, Risu.

– Il a incité les chevaux à vous attaquer ? demanda dame Tora.

– Oui, et c'est alors que le masque s'est cassé.

Après un silence, il ajouta :

– Le sabre est celui de Kiyoyori. Lui aussi, il est impossible de le réparer.

– Rien n'est impossible à Shisoku, assura Tora. Même s'il obtient parfois des résultats imprévus, comme ce faux loup qui s'est attaché à vous.

« Le loup doit reconnaître ma propre fausseté, songea Shika. Nous sommes pareils, lui et moi. » Mais sa confession n'était pas encore terminée.

– Nous sommes allés dans l'ancienne cabane d'Akuzenji. Je voulais les cacher là-bas.

– On ne s'attendrait certes pas à y trouver l'empereur des Huit Îles, marmonna Shisoku.

Shika continua fermement :

– Mais dans la cabane, seul avec la Princesse de l'Automne, qui me semblait être celle qui m'était destinée, j'ai mis le masque et me suis retrouvé sous l'emprise du prince abbé. C'est entièrement ma faute. Je me suis cru tout-puissant…

– Aha ! s'exclama Shisoku. Il a pu vous enseigner beaucoup de choses, mais pas la fragilité.

Shika aurait aimé qu'il cesse de l'interrompre. Chaque fois qu'il devait recommencer, c'était plus dur.

– Le prince abbé m'a dit de faire avec elle ce dont j'avais envie. Je l'ai fait, alors qu'elle devait devenir une vierge consacrée au culte. Elle s'est enfuie dans la nuit. Au matin, il m'a dit de tuer Yoshimori. Je m'apprêtais à obéir quand le faucon et les chevaux m'ont attaqué. Lorsque j'ai repris conscience, j'étais seul et le masque était cassé.

– Les dieux ont dû être furieux contre vous deux, déclara Tora.

Après un silence, Shika reprit :

– Kon, le faucon magique, était en train de devenir doré. Je me souviens avoir vu le soleil faire briller son plumage.

– Il est sans doute en train de se transformer en

houou, dit Shisoku. C'est l'oiseau sacré qui apparaît dans le pays quand le souverain est juste et béni par le ciel.

– Il doit s'agir de Yoshimori. Il faut que je le retrouve pour le rétablir sur le trône.

– C'est l'affaire des guerriers et des aristocrates, observa Shisoku. Laissez-les s'en occuper et faites-vous sorcier de la montagne, comme moi.

– J'étais d'abord un guerrier, bien avant de devenir un sorcier, répliqua Shika. Remettez donc le masque en état pour moi, et aussi le sabre. Quand ils seront prêts, je partirai à la recherche de Yoshimori.

– Rien ne changera tant que votre pouvoir n'égalera pas celui du prince abbé, intervint dame Tora. Vous allez devoir l'affronter et l'emporter sur lui, aussi bien physiquement que spirituellement. Pour le moment, vous en êtes incapable. Vous n'avez pas de guerriers ni de partisans, pas même un cheval. La première fois que vous l'avez défié, vous avez été vaincu. Il vous a forcé à commettre une faute terrible, dont vous ne vous remettrez peut-être jamais. Les chevaux et le faucon magique, qui auraient dû être vos alliés, se sont retournés contre vous. Vous avez beaucoup à réparer, et encore davantage à apprendre.

– Combien de temps faudra-t-il pour remettre en état le masque et le sabre ? demanda Shika à Shisoku.

– Quand vous serez prêt, ils seront prêts, répondit le vieillard de mauvaise grâce.

– Est-ce une question de jours ou de semaines ?

– Plutôt d'années, assura le sorcier.

– Je ne peux pas attendre aussi longtemps ! s'écria Shika.

À en juger par son impatience, sa guérison était en bonne voie.

Dame Tora prit la parole :

– Vous ne manquerez pas d'occupations. Outre tout ce que vous avez à apprendre, vous allez devoir élever mes fils.

– Ce sera riche d'enseignements, murmura le sorcier.

*

– Les enfants ne peuvent pas venir au monde ici, déclara dame Tora. Au milieu de la magie imprévisible de Shisoku, de tous ces ossements, ces peaux et ces métamorphoses.

– Absolument, approuva Shisoku. Un accouchement, surtout quand il s'agit du Vieux Peuple, crée toujours d'énormes perturbations. Il libérerait toutes sortes de forces incontrôlables. Cela dit, je pourrais peut-être me servir de certaines pour réparer le masque, de sorte qu'il vaudrait mieux que vous restiez dans les parages.

– Il faut que Shikanoko m'aide à construire une habitation, dit-elle.

« Le Vieux Peuple »... Où avait-il déjà entendu ces mots ? Soudain, il se rappela les propos de Sesshin. Juste après lui avoir fait avaler la boulette de pouvoir, il lui avait dit : « Cinq enfants naîtront de cinq pères. Trouvez-les et tuez-les. Ce seront des démons. Elle appartient au Vieux Peuple. »

Ces paroles le hantèrent tandis qu'il édifiait une petite cabane, en suivant les instructions de dame Tora, du côté nord de la clairière, face au sud. Il coupa le bois d'érables au doux parfum et d'yeuses robustes, avec la hache et la scie aiguisées de Shisoku. Ils forgèrent ensemble les clous, en attisant le feu à l'aide de soufflets en peau de cerf.

Shika n'avait encore jamais rien bâti, et le résultat fut légèrement inattendu, comme toujours quand Shisoku se mêlait d'une entreprise. Cependant, il aima tailler le bois pour en faire une demeure humaine. Comme la fabrication d'arcs et de flèches, l'opération avait quelque chose de magique, puisqu'elle transformait les dons de la forêt en une réalité nouvelle. Quand la cabane fut terminée et pourvue d'un toit en roseaux *susuki*, elle avait fière allure.

Shisoku traitait les outils comme des enfants ou des serviteurs. Il ne les décrochait jamais du mur sans leur demander la permission et ne les rangeait jamais sans les remercier. Shika comprit combien tout était lié, dans son monde, combien il connaissait à fond tous les entrelacs et les interstices invisibles. C'était de ce savoir que naissait son pouvoir, son aptitude à défaire et recomposer.

À l'époque où les vers à soie commençaient à filer leur cocon, dame Tora se mit elle aussi à filer. Shika ne savait d'où venaient les fils, peut-être des filaments des toiles d'araignée brillant comme des joyaux dans la brume du matin, à quoi se mêlaient les douces fourrures du ventre des loups et des renards, ou les longues vrilles de la glycine ou de la bryone, les graines du laiteron et du pissenlit, les fibres aussi délicates que puissantes de racines et d'écorces, tout ce qui était souple, extensible et susceptible d'être transformé en fil.

Elle confectionna ainsi cinq cocons, doux à l'intérieur et durs à l'extérieur, qu'elle suspendit aux chevrons de la cabane. Un matin, il apparut que chacun abritait une sorte d'œuf.

Shika n'assista pas à la naissance, et il n'entendit aucun des cris de douleur qui accompagnent d'ordinaire un accouchement. Dame Tora semblait épuisée. Elle ne voulut pas qu'il s'approche d'elle et passa la journée allongée, immobile. Par la porte de la cabane, il sentit nettement une odeur de sang et de jaune d'œuf. Quand le soir tomba, elle lui demanda d'apporter de l'eau et des chiffons, et d'attendre dehors pendant qu'elle se lavait.

Elle lui rendit ensuite le bol en déclarant :

– Donnez-le à Shisoku. Il est plein de pouvoir.

Sa voix était faible, son visage pâle, comme si elle avait perdu une part essentielle de son être. Les jours suivants, elle déclina tandis que les créatures dans les cocons grandissaient.

– Ma tâche sur la terre est terminée, dit-elle à Shika qui la pressait de manger.

Il demanda au sorcier :

– Veut-elle dire qu'elle va mourir ?

Shisoku pinça les lèvres et répondit à contrecœur :

– Telle est la coutume du Vieux Peuple.

– De quel peuple s'agit-il ?

– On l'appelle parfois la tribu de l'Araignée. C'est lui qui habitait ce pays, avant.

– Avant quoi ?

– Avant que des gens comme vous arrivent de Silla avec leurs sabres et leurs chevaux, leurs princes et leurs empereurs.

– Je n'en ai jamais entendu parler !

Il eut soudain un soupçon.

– Êtes-vous l'un des leurs ? lança-t-il.

– Ma grand-mère appartenait à ce peuple. Elle est morte quand mon père est né d'un cocon pareil à ceux-ci. Le père de mon père l'a élevé dans la forêt, comme nous devrons nous-mêmes élever ces enfants. Ils ne seront pas comme des enfants ordinaires.

– Ce seront des démons ? demanda Shika non sans appréhension.

Shisoku sourit.

– Pas des démons. Ils seront différents, c'est tout.

– Et moi ? ne put s'empêcher de demander Shika. Suis-je l'un des leurs ?

– Parce que vous êtes arrivé ici au bon moment ? Parce que vous avez pu devenir l'Enfant du Cerf ? Je me suis parfois posé la question, et Tora aussi. Mais nous n'avions jamais entendu parler de vous, alors que ceux qui restent sont si rares que nous les connaissons tous. Peut-être êtes-vous un sang-mêlé. Ou peut-être, dans votre cas, était-ce simplement de la chance.

– Ou de la malchance, dit doucement Shika.

– En effet. Avez-vous jamais eu affaire à un *tengu* ?

Shikanoko resta un instant silencieux.

– Eh bien ? insista le sorcier.

– Je me souviens vaguement d'une scène de mon enfance, mais peut-être n'était-ce qu'un rêve. Pourquoi ?

– La première fois que je vous ai vu, j'ai senti dans votre vie l'influence des *tengus*.

– Dans mon rêve, si c'en est un, mon père a joué au go avec un *tengu*. Il a perdu la partie, sa vie et Ameyumi, son arc. Il m'avait laissé caché dans l'herbe, mais les *tengus* ont volé au-dessus de moi et m'ont vu. Je me souviens de leurs becs et de leurs ailes.

– Voilà qui est intéressant. Cela pourrait expliquer bien des choses.

*

Quelques jours plus tard, dame Tora leur dit d'entrer dans la cabane. Les créatures ressemblaient maintenant à des bébés humains. Ils étaient désormais trop gros pour les cocons, qu'ils commençaient à déchirer à force de se démener avec leurs mains et leurs pieds.

– Ne devrions-nous pas les aider à sortir ? demanda Shika.

– Non, il faut qu'ils le fassent seuls, afin que nous sachions lequel est le premier et le plus fort.

Deux d'entre eux semblaient sur le point d'émerger. Avant même que le tissu soyeux se soit déchiré, il apparut qu'ils faisaient la course entre eux. Shika constata qu'ils grandissaient à vue d'œil. Quand le premier arriva devant eux, il avait la taille d'un enfant de deux ans et flageolait sur ses jambes incertaines comme les jeunes animaux de la forêt.

– Tu t'appelleras Kiku, dit dame Tora. Cela signifie Écoute. Tu entendras tout. Étant le premier à sortir, tu seras le plus fort et le plus intelligent.

Presque aussitôt après, le deuxième enfant fut lui aussi debout. Il regarda autour de lui d'un air curieux, intrépide.

– Ton nom est Mu, déclara sa mère. À la fois Néant et Guerrier. Tu existeras entre les deux dimensions.

Personne ne te verra. Tu es destiné à t'efforcer sans cesse d'être le premier, mais jamais tu n'auras l'avantage sur Kiku.

Ils avaient quelque chose d'enchanteur. Ils étaient attendrissants, comme des faons ou des bébés singes.

– Venez, dit Shika en les prenant dans ses bras.

La pression de Mu sur son bras cassé le fit à peine souffrir. Il était presque complètement guéri.

Le troisième enfant se glissa hors de son cocon. Dame Tora l'appela Kuro, Obscurité, et lui dit qu'il ferait seul son chemin.

– Comme moi, observa Shika en l'installant sur son genou.

Il y eut une brève pause tandis que les deux derniers enfants, avec plus de difficulté, tentaient d'émerger. Les autres les regardaient avec curiosité, mais sans émotion apparente. Shika sentait la chaleur de leurs corps reposant contre lui dans une confiance totale. Ils étaient ravissants, avec leurs épaisses chevelures noires et leurs membres minces. Il songea aux cinq pères dont les semences s'étaient conjuguées pour les concevoir : Akuzenji, Kiyoyori, Sesshin, Shisoku et lui-même. Il lui semblait inimaginable de les tuer.

L'avant-dernier enfant réussit à se libérer et apparut, l'air épuisé.

– Tu t'appelles Ima : Maintenant, dit dame Tora.

Tu seras au service de tes frères, tu ne connaîtras jamais l'envie ni la déception.

Elle le serra brièvement contre elle avant de le tendre à Shisoku.

– Et toi, tu es destiné à être le dernier, dit-elle au cinquième quand il émergea.

Nettement plus petit que les autres, il ne tint pas debout et ne marcha pas sur-le-champ mais se traîna à quatre pattes, comme un chiot aveugle.

– Ton nom sera Ku. Tu aimeras tous les animaux, et ils t'aimeront et auront confiance en toi. Tu suivras tes frères comme un chien.

*

À mesure que Tora s'affaiblissait, elle répétait qu'elle désirait plus que tout la présence de la nature, l'air tiède sur sa peau, l'ombre changeante, le murmure du ruisseau et la rumeur des oiseaux et des insectes, le ciel nocturne et les étoiles. La naissance des enfants l'avait adoucie, comme si elle leur avait donné toute sa dureté et son ardeur.

À sa demande, Shisoku prit une perle d'ambre clair sur l'autel et la plaça sur sa poitrine. Shika la porta dehors, où elle resta étendue plusieurs jours, sans boire ni manger, mais apparemment paisible. Les enfants jouaient autour d'elle. Ils grandissaient de jour en jour.

– Comment vous êtes-vous enfuie de Matsutani ?

demanda Shika un matin. Nous avons tous cru que vous étiez morte dans l'incendie.

– Je suis destinée à brûler, répliqua-t-elle, mais le moment n'était pas venu. J'ai compris ce que l'épouse de Kiyoyori allait faire. J'aurais fait la même chose, sinon pire. Je suis donc partie, mais en laissant une partie de moi-même, que nous appelons le second moi, suffisamment longtemps pour tromper n'importe quel espion et faire croire que j'étais encore dans le pavillon. Je suis allée chez Shisoku, car ma mission était accomplie. J'avais en moi le don de cinq hommes : le sorcier, le bandit, le sage, le guerrier et le jeune homme qui est ou sera un jour toutes ces choses, comme le seront mes fils, ma petite tribu. J'ignorais que vous reviendriez, mais maintenant que vous êtes là, je vois que je peux vous les confier.

– Lequel est le mien ? demanda Shika.

Ils regardèrent tous deux les enfants.

– Ils sont chacun un mélange, de sorte qu'ils sont tous à vous. Ils sont magnifiques, vous ne trouvez pas ? Je suis heureuse d'avoir choisi de beaux hommes, comme Kiyoyori et vous.

Sa voix et son visage s'altérèrent quand elle prononça le nom du seigneur.

– Que va devenir l'esprit de sire Kiyoyori ? demanda-t-il.

– Je l'ignore. Quand doit avoir lieu la naissance du

poulain ? À moins que vous ne retrouviez vos chevaux, nous ne saurons jamais.

Elle reprit après un silence :

– J'ai vraiment aimé Kiyoyori. De cet amour qui vous unit souvent, vous autres humains, mais que nous n'éprouvons que rarement. Je n'avais jamais connu ce sentiment. Je devrais pouvoir quitter ce monde sans regret, aussi aisément qu'une feuille tombe de l'arbre en automne, mais l'idée de ne jamais revoir Kiyoyori, de quelque façon que ce soit, me remplit de chagrin. C'est pour lui que je me raccroche à la vie. C'est l'effet de l'amour, Shikanoko. Regardez comme le faux loup devient plus réel de jour en jour, parce qu'il s'est attaché à vous. Il frissonne à votre approche et remue la queue dès qu'il entend votre voix. Il a fait de vous son maître, il vit pour votre affection. Mais comme vos saints l'enseignent et comme nous l'avons toujours su, tout attachement rend esclave. Seuls ceux qui sont libres d'attache voient le monde tel qu'il est vraiment, et sont maîtres d'eux-mêmes et de tout ce qui est.

– Ce ne sera jamais mon cas, murmura-t-il. Je n'arrive pas à oublier Akihime. Je suis tourmenté par mon amour pour elle et par le remords affreux de l'avoir trahie. Je sens que je dois quitter cet endroit pour les chercher, elle et Yoshimori. J'ai juré de le rétablir sur le Trône du Lotus. Comment y parviendrai-je si je dois m'occuper de cinq enfants ?

Tora avait fermé les yeux et tourné son visage vers le soleil. Elle dit d'une voix si basse qu'il dut se pencher pour l'entendre :

– Soyez patient. Apprenez aux enfants à devenir humains, afin qu'ils puissent s'adapter à ce monde. Veillez bien sur eux. Quand ils seront grands, ils vous aideront dans votre quête.

Il lui sembla qu'elle avait cessé de respirer, mais il n'en était pas sûr. Sentant une chaleur émaner d'elle, il s'aperçut que les rayons du soleil avaient touché la perle d'ambre sur sa poitrine et mis le feu à sa robe. Les enfants s'arrêtèrent de jouer et firent cercle, en observant la scène de leurs yeux impassibles. Les flammes grandirent rapidement et engloutirent le corps de dame Tora, comme si elle n'était qu'un tas d'herbe sèche. Il ne resta rien d'elle, ni crâne ni ossements, simplement la cendre que Shisoku recueillit et plaça dans une boîte sculptée devant l'autel. Les garçons ne semblèrent pas la regretter ni avoir de chagrin, et même Shika, qui connaissait si bien le chagrin, ne sut comment le leur enseigner.

*

Shisoku prit le sang et les autres fluides de l'accouchement, qu'il répandit sur les deux moitiés cassées du masque avant de les maintenir ensemble avec ce qui restait des fils des cocons. Ils recouvrirent le visage comme une toile d'araignée, dont le gris et l'argent se détachaient sur la laque noire. Le sorcier récita force incantations pour le protéger de nouveau, puis il le posa sur l'autel. Quand Shika s'agenouillait devant lui, il lui semblait entendre les bords se joindre en émettant des bruits presque imperceptibles, comme les os l'avaient fait dans son bras.

Ensuite, Shisoku s'occupa du sabre ravagé. Malgré la chaleur, il augmenta le feu jusqu'à ce que les braises rougeoient. Il envoya les garçons, qui avaient maintenant la taille d'un enfant de cinq ans, chercher dans la forêt les endroits chauds et sablonneux où les serpents allaient muer. Ils dénichèrent plusieurs peaux sèches et parcheminées, aux motifs variés. Kuro, qui manifestait déjà une affinité avec toutes les créatures venimeuses, ramena une vipère vivante. Shisoku lui montra comment maintenir sa tête pour extraire son venin. Il ajouta les peaux au feu, et le venin à l'acier en fusion.

Après avoir tué la vipère, Shisoku l'écorcha avec soin et garda la peau pour recouvrir la poignée, une fois qu'il eut enlevé la nacre roussie. Il martela et ploya inlassablement l'acier, le fit refroidir dans l'eau limpide de la montagne, le chauffa et le fit refroidir de nouveau. Mu se montra particulièrement fasciné par l'opération et en suivit chaque étape avec attention.

La lame du sabre s'imprégna de l'essence du serpent. Shisoku le nomma Jato, le sabre-serpent. Il ne permit pas à Shika de le toucher et le plaça dehors entre deux rochers, autour desquels il attacha une corde de paille blanche.

– Il faut que les éléments trempent l'acier, déclara-t-il. Et nous devons laisser le sabre décider s'il veut ou non de votre main.

Aucun des garçons ne parlait beaucoup, même s'ils comprenaient tout ce qu'on leur disait. Ils étaient minces et élancés, et dotés d'un appétit insatiable. Ils mangeaient avec voracité, pour alimenter leur croissance rapide. Comme la viande avait leur faveur, Shika allait chasser chaque jour et rapportait des lapins et des écureuils, parfois un sanglier – il ne tuait jamais de cerf. Les peaux furent nettoyées et mises à sécher afin de confectionner des vêtements d'hiver, mais dans la chaleur de cette fin d'été les garçons restaient nus. Ils se battaient constamment, en mettant à l'épreuve leur force, leur agilité et leur résistance à la douleur. La nuit, cependant, ils dormaient blottis les uns contre les autres, comme des chiots.

Un soir, Shika vit Kiku se dédoubler. Il semblait agir par réflexe, sans comprendre lui-même ce qu'il faisait. Shika se rendit compte que c'était là le second moi dont dame Tora lui avait parlé. Vers la même époque, Mu devint brusquement invisible et réapparut un instant plus tard de l'autre côté du ruisseau. Ces dons étaient innés. Ni lui ni Shisoku ne pouvaient rien leur apprendre en ce domaine. En revanche, ils les initièrent chacun à ses propres talents.

Shika confectionna des bâtons et leur enseigna les mouvements de base du combat au sabre. Il fabriqua de petits arcs et montra aux garçons comment façonner des flèches. Ils prirent au piège des oiseaux, dont les plumes leur servirent à empenner les projectiles, et ils surent bientôt bander un arc.

Shisoku leur apprit à forger des poignards acérés et d'autres armes. Il leur fit connaître aussi tous les poisons qu'on pouvait trouver dans la forêt, les serpents, l'aconit et la bryone, les amandes de certaines noix, les divers champignons vénéneux.

Comme l'avait prédit sa mère, Ku aimait les animaux, qu'ils soient faux ou réels. En revanche, ils étaient indifférents à Kiku et à Kuro, même s'ils taquinaient sans pitié les créations de Shisoku, en faisant trébucher les porteurs d'eau ou en sautant sur les chiens de garde. Si les animaux réels se rebiffaient, les créatures artificielles étaient dénuées de toute agressivité. Toutefois, Kiku revint un jour avec la joue en sang.

– Votre loup m'a mordu, dit-il.

C'était la plus longue phrase que Shika l'ait jamais entendu prononcer.

En nettoyant la plaie, Shika déclara :

– Cela t'apprendra à le laisser tranquille.

Il se rendit compte qu'il parlait du loup comme s'il était vraiment vivant. Tora avait dit que c'était l'amour qui le rendait plus réel, mais il était aussi devenu agressif, contrairement aux autres animaux artificiels. Maintenant qu'il était comme une créature vivante, il semblait nécessaire de lui donner un nom. Shika décida de l'appeler Gen, ce qui signifiait aussi bien la réalité que l'illusion.

Shisoku n'avait toujours pas autorisé Shika à toucher au sabre, Jato. Au huitième mois, un typhon en provenance du sud-ouest se déchaîna. Le vent déracina les arbres et les abattit. Des trombes d'eau se déversèrent du ciel. Le ruisseau gronda dans la nuit et se rua à travers la clairière. Une bonne partie des animaux artificiels furent emportés. Leurs peaux vides s'accrochèrent aux branches, leurs crânes furent rejetés sur la berge à des lieues de là.

Au plus fort de la tempête, Shisoku lança :

Jato est dehors !

Shika sortit. Le vent le secoua aussitôt avec violence. Un faux chien s'envola devant lui et s'écrasa contre un arbre. Il aperçut le rocher où Jato était posé, mais il était déjà presque englouti. Il crut voir le sabre luire sous les flots déchaînés et se dirigea vers lui en luttant contre le vent, mais le courant entraîna la lame d'acier qui scintilla encore puis disparut, tel un serpent d'eau dans une inondation.

Quand le vent et la pluie se calmèrent, et que le ruisseau retrouva son lit, Shika et les garçons explorèrent la vallée, mais le sabre resta introuvable.

– Il doit être enterré dans la boue et le limon, dit-il à Shisoku après une nouvelle journée de recherches infructueuses.

– Il se montrera lorsqu'il voudra qu'on le trouve, répliqua le sorcier.

Cette pensée remplissait Shika de tristesse et de colère. Il avait rappelé l'esprit de Kiyoyori des portes de l'enfer, il avait sauvé le sabre à moitié détruit. Et voilà que tous deux avaient disparu dans le Bois Obscur, comme s'ils ne l'avaient pas jugé digne d'eux.

À la fin du neuvième mois, Shisoku considéra le masque comme guéri. Même s'il n'avait plus sa perfection d'antan et si l'un des bois restait cassé, il avait des pouvoirs différents, acquis à force de souffrance et de deuil. Shika le rangea dans le sac de brocart. Il avait beau savoir qu'il devrait affronter un jour le prince abbé, il n'en avait aucune envie pour le moment. Il profita des paisibles journées d'automne pour se mettre à forger des objets, avec l'aide de Shisoku et de Mu. Ils fabriquèrent un nouveau sabre, qu'ils appelèrent Jinan, Second Fils, ainsi qu'un casque orné d'une ramure en fer dont l'un des bois était cassé, comme celui du masque, et une armure lacée de cuir teint de garance et d'indigo. Shisoku semblait avoir mis de côté à peu près tout ce dont il pouvait avoir besoin, et il trouvait le reste dans la forêt.

– Auriez-vous l'intention de faire la guerre à quelqu'un ? demanda-t-il à Shika quand l'armure fut terminée.

– À mon oncle, pour commencer. Les garçons ne peuvent pas se contenter de grandir dans la forêt. Ils ont besoin d'un foyer, ainsi que d'une instruction nettement plus complète que celle que je peux leur dispenser. Je vais reprendre Kumayama. Après cela, qui sait ? Peut-être m'attaquerai-je à Kuromori et Matsutani. À moins que je ne me fasse bandit, comme Akuzenji. Si je deviens le Roi de la Montagne et contrôle le commerce de la région, je pourrai assurer la subsistance des enfants.

– Ce ne sont pas des enfants ordinaires, répliqua Shisoku d'un air dubitatif. Il vous sera impossible d'en faire des guerriers.

– Peut-être, mais je ferai en sorte qu'ils me soient très utiles, déclara Shika. J'imagine qu'il me faudra aussi un arc.

– Je vais vous en fabriquer un, promit le sorcier. Vous rappelez-vous à quoi ressemblait Ameyumi ?

– Je me souviens juste qu'il était énorme et que personne ne pouvait le bander en dehors de mon père.

Mais apparemment Shikanoko s'en souvenait mieux qu'il ne le croyait, à moins que Shisoku ne fût capable de puiser dans un savoir caché dans sa mémoire. Quand l'arc fut terminé, Shika eut l'impression d'avoir en main celui de son père. Ils l'appelèrent Kodama : Écho.

– Retrouvera-t-on un jour Ameyumi ? se demanda tout haut Shika.

– Oui, mais ce n'est pas vous qui le trouverez, répondit le sorcier.

2

MASACHIKA

Lorsque Masachika ouvrit les yeux, il découvrit le décor familier de sa maison d'enfance. Ouvrir n'était pas vraiment le mot, songea-t-il, car ses paupières étaient tellement enflées qu'il y voyait à peine. Sa peau était brûlante et irritée et, outre ses démangeaisons, il souffrait des pieds à la tête. Il avait la langue gonflée, les lèvres gercées.

Il comprit où il se trouvait en apercevant la silhouette des montagnes derrière l'unique volet ouvert – les autres étaient clos et barricadés de l'intérieur. Il pleuvait à verse, mais même la faible lumière de la journée humide et du ciel couvert était trop brillante pour lui et irradiait sa nuque d'une douleur pénétrante. Fermant les yeux, il essaya de demander de l'eau.

– Il s'est réveillé, dit une femme.

Il lui sembla reconnaître une voix de son enfance.

– Va le dire à Hironaga.

Il savait que Hironaga était le mari de cette femme. N'avaient-ils pas été pour lui comme des parents adoptifs ? Était-il redevenu enfant, était-il tombé de son cheval ? Il ne se souvenait de rien.

– Que s'est-il passé ? marmonna-t-il.

La réponse ne l'intéressait pas vraiment. Il était certain d'être mourant. Une fureur mêlée de pitié l'emplit soudain. C'était trop tôt, il ne voulait pas s'en aller déjà, si seulement il pouvait rester… Mais vivre était si douloureux. Peut-être valait-il mieux se laisser glisser dans la torpeur de la mort.

La femme porta un bol aux lèvres de Masachika, qui avala d'un trait le liquide tiède, légèrement salé. Sa soif n'en fut qu'en partie calmée. Il avait le gosier brûlant et irrité.

Il entendit des pas. Un homme s'agenouilla près de lui.

– Sire Masachika ? Vous m'entendez ?

La femme avait rangé le bol et s'occupait de baigner son visage avec un linge, dont le contact était frais et apaisant. Il hocha la tête et sentit le linge glisser sur sa peau, puis la femme l'enleva. Il y voyait un peu mieux. Hironaga, un homme d'une cinquantaine d'années aux cheveux gris et au visage buriné, était penché sur lui.

– Nous vous avons trouvé après l'attaque. Nous

cherchions sur le versant des flèches tombées et des chevaux indemnes. Par chance, c'est moi qui vous ai découvert et je vous ai reconnu. Vous êtes resté longtemps inconscient. Ma femme vous a soigné… Vous savez qu'elle vous a toujours aimé comme son propre fils.

– L'attaque ?

Il se rappelait vaguement une charge désespérée du haut du versant.

– Nous nous y attendions. Le jeune Chikamaru, le fils de Kongyo, est venu de Matsutani nous avertir. Les cavaliers Miboshi ont été pris au piège et aucun n'a survécu. Si vous n'étiez pas tombé de votre cheval à mi-côte, vous auriez été tué comme eux. Nous ne distinguions pas grand-chose dans l'obscurité et nous ne vous aurions jamais reconnu.

Il se souvint qu'il était un Miboshi, à présent. Hironaga ne le savait-il pas ? Il fronça les sourcils, perplexe. Il eut soudain très mal autour des yeux.

Les paupières closes, il sentit que quelqu'un d'autre approchait. Cette fois encore, la voix lui était familière.

– Sire Masachika, dit la voix.

Il regarda à travers ses paupières gonflées.

– C'est moi, Kongyo. Vous vous souvenez de moi ?

Il hocha la tête.

– Vous étiez l'ami de mon frère.

– Je suis devenu le chef de ses serviteurs, et j'espère remplir la même fonction pour vous. Nous savons tous que votre père vous a ordonné de rejoindre les Miboshi. On ne peut vous reprocher de lui avoir obéi. Mais quelque chose vous a empêché d'attaquer le domaine de votre famille. Si votre frère, Kiyoyori, est vraiment mort, ainsi que son fils, vous êtes le dernier des seigneurs de Kuromori. Votre père a pris une décision difficile pour préserver la lignée familiale. De quel droit y mettrions-nous fin ? Le ciel vous a épargné. Nous ne pouvions nous opposer à son jugement.

– J'ai plutôt l'impression que le ciel m'a puni, dit Masachika en poussant un gémissement.

– Le ciel punit d'une main et pardonne de l'autre, répliqua Hironaga.

Masachika se rappela que le vieil homme avait toujours été porté sur ces sentences moralisantes. À cet instant, deux constats s'imposèrent à lui. D'abord, il préférait être vivant que mort, malgré sa souffrance. Ensuite, il allait avoir encore une chance. Il referma les yeux et entreprit de se préparer à en profiter de son mieux.

*

Ce n'était qu'une petite forteresse, pas vraiment en état de siège mais s'attendant à une attaque imminente. Il y avait là près de quarante hommes, en proie à l'ennui et à la tension, et constamment affamés. Ils attendaient des nouvelles d'une contre-attaque Kakizuki ou la confirmation de la mort de sire Kiyoyori, mais rien ne venait. On avait brûlé les cadavres des Miboshi et rangé dans l'armurerie leurs sabres, leurs arcs et leurs flèches. Personne ne se présenta pour les venger ni pour châtier la garnison de Kuromori.

Il pleuvait souvent. Ces jours d'été étaient humides et luxuriants. Devant la forteresse, c'était un défilé de paysans chargés de nourriture : œufs, légumes variés de l'été. Chaque jour, un groupe d'hommes gravissait le versant derrière la forteresse pour chasser des lapins et des cerfs.

Les paysans racontèrent que les esprits étaient toujours installés à Matsutani et que personne n'osait franchir l'enceinte du jardin. La végétation était devenue exubérante avec les pluies, au point de recouvrir entièrement la maison.

Masachika put passer de longues heures à réfléchir à ce que l'avenir lui réservait. À mesure que son visage désenflait lentement, la mémoire lui revenait, mais il garda des séquelles des piqûres d'abeille, sous la forme de terribles migraines et de fièvres nocturnes. Même s'il redoutait d'affronter de nouveau les esprits, les déloger devint pour lui une obsession. L'idée que Matsutani tombait en ruines, après tous les sacrifices qu'il avait faits, le rongeait sans relâche. Il ne pouvait s'empêcher de penser à Tama. Il regrettait d'avoir engagé un assassin. Ç'avait été une décision impulsive, dont il se repentait à présent. Il ne savait même pas si l'homme avait réussi, car il n'avait pas eu le temps de s'en assurer avant son départ avec l'armée des Miboshi. Toutefois, par précaution, il fit réciter des prières pour l'âme de Tama dans le sanctuaire de fortune qu'on avait édifié dans la forteresse.

Hironaga et Kongyo, dans la simplicité de leurs idées sur la lignée et la loyauté, semblaient s'imaginer qu'il était de retour non seulement à Kuromori mais dans les rangs des Kakizuki. Ils se trompaient, bien entendu. Il connaissait trop bien la situation dans la capitale. Il savait qui étaient les véritables vainqueurs et n'avait aucune intention d'embrasser la cause des vaincus à ce stade de la guerre. Cependant, il ne lui fut pas difficile de faire comme si ses nouveaux serviteurs avaient raison, et de convenir avec eux qu'ils avaient besoin avant tout d'informations et qu'il était tout désigné pour leur en fournir.

Il joua à la perfection la reconnaissance pour Hironaga, le respect pour Kongyo, l'affection pour sa vieille mère adoptive et la joie d'être revenu dans la demeure de son enfance. Comme autrefois à Minatogura, il se fit aimer de la plupart des hommes, que sa qualité de frère de leur défunt seigneur disposait déjà en sa faveur, en accomplissant toutes sortes de tâches à leur côté avec autant de zèle que de compétence, en se rappelant leurs noms, leurs signes particuliers et leurs exploits.

– Pourriez-vous vous rendre auprès de sire Keita, qui semble s'être retiré avec l'armée des Kakizuki à Rakuhara ? lui demanda Kongyo un matin.

Pour la première fois depuis des semaines, la journée promettait d'être limpide. La saison des pluies touchait à sa fin.

– Il me serait certainement possible de retourner dans la capitale. J'ai bien servi les Miboshi, pendant les années que j'ai passées avec eux. Je pense avoir suffisamment gagné leur confiance. Une fois que j'aurai une idée de la situation, je pourrai en rendre compte à sire Keita, vous envoyer un messager ou revenir moi-même.

– Demandez-lui si nous devons rester ici ou franchir les lignes ennemies pour le rejoindre.

L'un des hommes qui les écoutaient prit la parole :

– Sire Masachika est resté cinq années chez les Miboshi et faisait partie de l'armée qui nous a attaqués. Pardonnez-moi, mais il faut bien que quelqu'un le dise. Pouvons-nous vraiment lui faire confiance ?

– Tsunesada, répliqua Masachika, un homme ne peut oublier ceux auxquels il fut d'abord fidèle. Je brûlais de revenir dans ma vraie famille, surtout depuis que mon frère vénéré semble avoir quitté ce monde. Je suis né Kakizuki, et le ciel a décrété que je redeviendrais Kakizuki.

– Même si les Miboshi règnent sur la capitale et si les Kakizuki sont en exil ? s'obstina Tsunesada.

– Cela ne rend mon choix que plus honorable, observa suavement Masachika.

Tsunesada désigna la pile de rapports que Masachika avait rédigés et qu'on avait trouvés dans la sacoche de son cheval tombé à terre. Comme personne ne pouvait les déchiffrer, ils gisaient depuis des semaines sur le sol de la pièce où les hommes étaient maintenant réunis.

– Que signifient tous ces papiers ?

– Ce sont les registres des guerriers. Ils me les ont dictés, car je sais lire et écrire.

– Maintenant qu'ils sont tous morts, ça ne leur servira pas à grand-chose ! s'esclaffa Tsunesada.

– Ces registres leur donnent l'immortalité. Leurs noms continueront de vivre. Si je les emporte avec moi, ils seront envoyés à Minatogura et leurs familles pourront réclamer un dédommagement.

Hironaga fronça les sourcils.

– Est-ce une habitude des Miboshi ?

– De consigner les choses ? Oui, ils le font sans cesse. C'est la méthode de sire Aritomo pour tout savoir, se souvenir de tout et tout contrôler. On ne peut se fier à la mémoire. Cinq hommes se souviendront d'un même événement de cinq manières différentes, mais les rapports écrits ont une valeur juridique. Aritomo aime ce qui est légal.

Les hommes avaient l'air incertains.

– En les apportant à la capitale, je semblerai sans doute plus convaincant, dit Masachika. Mais brûlez-les si vous voulez.

Tsunesada regarda Kongyo. Le vieil homme déclara :

– J'imagine que Masachika a raison. Il ferait mieux de les prendre avec lui.

Quelques jours plus tard, nanti d'un nouveau cheval et de son sabre, Masachika sortit discrètement de Kuromori avant l'aube et se dirigea vers Shimaura. Mais au lieu de suivre la route côtière de l'ouest jusqu'à la capitale, il obliqua vers l'est pour se rendre à Minatogura. Cela faisait des semaines qu'il avait échafaudé ce plan et décidé qu'il devait soutenir son action en justice pour récupérer Matsutani. Il n'avait pas particulièrement envie d'épouser sa jeune fiancée, mais il le ferait s'il le fallait. Ce n'est qu'ensuite qu'il retournerait à Miyako.

*

Comparée à la capitale à moitié détruite, Minatogura paraissait paisible et prospère, à peine touchée par la guerre. Ses navires s'activaient dans le port, chargés des marchandises que ses riches négociants achetaient et vendaient avec plus d'enthousiasme encore que d'ordinaire. Après la nouvelle du triomphe des Miboshi et de la déroute des Kakizuki, une atmosphère de liesse régnait dans la ville. Dans les bureaux et les tribunaux, scribes et hommes de loi consignaient ces victoires ainsi que les exploits individuels des guerriers, en calculant les récompenses en terres auxquelles ils auraient droit et en désignant ceux des vaincus qui devraient céder ces terres.

Pour se rendre à la demeure de sa famille adoptive, Masachika passa par les rues familières du port puis remonta la pente vers le nord. Il faisait très chaud, le soleil était aveuglant dans le ciel limpide, mais il frissonnait et avait la migraine. Il savait que son affaire devait avoir été jugée, à moins que la guerre n'ait retardé la procédure. Il avait beau se répéter qu'il n'avait pas à s'inquiéter, que le domaine lui avait été accordé à coup sûr, qu'il n'y avait aucun autre héritier et qu'il avait servi les Miboshi avec loyauté, son anxiété persistait. Et s'il avait été considéré comme mort ou, pire encore, comme un traître ? Il ne serait rassuré et tranquillisé que lorsqu'il aurait la confirmation légale qu'il était bien le propriétaire de Matsutani.

Son père adoptif, Yamada Keisaku, accourut vers le portail tandis que Masachika mettait pied à terre et tendait les rênes de sa monture à un palefrenier.

– Vous voilà de retour, sain et sauf ! Nous avions entendu dire que vous aviez été tué lors d'une attaque contre Kuromori. Que le ciel soit loué ! Mon épouse a prié pour vous nuit et jour. Et notre fille… comme elle a pleuré, à la pensée que vous étiez mort et notre famille endeuillée !

Cet accueil chaleureux fut reçu avec froideur. Keisaku était un homme plein de piété et de bonne humeur, qui voulait que tout le monde soit heureux autour de lui, mais Masachika n'avait jamais eu beaucoup de respect pour lui, car il méprisait sa dévotion excessive et son caractère qu'il jugeait superficiel.

Dans la maison, il aperçut sa fiancée, dont le joli visage replet était rouge d'excitation et de joie. Ses larmes rendaient ses yeux encore plus brillants. Il fit semblant de ne pas la voir.

– Y a-t-il des nouvelles du tribunal ? demanda-t-il aussitôt.

– À propos de votre requête ? répliqua Keisaku. Nous voulons que vous sachiez que vous serez toujours notre fils. Nous possédons un domaine à la campagne, plus lointain et moins riche que Matsutani, bien sûr, mais qui sera toujours à vous. Il n'est pas question que vous n'ayez pas de terres.

– Que voulez-vous dire ? lança Masachika.

Keisaku se frotta les mains avec nervosité.

– Je suis désolé de devoir vous apprendre une nouvelle aussi décevante. Malgré ma profonde affection pour vous, c'est à moi qu'il incombe de vous infliger un coup terrible. Acceptez-le comme la volonté du ciel concernant votre vie. Il en sortira assurément du bien, au bout du compte.

– Essayez-vous de me dire que j'ai été débouté ? demanda Masachika, incrédule.

– Votre ancienne épouse, dame Tama, a présenté des documents attestant que son père lui avait légué le domaine, ainsi qu'à son mari. Je veux parler de Matsutani. Aucune décision n'a été prise au sujet de Kuromori, de sorte que j'imagine qu'il vous appartient toujours.

Masachika regarda son père adoptif sans pouvoir articuler un mot. Hisoku avait donc échoué. Non seulement Tama était vivante, mais elle avait osé plaider sa propre cause devant le tribunal. Malgré sa fureur et son indignation, il ne put s'empêcher d'admirer l'audace dont elle avait fait preuve et sentit se réveiller en lui sa passion d'autrefois.

Inconscient du trouble de son futur gendre, Keisaku déclara :

– Dame Tama a une alliée de poids en la personne de l'abbesse du Muenji... Enfin, peu importe les motifs, le tribunal a tranché en sa faveur.

– Mais c'est une femme !

Masachika n'avait rien trouvé d'autre à dire.

– Étant le seul enfant survivant de son père et la veuve du seigneur de Kuromori, ses droits ont paru l'emporter sur les vôtres, répliqua Keisaku. En tant que père d'une fille unique, je ne puis désapprouver tout à fait ce jugement.

– Mais il m'est certainement permis de faire appel ? J'aurais défendu moi-même ma cause, si je n'avais été au loin à me battre pour les Miboshi. Je peux même dire que j'ai manqué y perdre la vie !

– Je ne peux vous répondre à ce propos. Vous pourriez essayer de parler à un dignitaire de plus haut rang. Yukikuni no Takaakira, par exemple. Il est à Minatogura depuis quelques jours. Comme notre modeste domaine borde le sien, il se pourrait que je puisse entrer en contact avec lui.

– Takaakira ? Il s'est attribué l'ancienne maison de Kiyoyori à Miyako.

– Tant mieux, répliqua Keisaku en tentant de sourire. Il se sentira votre obligé.

– Vous croyez ? Une fois qu'un homme vous a fait du tort, il trouve plus facile de continuer. Je ne peux guère compter sur son aide.

– Mon cher fils, ne soyez pas aussi cynique. Je ferai de mon mieux avec lui. En attendant, nous devons placer notre confiance en l'Illuminé et endurer tout ce que le ciel nous envoie.

Masachika ne parvint pas à cacher son irritation. « Ce que le ciel envoie est suffisant, pensa-t-il, sans qu'il faille de surcroît endurer les platitudes des vieillards. »

*

Il essaya de voir Tama, mais il lui fut impossible de pénétrer dans le Muenji. On lui déclara que la noble dame faisait une retraite.

– Pour combien de temps ? demanda-t-il.

– C'est difficile à dire.

– Acceptera-t-elle de me voir, si je reviens dans quelques jours ?

– C'est difficile à dire.

Il dut se contenter de cette réponse.

Son père adoptif entreprit des démarches délicates pour entrer en relation avec Yukikuni no Takaakira, tandis que Masachika attendait avec impatience, en évitant sa fiancée et la mère de cette dernière, et en repoussant toute discussion sur le mariage. D'un coup, Tama lui semblait de nouveau désirable. Il se remémora les premiers jours de leur mariage, l'ardeur et l'empressement de la jeune femme, la terrible souffrance qu'il avait éprouvée en la perdant. Il se persuada qu'elle était toujours son épouse. N'avait-elle pas dit clairement qu'elle voulait qu'il revienne, lors de leur dernière entrevue ? Cette fois, il ne refuserait pas.

Même le souvenir obsédant des esprits ne le décourageait pas. Il les affronterait avec Tama, qu'ils avaient appelée la dame de Matsutani. Il serait à son côté. Ensemble, ils trouveraient un moyen de les apaiser ou de les chasser.

Quatre jours plus tard, on l'informa qu'un messager l'attendait à la porte. Il sortit en hâte et reconnut aussitôt Hisoku, le vaurien qu'il avait engagé.

– Dame Tama souhaite vous voir avant son départ, déclara Hisoku.

Masachika ne put cacher sa surprise.

– Où va-t-elle ? demanda-t-il.

Hisoku le regarda avec insolence.

– Nous partons demain pour Matsutani.

– Nous ?

Ce mot le prit de court. Il ne pouvait se résoudre à admettre tout ce qu'il impliquait.

– Dame Tama a eu la bonté de me prendre à son service.

– Elle se rendra bientôt compte de votre incompétence, répliqua Masachika avec dédain.

Hisoku ne dit rien, mais Masachika vit un muscle de sa joue se contracter. Peu lui importait de s'être fait un ennemi. Il méprisait cet homme et avait déjà décidé de le tuer à la première occasion.

Cependant, il dut le suivre au temple. On les conduisit au pavillon du jardin. Même en ce lieu ombragé près du lac, où un filet d'eau s'écoulait de la source, il régnait une chaleur intenable. Le chant des cigales dans les bois était assourdissant.

Masachika s'avança, tandis que Hisoku attendait sur le seuil. Il observa son ancienne épouse avec respect. Elle semblait à la fois indifférente à la chaleur et pleine d'une autorité nouvelle, paisible.

– Votre retraite vous a fait du bien, déclara-t-il.

Sans relever son ton légèrement sarcastique, elle l'invita d'un geste à s'asseoir près d'elle.

– Vous désiriez me voir ?

– Tama..., commença-t-il.

– Dame Tama, le corrigea Hisoku.

– Pourrions-nous parler en tête-à-tête ? demanda Masachika en tentant de cacher son impatience.

– Qui me dit que vous n'allez pas de nouveau attenter à mes jours ? répliqua Tama.

– C'était une erreur, je vous présente mes excuses...

Il se troubla sous son regard tranquille.

– Pardonnez-moi, dit-il simplement.

Elle lança sans tourner la tête :

– Vous pouvez attendre un peu plus loin, Hisoku.

L'homme recula de quelques pas du côté du lac, mais il ne les quitta pas des yeux.

– Que voulez-vous, Masachika ? demanda Tama.

– Je veux que nous vivions ensemble comme deux époux.

Elle continua de l'observer en silence, puis un léger sourire dansa sur ses lèvres.

– Vous êtes d'accord ? la pressa-t-il. Je peux vous accompagner à Matsutani ?

À présent, elle avait les yeux brillants d'émotion. Il se pencha en avant pour la prendre dans ses bras, mais elle se releva prestement.

– C'est trop tard.

Sur ces mots, elle s'éloigna rapidement sur le sentier longeant le lac.

– Comment ? cria-t-il dans son dos. Vous ne voulez même pas m'écouter ?

– Je crois que dame Tama a clairement exprimé ses sentiments, dit Hisoku en toisant Masachika d'un air triomphant avant de la suivre.

*

Deux jours plus tard, encore tourmenté par les regrets et la colère, Masachika se retrouva face à Yukikuni no Takaakira. Il n'avait pas envie de cette entrevue, qu'il aurait préféré remettre jusqu'à son retour à Miyako, mais son beau-père s'était donné beaucoup de mal pour lui obtenir cette audience, car il tenait à ce que Masachika cherche des soutiens pour faire appel. Toutefois, Takaakira ne se montra nullement disposé à l'aider ni même à l'écouter. Il coupa court aux explications de Masachika en déclarant :

– Peu importe. Ce qui m'intéresse, c'est Kuromori.

– Noble seigneur ?

– Vous êtes parti avec cent hommes. Apparemment, ils sont tous morts, en dehors de Yasuie. Bien que la forteresse soit toujours aux mains des serviteurs de votre défunt frère, non seulement vous avez survécu, mais on vous a permis de vous en aller. Quel marché avez-vous conclu avec eux ? Dans quel camp êtes-vous maintenant ?

Son ton était délibérément insultant. Masachika savait que Takaakira pouvait être aussi charmant que généreux avec ceux qu'il respectait, et il fut blessé de constater qu'il n'en faisait pas partie. Il entreprit de se défendre.

– Je suis un Miboshi, et cela depuis des années. Votre Seigneurie ne se rappelle-t-elle pas mes hauts faits lors des batailles de Shimaura et du fleuve Saga ?

Il lui semblait qu'une fausse modestie n'était pas de mise.

– Je regrette profondément mon échec à Kuromori, mais j'ai été attaqué par des esprits maléfiques qui m'ont fait perdre conscience avant que les combats commencent vraiment.

Voyant que la mention des esprits avait éveillé l'intérêt de Takaakira, il lui fit le récit des étranges événements dont Matsutani avait été le théâtre, depuis la mort de Yasunobu jusqu'aux piqûres d'abeille à l'effet paralysant. Takaakira l'écouta avec attention puis déclara :

– J'ai rarement entendu une explication aussi fantaisiste pour justifier une défaite. Vous n'avez donc pas accepté de jouer les espions pour les Kakizuki et d'essayer de rejoindre Keita à Rakuhara ?

Cette fois encore, son mépris n'échappa pas à Masachika. Dissimulant sa colère, il prit un air repentant.

– Je ne peux rien cacher à un seigneur aussi éminent et aussi sage. J'ai accepté, mais uniquement pour pouvoir m'enfuir et servir de nouveau sire Aritomo. J'ai même emporté avec moi les registres des guerriers qui ont péri. Les hommes de Kuromori me font confiance et me considèrent comme l'héritier de Kiyoyori. Nous pourrions certainement en tirer avantage, non ?

– Il faudra régler un jour la question de Kuromori. En attendant, j'ai une mission à vous confier. Je veux que vous vous rendiez à Rakuhara. Comme tout le monde vous soupçonne d'être un espion des Kakizuki, vous allez retourner auprès d'eux. Simplement, c'est pour nous que vous jouerez les espions. Maintenant que vous avez perdu votre héritage, ce sera une consolation pour vous.

Comme Masachika se taisait, Takaakira reprit :

– C'est une faveur que je fais à Keisaku, car nous sommes voisins. Je sais que vous ne manquez pas de courage, Masachika. Je vous ai vu vous battre. Mais votre caractère intéressé vous rend peu digne de confiance. Je vous donne une chance de vous racheter. Si vous refusez, sire Aritomo vous demandera de mettre fin à vos jours pour réparer votre échec et vous laver des soupçons dont vous êtes l'objet.

– Je ferai tout ce que sire Aritomo et vous-même m'ordonnerez, assura Masachika en se prosternant.

Mais tandis qu'il feignait l'humilité, son esprit cherchait désespérément une stratégie nouvelle qui puisse améliorer sa situation.

– Bien. Vous partirez demain. Ce sera tout.

Takaakira inclina brièvement la tête puis se détourna, mais Masachika n'avait pas envie que l'entrevue se termine à son seul désavantage. Il n'aimait pas l'idée que sa vie et son avenir dépendent entièrement de l'aristocrate.

– Puis-je poser une question ? demanda-t-il en se redressant.

Le seigneur inclina de nouveau la tête, en signe d'assentiment.

Masachika essayait de gagner du temps, ne sachant même pas quelle question poser, mais l'image de la maison dans la capitale s'imposa soudain à lui et il lança au hasard, poussé par son intuition :

– Je crois que Sa Seigneurie s'est installée dans l'ancienne demeure de Kiyoyori à Miyako.

Sentant d'un coup la surprise et la colère de Takaakira, il sut qu'il avait fait mouche.

– Comprenez-moi bien, reprit-il. C'est un grand honneur pour notre famille. Mais sa fille était-elle là-bas ? Aurait-elle survécu ?

– J'ignorais à qui appartenait cette maison, répliqua Takaakira. Je ne savais même pas que Kiyoyori avait une fille. L'endroit était désert. C'est tout ce que je peux vous dire.

Mais quelque chose dans son expression disait à Masachika que le noble seigneur du Pays des Neiges mentait.

3

AKI

Quand Shikanoko fut sorti, Aki resta étendue, tétanisée par le choc. Les larmes remplissaient ses yeux, ruisselaient sur ses joues. Elle ne pourrait jamais devenir une vierge consacrée, maintenant, ce qu'ils avaient fait était ineffaçable. Elle était déchirée par les regrets et par la peur. Les dieux allaient certainement les punir ! Au bout d'un moment, elle prit l'arc en catalpa et alla se laver au ruisseau. Son sang se dissipa dans l'eau froide. Elle frissonnait, sous l'effet non seulement du froid, mais d'émotions encore inconnues. Elle se trouvait autant à blâmer que lui. Le monde avait perdu ses couleurs, il n'avait plus rien d'enchanteur ni de mystérieux. Il l'avait pourtant été, quelque chose s'était produit, comme un sort jeté sur eux deux, le garçon et la fille, et ils avaient été incapables d'y résister.

« J'aurais pu le repousser, pensa-t-elle tandis que

l'eau coulait sur elle. J'aurais pu le tuer. Pourquoi ne l'ai-je pas fait ? » Et elle répondit en elle-même : « Parce que j'avais envie de toucher sa peau, de poser ma bouche sur la sienne, d'être dans ses bras et de le serrer contre moi, j'en ai eu envie dès que je l'ai vu, alors que ces hommes gisaient morts, transpercés par ses flèches. Mais je ne savais pas que ce serait ainsi, tellement brutal, tellement douloureux. Et voilà que j'ai fait exactement le contraire de ce que m'avait dit mon père. C'est irrémédiable. Je suis quelqu'un d'autre, désormais. »

Comme un animal sauvage, elle aurait aimé s'enfuir dans la forêt. Puis elle songea à se tuer, mais elle avait laissé son poignard dans la cabane. Et elle ne pouvait pas abandonner Yoshi. Tant qu'il vivrait, elle devrait vivre aussi.

Il se mit à pleuvoir. Elle ne voulait pas retourner dans la cabane, mais elle avait besoin de mettre de l'ordre dans ses idées. Elle se leva donc, ramena sa robe sur elle et se rendit dans la caverne, où les chevaux étaient attachés à de longues cordes.

Nyorin était debout. Il hennit doucement quand elle approcha. Ils avaient dû être agités pendant la nuit, car ils avaient enjambé plusieurs fois les cordes et s'étaient emmêlés. Elle les détacha et dénoua les cordes, puis elle se coucha près de la jument, dans le berceau de ses jambes, la tête sur son ventre. Il lui sembla entendre battre le cœur du poulain. L'esprit de sire Kiyoyori avait-il vraiment pu en prendre possession ? Elle se rappela les rares fois où elle l'avait vu, aussi imposant que courageux. Combien son destin avait été misérable ! Elle avait envie de pleurer. Dehors, les gouttes ruisselaient sur les rochers et les arbres autour de la caverne. Ce bruit était doux, apaisant. Nyorin tapa du pied. Risu poussa un hennissement.

Ses pensées commencèrent à dériver. Soudain, elle rêva à des singes. En entendant quelqu'un crier son nom, elle se réveilla.

– Akihime !

Nyorin hennit bruyamment et Risu entreprit de se lever péniblement.

– Akihime ! appela-t-il encore.

Elle n'avait pas envie de le retrouver. Comment pourrait-elle soutenir son regard ? Pendant un moment, elle se déroba, elle écouta le chant des oiseaux de l'aube, le ruissellement régulier de la pluie, le murmure du ruisseau. Néanmoins, elle voulait le voir. Elle se dirigea vers la sortie presque malgré elle, les doigts crispés sur son arc.

Elle vit la silhouette masquée émerger de la cabane avec Yoshi. On aurait cru un être sorti d'un rêve, ou d'un lointain passé magique. La ramure le grandissait, lui donnait de l'autorité, et ses mouvements n'étaient pas ceux d'un humain ni d'un animal mais respiraient la force et le pouvoir.

Incrédule, elle vit le petit garçon s'agenouiller, le sabre se lever, comme si elle continuait de rêver. L'espace d'un instant, elle resta figée sur place. Les chevaux à côté d'elle se tenaient eux aussi immobiles, les oreilles tendues en avant, les yeux stupéfaits. Puis elle souleva l'arc de catalpa et pinça sa corde, elle entendit le cri du faucon magique et d'un coup, comme obéissant à ce signal, les chevaux jaillirent de la caverne, d'abord Risu puis l'étalon.

Aki les suivit en courant et les regarda attaquer Shikanoko.

Elle crut qu'ils l'avaient tué. Secouée de sanglots dans son chagrin, sa stupeur et sa rage, elle courut vers Yoshi et le serra contre elle. Kon voletait autour d'elle en prononçant des mots qu'elle ne comprenait pas. Yoshi se cramponnait à elle, tremblant. Il marmonna quelque chose.

Aki se pencha pour l'entendre.

– Que dites-vous ?

– J'ai été courageux, n'est-ce pas ?

– Très courageux.

– Shikanoko allait-il me couper la tête ?

– Oui ! hurla-t-elle.

Puis elle tenta de se maîtriser, pour le bien de l'enfant.

– Pourquoi ? demanda-t-il. Je croyais qu'il devait nous protéger.

– Je le croyais aussi. Mais il est au service d'un homme très puissant, qui veut votre mort. Shikanoko est contraint de lui obéir.

– J'avais de l'affection pour lui, déclara Yoshi d'un air triste.

– De l'affection, *de l'affection* ? Qu'est-ce que cela veut dire ? lança Aki.

Le mot lui semblait ridiculement faible.

– Heureusement, une autre force veille sur vous, reprit-elle. Le ciel lui-même vous protège. Mais il faut que nous partions d'ici.

– Et lui, nous l'abandonnons ?

Les paupières de Shikanoko battirent brièvement, il poussa un cri de douleur mais ne reprit pas conscience. Yoshi baissa les yeux sur lui.

– Ne devrions-nous pas le soigner ?

– Il allait vous tuer, dit Aki. Il essaiera de nouveau.

– Nous devrions aimer nos ennemis, s'obstina Yoshi.

– D'où tirez-vous une idée pareille ?

Aki se demandait si elle ne devrait pas achever Shikanoko, avant qu'il ne revienne à lui.

– J'ai entendu le vieillard du bateau le dire aux musiciens. Cela m'a plu.

– Je me souviens de lui…

Ce souvenir semblait appartenir à un autre monde.

– Je ne veux pas qu'il y ait encore un mort ! s'exclama Yoshi.

Il était au bord des larmes.

Venez, dit elle doucement. Nous devons partir avant qu'il ne se réveille. Nous laisserons le ciel s'en occuper. Allez chercher Genzo et mon poignard, pendant que je prépare les chevaux.

Il hocha la tête, regarda encore Shikanoko d'un air inquiet puis se dirigea vers la cabane, suivi du faucon magique. Aki remarqua que l'oiseau avait plus de plumes dorées que jamais. Elles scintillaient à travers la pluie.

Les chevaux s'étaient calmés. Ils baissèrent la tête vers leur maître inconscient et respirèrent son odeur. Après quoi, ils suivirent docilement Aki dans la caverne et attendirent, tandis qu'elle se débattait avec les selles et les brides. Quand Yoshi revint, elle glissa son poignard dans sa ceinture et attacha le luth dans son dos. Il lui sembla entendre l'écho presque imperceptible de la chanson d'amour.

« Traître, lui dit-elle en silence. Je devrais vous brûler ! »

Elle hissa Yoshi sur le dos de Risu.

– Vous n'avez pas à tenir les rênes. Je vais les nouer sur son cou et je vous guiderai.

– Je sais monter à cheval, répliqua-t-il. De toute façon, Risu ne permettra pas qu'il m'arrive du mal.

Aki fut surprise qu'il connût le nom de la jument.

– Comment s'appelle l'étalon ? demanda-t-elle.

– Nyorin. Cela signifie : l'argent. Et le nom du faucon magique est Kon : l'or. C'est drôle, non ? Argent et or.

– Vous écoutez donc tout et vous vous en souvenez ?

Il hocha la tête.

– Je comprends la plupart des choses, mais parfois pas tout de suite, il faut d'abord que j'y réfléchisse un moment.

« Il sera un excellent empereur, se dit Aki. Et il aura vu ce qu'est la vie, comme aucun autre souverain avant lui. »

– Où allons-nous, maintenant ? demanda Yoshi tandis qu'elle se juchait non sans peine sur Nyorin.

L'étalon était beaucoup plus grand que la jument, mais il attendit patiemment et ne bougea pas avant qu'Aki se soit mise en selle et ait pris les rênes.

– Je ne sais pas exactement, répondit Aki.

Elle tenta de mettre au point un plan. Ils avaient les chevaux, le faucon magique – s'il ne les trahissait pas en retournant au Ryusonji – et le luth perfide. Elle avait son poignard et son arc en catalpa, et elle connaissait un peu les plantes et les graines de la forêt. Cependant, ils ne pourraient s'y cacher indéfiniment, en tout cas pas en hiver, même s'il ne serait pas là avant six mois. Elle décida de chevaucher vers le nord en évitant les routes, afin de se rendre au Rinrakuji, comme son père le lui avait dit. Peut-être y avait-il là-bas des survivants qui pourraient l'aider. Sinon, ils pousseraient jusqu'à Kitakami, d'où ils suivraient la rive ouest du lac en direction de Nishimi.

– Je vais vous montrer l'endroit où je vivais petite fille, déclara-t-elle à Yoshi.

Nishimi était plus proche du lieu d'exil des Kakizuki. Là-bas, elle trouverait les hommes et les armes dont Yoshi allait avoir besoin.

Elle expliqua son plan à voix haute, comme si elle s'attendait à ce que le faucon magique et les chevaux comprennent, en laissant Nyorin avancer à sa guise. Il entreprit aussitôt de remonter la vallée vers l'est. Elle aurait cru qu'ils devraient se diriger vers le nord, mais la vallée devenait plus étroite et la forêt plus touffue, de sorte que l'est était la seule direction possible. À moins de rebrousser chemin – mais c'était exclu, tant elle redoutait de retrouver Shikanoko mort.

Au bout de deux heures, la pluie cessa. Le soleil était maintenant haut dans le ciel et ses rayons perçaient les nuages. Il commençait à faire très chaud, la terre fumait autour d'eux. Les chevaux firent halte dans une clairière herbeuse, où le ruisseau montagnard formait une série de mares remplies de joncs et de tiges de lotus. Ils burent longuement avant de se mettre à brouter l'herbe haute.

– Apparemment, nous allons nous reposer un peu, déclara Aki en se laissant glisser du haut de sa monture.

Elle tressaillit de douleur et remarqua qu'elle avait laissé des traces de sang sur la robe argentée de l'étalon. Elle aida Yoshi à mettre pied à terre. Un pigeon roucoulait dans la forêt, et elle entendit les sifflements mélodieux d'un oiseau – peut-être un gros-bec, se dit-elle, même si elle ne le connaissait qu'à travers des poèmes.

– Qu'allons-nous manger, grande sœur ? demanda Yoshi.

– Bonne question. Nous pourrions toujours manger de l'herbe, comme Risu et Nyorin.

Yoshi arracha quelques brins, les fourra dans sa bouche et les mâcha un instant bravement, avant de les recracher.

– Non ? dit-elle. Il faut que je voie ce que je peux trouver d'autre. Restez ici, sous cet arbre, et ne perdez pas de vue les chevaux. Il ne faut pas qu'ils s'éloignent trop. Et veillez sur Genzo.

S'avançant en pataugeant dans l'une des mares, elle arracha les roseaux et les jeta sur la berge derrière elle. La boue était fraîche et faisait du bien à ses pieds. De petits poissons passaient comme des flèches dans l'eau trouble, mais elle n'avait rien pour les attraper. Elle aperçut plus loin une lueur d'or au-dessus du ruisseau. Kon s'envola en poussant un cri rauque, avec un petit poisson *ayu* dans ses serres.

– Apportez-le à Yoshi ! cria-t-elle.

Mais Kon volait déjà vers l'arbre. Il revint et pêcha un autre poisson. Aki avait mal au ventre rien qu'à l'idée de manger. À quand remontait leur dernier repas ? Elle ne s'en souvenait plus.

Elle coupa les racines succulentes des joncs et en mâcha une. Le gros-bec se remit à chanter et cette fois elle le vit, gris et noir, qui volait vers un rocher dans le ruisseau. Un hochequeue répondit, puis de la musique s'éleva sur le fond des chants d'oiseaux. Genzo était en train de jouer, la même chanson d'amour que la nuit précédente, en réveillant le désir et la peur qu'elle avait tenté d'oublier.

– Je vais fracasser ce luth ! s'écria-t-elle. Trésor impérial ou pas !

Elle courut vers l'arbre où elle retrouva Yoshi, assis en tailleur. Kon arrachait des morceaux de poisson et le nourrissait comme un oisillon. Les ornements du luth étincelaient au soleil tandis qu'il jouait.

Et autour d'eux, exactement comme dans le rêve d'Aki, une dizaine au moins de singes étaient assis en demi-cercle. Leur fourrure était grise, leur visage rose et leurs yeux verts.

Elle s'immobilisa. N'ayant jamais approché de si près des singes sauvages, elle n'était pas sûre de leur réaction. Elle ne voulait pas qu'ils l'attaquent, mais n'avait pas non plus envie de les mettre en fuite. Était-ce le luth qui les avait ensorcelés, ou Yoshi ? Reconnaissaient-ils en lui à leur façon l'empereur divin ? C'était logique, réfléchit-elle, toutes les créatures devraient le reconnaître, puisque le véritable empereur était le lien unissant le Ciel et la Terre. C'étaient ses prières et ses rituels qui assuraient leur équilibre harmonieux, dont dépendait le bien-être des singes aussi bien que des humains.

Un usurpateur sur le trône provoquerait des désastres et des catastrophes, tels que tremblements de terre, épidémies, incendies et inondations. Peut-être était-ce déjà le cas dans la capitale. Aki n'avait aucun moyen de le savoir. La forêt était si paisible, les oiseaux chantaient, l'herbe luxuriante était parsemée de fleurs sauvages aux couleurs vives.

En apercevant Aki, Yoshi s'écria :

– Regardez, grande sœur ! Des singes !

Elle se rappela qu'il s'était exclamé ainsi lors du marché de l'île de Majima, près du pont de l'Arc-en-ciel, en voyant le garçon qu'il avait tant admiré avec ses amis singes. Et elle-même avait rêvé à des singes. Était-ce le signe que le destin les avait réunis ici à dessein ?

Au centre du demi-cercle, une grosse guenon allaitait un bébé. Elle donnait une impression d'autorité, et Aki s'approcha d'elle avec déférence. Genzo cessa de jouer et les singes tournèrent tous la tête en jacassant doucement. Aki tomba à genoux comme devant une dame de la cour ou la princesse héritière en personne, leva l'arc en catalpa puis le reposa, avant de s'incliner jusqu'au sol. La souveraine des singes tendit la main et gratta avec douceur la tête de la jeune fille, dont elle saisit les doigts pour les renifler. Puis elle se rapprocha d'elle, en faisant passer le bébé à son autre sein, et entreprit d'épouiller les cheveux ras d'Aki.

La jeune fille se laissa faire sans bouger. Elle sentait un accord profond, au-delà des mots, entre elle et la vieille guenon, une acceptation, l'assurance de recevoir soutien et protection. Soudain, des larmes lui montèrent aux yeux. Sous les doigts si doux, elle finit insensiblement par s'étendre sur le sol. Elle entendait les chevaux brouter l'herbe. À travers les frondaisons, le soleil dessinait des motifs de feuilles sur ses paupières closes. Les singes jacassaient entre eux. Yoshi se mit à rire. Kon répondit par un cri presque mélodieux.

La journée s'écoula. Au crépuscule, ils suivirent les singes jusqu'à un endroit où de l'eau chaude bouillonnait dans des mares bordées de rochers. C'était là que vivaient les singes. Yoshi n'aspirait qu'à rester avec eux, et Aki ne put le lui refuser.

4
TAKAAKIRA

Cela faisait plusieurs mois que Takaakira gardait cachée la fillette dans la demeure où il l'avait trouvée. À son retour de Minatogura, il avait entrepris de nouvelles recherches et découvert que la maison avait bien été la résidence de la famille de Kiyoyori dans la capitale, comme le lui avait dit Masachika. La fillette devait être la fille de Kiyoyori.

En l'apprenant, il fut à la fois furieux et surpris de sa propre ignorance. Lui qui se targuait de connaître tous les secrets de la ville, comment avait-il pu ne pas voir ce qu'il avait sous les yeux ? Kiyoyori avait beau n'être qu'un guerrier provincial, son soutien inébranlable au prince héritier, sa mort pleine de noblesse, la disparition mystérieuse de son fils et les légendes qui se multipliaient à leur sujet, tout cela faisait que son nom n'était nullement oublié. Le prince abbé, dont le pouvoir n'avait fait qu'augmenter depuis qu'il était l'oncle de l'empereur, haïssait le défunt Kiyoyori encore plus que de son vivant.

Takaakira avait assuré à Masachika que la maison était déserte. Cependant, en se rappelant son expression, il se sentait mal à l'aise. Il ne voulait pas que Masachika ait une quelconque emprise sur lui. C'était l'oncle de la fillette, après tout. Comment l'empêcher de retourner dans son ancienne demeure et de la découvrir ? La reconnaîtrait-il ? Ressemblait-elle à son père ? Pourquoi l'avait-il soudain interrogé sur la maison ? Avait-il une raison de soupçonner que la fille de Kiyoyori avait survécu ? Le risque d'être trahi par Masachika ou un autre commença à troubler Takaakira. Il devait soit la cacher ailleurs, soit la tuer lui-même. Si quelqu'un la découvrait, elle serait torturée et mise à mort, et lui… il préférait ne pas imaginer le châtiment qu'Aritomo lui réserverait.

Il savait qu'il n'aurait jamais le courage de la tuer. Elle l'enchantait chaque jour davantage par son intelligence et son esprit, pour ne rien dire de sa beauté qui serait bientôt celle d'une femme. Il l'aimait comme sa fille, mais il rêvait de la serrer dans ses bras comme son épouse. Elle semblait l'adorer. Avide de lui plaire, elle apprenait rapidement. Quand il était absent, lui dirent les domestiques, elle passait son temps à étudier et attendait son retour avec anxiété. À la fin de l'été, elle lisait couramment. Il lui apporta des textes de sa propre bibliothèque à Minatogura, œuvres littéraires et historiques, essais et poèmes. Elle eut vite fait d'assimiler les principes de la poésie et se mit à écrire quotidiennement des poèmes pour lui.

Il éduqua son goût vestimentaire, l'initia aux couleurs et aux étoffes. Il lui apprit à reconnaître les parfums et les encens, il lui joua de la musique et lui enseigna des danses. Pour compléter son instruction, il trouva des femmes qu'il installa dans sa maisonnée.

Elle était pour lui une consolation en des temps difficiles. La ville fut frappée par une série de désastres. Au sixième mois, un incendie détruisit la plupart des nouveaux édifices à peine achevés. Une épidémie fit rage pendant des semaines, en faisant des centaines de morts. La fumée des bûchers funéraires obscurcissait les cieux. Parmi les survivants, nombreux furent ceux qui succombèrent à la famine, car les pluies tombèrent pendant trois semaines avant de cesser complètement. La récolte de riz fut catastrophique, les haricots se flétrirent sur leur tige, les fruits ne parvinrent pas à maturité. Le nouvel empereur fit dire des prières pour la pluie et, comme pour se moquer de lui, le ciel envoya un violent typhon qui ravagea le pays en provoquant des inondations et en emportant les ponts. Dans les rues de la capitale, l'eau montait jusqu'à la taille des habitants et charriait les cadavres des noyés.

Les gens se mirent à dire ouvertement que le ciel était mécontent, qu'ils étaient punis pour les crimes de leurs gouvernants. Ces murmures finirent par arriver jusqu'aux oreilles de sire Aritomo, lui qui était si fier de sa justice et de son gouvernement équitable, lui qui avait cherché à remédier aux excès des Kakizuki et compté sur l'approbation céleste.

Après que l'eau eut un peu baissé et qu'on eut déblayé dans les rues la boue et les débris, Takaakira reçut l'ordre d'aller consulter le prince abbé au Ryusonji afin de découvrir pourquoi les choses avaient mal tourné.

Dans le jardin du temple, des arbres étaient tombés, des lanternes de pierre fracassées gisaient par terre. Les eaux du lac étaient boueuses et débordaient sur la berge. Des troncs, des branches et des feuilles étaient entraînés dans un tourbillon en son centre. Il pleuvait toujours et la rumeur de l'eau était omniprésente, mais ce n'était pas un ruissellement délicieux, comme à l'ordinaire, mais un grondement menaçant.

Un jeune moine au visage couvert de cicatrices fit entrer Takaakira dans la salle de réception. Le seigneur s'étonna que le prince abbé eût à son service quelqu'un d'aussi disgracié. Il se demanda si cela ne pourrait pas constituer en soi une insulte aux dieux. On n'était jamais trop prudent.

Un chant mélancolique s'éleva dans la cour. Il

regarda dans cette direction et aperçut un vieil aveugle jouant du luth, assis en tailleur sur la véranda. Les paroles de la chanson étaient inaudibles dans la pluie. Il sentit que quelque chose n'allait pas et ne put s'empêcher de frissonner. Il était venu au Ryusonji pour découvrir la cause de tous leurs problèmes, et voilà qu'il commençait à penser que le Ryusonji était lui-même cette cause.

C'était la première fois qu'il se retrouvait face au prince abbé, même s'il l'avait vu de loin lors des cérémonies d'actions de grâces pour la victoire des Miboshi et d'intronisation du nouvel empereur. Maintenant comme alors, l'autorité du prêtre était impressionnante. Si jamais il était troublé par les récents événements, il n'en montrait rien. Il semblait parfaitement maître de lui et de tous ceux qu'il commandait, visibles ou invisibles.

Toutefois, de l'eau dégoulinant du plafond formait des flaques sur le parquet et tachait les nattes, et ce fut sur cette toile de fond que se déroula leur échange tendu.

Le jeune homme au visage ravagé s'agenouilla d'un côté du prince abbé. De l'autre côté, un homme plus âgé, d'aspect robuste et sérieux, prenait en note leur conversation à l'aide d'un petit pinceau en poils de blaireau. Après les politesses d'usage, Takaakira resta assis un instant en silence, en se demandant comment exprimer ses inquiétudes. Il se rendait compte que c'était plus délicat qu'il ne l'avait cru d'abord. Le prince abbé était à l'origine du succès des Miboshi, de la mort du prince héritier et de l'avènement du nouvel empereur. Il allait sans dire que sire Aritomo avait besoin de son soutien dans le domaine spirituel, de même que le prêtre avait besoin du sien dans le domaine matériel. Malgré le calme apparent du prince abbé, Takaakira sentit un déséquilibre en profondeur. « Un homme est d'autant plus dangereux qu'il sent que son pouvoir commence à lui échapper », songea-t-il.

Le prince abbé prit enfin la parole :

– Yoshimori, le fils du défunt prince, s'est enfui du palais avec la fille de sa nourrice.

– Il est vivant ?

Cette révélation bouleversa Takaakira.

– Il l'était voilà quelques mois. Au quatrième mois, l'homme que j'avais envoyé les a rattrapés. Mais il n'est pas revenu avec la tête de l'enfant, comme je le lui avais ordonné.

– Savez-vous où se trouve maintenant Yoshimori ?

– Probablement quelque part dans le Bois Obscur, s'il a survécu.

– Vous auriez dû nous avertir plus tôt, observa Takaakira d'un ton sévère. Pour retrouver Yoshimori, sire Aritomo serait prêt à abattre tous les arbres du

Bois Obscur. Quel genre d'homme avez-vous envoyé ? Un moine ? Un guerrier ?

– Un de mes jeunes acolytes. Il est possible que j'aie commis une erreur… Je ne peux vous en dire trop, car il s'agit de questions ésotériques. Sachez en tout cas qu'il s'appelle Shikanoko. C'est le neveu de Kumayama no Jiro no Sademasa. Il a un lien particulier avec la forêt, de sorte que je pense qu'il doit se trouver dans le Bois Obscur.

Sademasa, qui était un vassal de Kiyoyori, avait fait allégeance aux Miboshi lorsqu'ils avaient marché sur la capitale. Takaakira enregistra sans commentaire cette information et déclara :

– Je suis un initié. Vous pouvez aborder ces questions avec moi.

Le prince abbé lui jeta un regard aigu, comme s'il le voyait avec des yeux nouveaux et avait besoin de reconsidérer son opinion sur lui.

– Très bien. Je crois que Shikanoko était voué par le ciel à devenir un sage puissant, car le destin l'a mené non seulement à moi, mais à deux ou trois autres personnes possédant de grands talents et une connaissance approfondie des autres mondes : un sorcier de la montagne, une femme dont je sais très peu de choses, et le vieillard que vous avez peut-être aperçu en venant ici.

– Le joueur de luth ? s'étonna Takaakira.

– Oui. Il fut jadis mon égal dans tous les domaines spirituels. Pendant des années, il a vécu dans la maisonnée de Kiyoyori à l'insu de tout le monde, jusqu'au jour où je l'ai découvert. J'ai chargé Gessho de me le ramener.

Il désigna le moine plus âgé, qui s'arrêta un instant d'écrire et inclina la tête.

– Gessho l'a trouvé avec Shikanoko. En fait, ils étaient tombés aux mains de Sademasa. Peu importe, sauf que c'est à la suite de ces événements que Sademasa a décidé d'abandonner les Kakizuki pour s'allier aux Miboshi. Il attend toujours que je le récompense.

– Quand le vieillard est arrivé ici, intervint Gessho, il était à peu près sénile, comme maintenant.

– A-t-il toujours été aveugle ? demanda Takaakira.

– L'épouse de Kiyoyori lui a fait arracher les yeux, répondit Gessho. Je les ai vus fixés au portail de Matsutani.

– Ils continuaient de voir ?

Takaakira s'efforçait de rester impassible, mais en fait il était horrifié par cette cruauté et l'indifférence avec laquelle Gessho en parlait.

– Oui, ils voyaient tout, assura Gessho avec calme. Nous avons dit des prières pour les apaiser, et j'espère que nous y sommes parvenus. Mais Matsutani a été durement touché par le tremblement de terre. Qui sait si les yeux sont encore là-bas ?

– Enfin, Sesshin et ses yeux ne sont pas mon souci le plus immédiat, dit le prince abbé. Ce qui me préoccupe, c'est Shikanoko et, plus encore, Yoshimori. S'il tombe aux mains des Kakizuki, il deviendra pour eux un symbole, un point de ralliement.

« C'est lui le véritable empereur, se rendit compte Takaakira. Pas étonnant que le pays soit en proie à tant de désastres et de souffrances ! » Puis il se dit avec effroi : « Qu'avons-nous fait ? »

Il était trop tard pour revenir en arrière. Surmontant sa frayeur, il lança :

– Cette situation est plus que regrettable. J'hésite à en informer sire Aritomo, cependant il le faut. Mais j'aurais besoin de lui proposer une stratégie pour atténuer ce coup. Auriez-vous une suggestion ?

– Laissez-moi envoyer quelqu'un dans le Bois Obscur. Gessho a déjà retrouvé une fois Shikanoko, il peut y réussir de nouveau.

– J'en serais heureux ! s'exclama Gessho d'une voix qui parut soudain bruyante, car ils avaient tous parlé jusqu'alors presque en chuchotant.

– Seigneur abbé !

Le jeune moine au visage ravagé intervint pour la première fois :

– Permettez-moi de me joindre à Gessho. J'ai à demander justice pour mon visage défiguré et des semaines de souffrance.

– C'est ma faute, dit le prêtre en prenant sa main et en l'attirant vers lui. Laissez-moi vous venger. Je vous promets qu'il paiera dix fois pour ce qu'il a fait.

Takaakira réfléchit un moment. En organisant une opération à grande échelle pour retrouver les fugitifs, on révélerait au grand jour que Yoshimori était vivant, au risque de raviver tous les espoirs des Kakizuki. Peut-être vaudrait-il mieux suivre l'avis du prince abbé, au moins pour commencer.

– Ne faites rien avant que j'aie parlé à Sa Seigneurie, dit-il.

Et il prit congé abruptement.

En traversant la cour, il entendit de nouveau la voix de l'aveugle. Cette fois, il comprit les paroles :

L'enfant-dragon, il a volé trop haut
Si jeune encore, il a fait de son mieux.
Mais ses ailes l'ont trahi, il est tombé…

Takaakira décida de faire venir le vieillard pour l'interroger.

*

– Yoshimori s'est enfui ?

Sire Aritomo l'avait écouté en jetant des regards impatients sur cette pièce de l'ancien palais des Kakizuki, mais cette fois il tourna vers lui son regard furieux.

– Qui l'a sauvé ? Je vais les faire brûler vifs !

– Apparemment, c'est la jeune fille qu'on appelle la Princesse de l'Automne, répondit Takaakira.

– Ah, la fille de Hidetake. Seize ans, enfant unique. Sa mère était la nourrice de Yoshimori.

Takaakira ne s'étonna pas que son seigneur connût ces détails. Il avait une mémoire phénoménale pour tout ce qui concernait les lignées et les parentés complexes unissant les familles nobles.

– Il y a aussi un jeune homme appelé Shikanoko, un acolyte du prince abbé, qui est aussi le neveu du seigneur de Kumayama.

– Sademasa ? C'est notre allié, à présent. Shikanoko est un nom étrange. Pourquoi l'a-t-on appelé ainsi ?

– Je suis incapable de vous le dire. Tout ce que je sais, c'est qu'il est en passe de devenir un sorcier.

– Est-ce sa sorcellerie qui agit en ce moment ? Je me demande si c'est l'explication de tous ces désastres…

Aritomo se plongea dans ses pensées, en détournant les yeux de Takaakira pour contempler le jardin. Un nouveau typhon s'annonçait. Il faisait presque aussi sombre qu'en pleine nuit. Un vent brûlant gémissait sur le toit incurvé, soupirait dans les avant-toits. Des volets détachés claquaient et un chien hurlait à la mort.

– La saison des typhons devrait être terminée, non ?

Aritomo était petit et fluet. Si Takaakira avait été debout, il aurait eu l'air d'un géant à côté de lui.

Mais il aurait préféré affronter dix hommes à la fois, comme à Shimaura, plutôt que d'annoncer une mauvaise nouvelle à son seigneur. Aritomo avait déjà parlé de brûler vif, ce qui n'augurait rien de bon. Il aimait voir les gens sur un bûcher. La fierté dont l'emplissait son appareil judiciaire n'avait d'égal que la rigueur de ses châtiments.

– Aurions-nous offensé le ciel ? osa suggérer Takaakira.

Aritomo l'interrompit aussitôt :

– Nous accomplissons la volonté céleste ! hurla-t-il.

Il élevait rarement la voix, mais l'effet était d'autant plus terrifiant.

– Si le ciel est mécontent, c'est parce que nous n'avons pas éliminé tout ce nid de vipères et que nous avons laissé les enfants s'échapper ! Où est-il donc, ce petit serpent ?

– D'après Son Éminence le prince abbé, Shikanoko s'est réfugié dans le Bois Obscur avec Yoshimori.

– Je vais faire abattre ce bois et brûler vif ce garçon !

Takaakira avait dit la même chose au prince abbé, mais la vérité était que même le pouvoir immense d'Aritomo n'y suffirait pas. Le Bois Obscur s'étendait jusqu'aux régions sauvages de la côte nord, en enjambant l'épine dorsale du pays, avec ses énormes montagnes couvertes de neige. Jugeant plus sage de laisser ce sujet de côté, Takaakira hasarda plutôt :

– Il y a un moine qui veut se lancer à leur poursuite…

– Un moine ? Que peut faire un moine ? Il vaudrait mieux envoyer là-bas cent guerriers.

– Ce moine est un guerrier, et il peut se charger de cette mission sans attirer l'attention sur Yoshimori.

Aritomo grinça des dents en agitant sa mâchoire, comme il en avait l'habitude quand il réfléchissait.

– Comment croire qu'ils puissent survivre à l'hiver dans le Bois Obscur avec un enfant de sept ans ? Hidetake possédait un domaine au bord du lac Kasumi. Il s'appelle Nishimi. C'est loin d'ici, mais il est aisé de s'y rendre à partir de Rakuhara, dans l'ouest. Si je voulais conduire chez ses partisans Kakizuki le jeune empereur – qui n'est nullement l'empereur, comprenez-moi bien –, je tenterais de l'amener là-bas, dans l'ancienne demeure de mon père.

– Voilà un brillant raisonnement, noble seigneur !

– Je m'efforce de penser comme une jeune fille. Ce n'est pas difficile. Dans quel autre endroit pourrait-elle se rendre ? J'imagine qu'elle essaierait le Rinrakuji… oui… son père a dû lui dire d'aller là-bas, mais comme elle l'aura trouvé en feu, elle se sera dirigée vers l'ouest.

Il esquissa un sourire pincé.

– J'essaie toujours de me mettre à la place des autres. Une fois que vous comprenez votre ennemi, vous l'avez vaincu. Le prince abbé est très puissant. Je n'ai pas envie de l'offenser, mais je ne veux pas non plus livrer bataille à sa place. Que son moine se lance donc aux trousses du sorcier. Vous pouvez aller à Nishimi. Emmenez quelques hommes, mais pas trop. Nous ne devons pas mettre en fuite notre princesse. Je vous garantis que vous la verrez arriver avant l'hiver avec son petit protégé.

– Vous voulez m'envoyer loin de la capitale ?

Takaakira tenta de sembler peu enthousiaste, en cachant le fait qu'il s'était mis à faire des projets à toute allure pour Hina.

– Votre tâche ici est presque achevée, n'est-ce pas ? déclara Aritomo. De toute façon, cette mission est beaucoup plus importante.

– Je partirai dès que la tempête sera terminée.

Takaakira se prosterna puis s'éloigna à reculons. Quand la porte coulissa dans son dos, Aritomo lança :

– À propos, cet homme que vous avez engagé comme espion, le frère de Kiyoyori…

– Masachika, précisa Takaakira sans nécessité.

– Assurez-vous qu'il ne change pas encore de camp. Nous est-il vraiment utile ? Sinon, vous pouvez vous en débarrasser. Personne ne le regrettera.

« Peut-être devrais-je l'éliminer, songea Takaakira. S'il ne rapporte rien d'utile de Rakuhara, je le ferai. »

Tandis qu'il rentrait chez lui, le vent se mit à hurler et la pluie se déchaîna. Le bœuf regimba et les roues de la voiture s'enlisèrent dans la boue. Sortant du véhicule, Takaakira marcha jusqu'à sa demeure, où il arriva trempé. Des torrents de pluie se déversaient des avant-toits. Derrière ce rideau mouvant, Hina attendait dans la véranda.

– J'étais inquiète pour vous ! s'écria-t-elle avec simplicité.

– Oui, un nouveau typhon approche. Je suis rentré juste à temps. Nous allons devoir rester enfermés quelques jours. Ensuite, nous partirons en voyage.

Il la conduisit à l'intérieur, tandis que les domestiques couraient fermer les volets et allumer des lampes. Il mit des vêtements secs, en notant avec un léger dégoût que la pièce sentait déjà le moisi.

Hina s'agenouilla pour lui verser du saké. Il songea qu'elle semblait plus adulte, avec son visage plus rond et sa silhouette dont les courbes s'affirmaient. Il brûlait d'envie qu'elle soit enfin assez âgée. Son impatience semblait encore aggravée par le vent incessant.

– Venez vous asseoir près de moi. J'ai la migraine.

Elle se rapprocha.

– Je vais vous masser pour la chasser, dit-elle.

Il s'allongea, la tête sur ses genoux, tandis qu'elle passait ses petits doigts sur ses tempes et son cuir chevelu. Au bout d'un moment, elle se mit à chanter tout bas :

L'enfant-dragon, il a volé trop haut
Si jeune encore…

– Où avez-vous entendu cette chanson ? demanda-t-il, les yeux fermés.

– Je ne sais pas. Je l'aime bien, elle est triste.

– J'ai entendu un vieil aveugle la chanter aujourd'hui. Un nommé Sesshin.

Le doux rythme des doigts de la fillette s'était-il troublé ?

– Vous le connaissez ? insista-t-il.

Il ne lui avait jamais parlé de ce qu'elle avait vécu autrefois, et elle-même n'en parlait jamais, ni à lui ni à personne d'autre, pour autant qu'il le sût. Ils se comportaient tous deux comme si elle était tombée de la lune et n'avait aucun passé, aucuns liens terrestres.

– Je ne m'en souviens pas, répondit-elle d'un ton rêveur.

Était-ce vrai ? Le choc et le chagrin avaient-ils effacé sa vie passée ? À moins que ce ne fût qu'une feinte, auquel cas elle était encore plus intelligente qu'il ne le pensait.

Ils restèrent tous deux un instant silencieux. Puis Hina demanda :

– Où allons-nous ?

– Au bord d'un lac, bien loin d'ici.

« Il faut que j'échafaude un plan, songea-t-il. Comment vais-je l'amener là-bas ? Je ne peux certes pas le faire au grand jour. »

Il se rappela le visage de sire Aritomo évoquant les bûchers, et il s'efforça de ne pas penser aux risques qu'il prenait.

*

Quand la tempête fut terminée, Takaakira avait décidé que Hina voyagerait en palanquin avec Bara, la servante qui s'occupait d'elle. Bara n'était pas le genre de personne qu'il aurait prise à son service en temps ordinaire, mais la plupart des domestiques de la capitale avaient fui avec leurs maîtres Kakizuki, et une bonne partie des autres avaient péri dans les combats, les incendies ou la famine de l'été. Il y avait une pénurie ennuyeuse de personnel – servantes et cuisinières, jardiniers et palefreniers. Hina semblait apprécier Bara. Lui-même la trouvait intelligente et gentille, quand il daignait la remarquer, ce qui n'arrivait pas souvent.

Il y avait aussi deux femmes d'un certain âge, plutôt élégantes, qui initiaient Hina à des arts et des disciplines variés, mais comme il ne voulait pas qu'elle voyage avec trop de gens, il fit en sorte qu'elles la suivent en prenant le bateau à Kasumiguchi pour traverser le lac dès que le temps le permettrait.

Le palanquin attendait devant le gradin de pierre.

Au portail, les chevaux étaient prêts. Le jour se levait et dans toute la ville les coqs lançaient leurs cris, les oiseaux des jardins chantaient. Après la tempête, l'air était frais, presque froid. On commençait déjà à sentir l'hiver. Bara se tenait dans la véranda, mais Hina était invisible.

– Où est la jeune dame ? demanda Takaakira.

– Elle a couru chercher quelque chose, répondit Bara. Elle n'a pas voulu me dire ce que c'était. Elle m'a donné ceci.

La servante lui montra la Chambre au Trésor du Kudzu.

– J'imagine qu'elle ne veut pas partir sans ce mystérieux objet, dit-il en hochant la tête. Je vais la chercher.

En entrant, il vit Hina s'avancer vers lui. Elle était en tenue de voyage et portait le même coffret que lorsqu'il l'avait découverte dans la maison déserte. Il n'avait pas revu ce coffret depuis et n'y avait plus songé. À présent, il se rendait compte qu'elle l'avait soustrait à son attention depuis des mois. Lui qui croyait tout connaître d'elle, contrôler chaque aspect de sa vie, il était bel et bien face à un secret.

– Vous n'avez pas besoin de l'emporter. Laissez-le ici, il sera en sûreté. La plupart des domestiques vont rester dans la maison.

Elle serra le coffret contre elle et déclara :

– Il faut que je l'emporte.

– Montrez-moi ce qu'il contient, lança-t-il dans son impatience de partir. Je déciderai ensuite.

– Non ! s'exclama-t-elle comme la première fois.

– Je suis comme un père pour vous, et je serai un jour votre époux. J'attends de vous que vous m'obéissiez. Laissez-moi voir ce qu'il y a de si important pour vous dans ce coffret.

Elle poussa un soupir, avec ce même air adulte que lors de leur première rencontre, et il se sentit plein d'amour pour elle. Il aurait voulu lui dire que cela ne faisait rien, qu'elle pouvait emporter tout ce qu'elle voulait, mais il ne pouvait se dédire maintenant qu'il avait insisté.

Elle ouvrit le coffret. Les yeux étaient intacts, avec leur iris sombre, leur pupille noire, leur blanc luisant et visqueux. Ils le fixèrent comme s'ils voyaient tout ce qu'il était et serait dans sa vie, et d'un coup il le vit à son tour. Il vit son aspect extérieur, son corps vêtu d'une robe de chasse verte, ses membres élancés, ses traits anguleux, ses cheveux et ses yeux noirs. Il essaya désespérément de recouvrer sa propre vision, de voir Hina, la pièce, n'importe quoi.

Les yeux regardèrent plus profondément en son esprit, sa mémoire, son âme. Il vit les hommes qu'il avait torturés et tués, les intrigues et les trahisons qui l'avaient mené au côté de sire Aritomo, les femmes abandonnées, son épouse exilée dans le lointain Yukikuni, le Pays des Neiges.

– Fermez le couvercle, chuchota-t-il à Hina.

Bien sûr, il aurait dû porter aussitôt ce coffret au Ryusonji et le remettre au prince abbé, car ces yeux étaient certainement ceux de Sesshin, qu'on avait enlevés de Matsutani et qui pouvaient maintenant opérer de puissants sortilèges. Mais il lui faudrait alors expliquer comment il les avait trouvés, et révéler ainsi l'existence de Hina. En cet instant, il ne désirait rien d'autre que de lui faire quitter la capitale pour la mettre en lieu sûr.

– Ne les montrez à personne, lui dit-il en la pressant de monter dans le palanquin.

5

GESSHO

Le moine Gessho quitta la capitale à peu près au même moment, dans les premiers jours du dixième mois. Il voyageait seul, en dehors du faucon magique que le prince abbé lui avait confié. Il n'avait besoin de personne d'autre. Outre qu'il avait pleine confiance en sa force physique et spirituelle, il éprouvait un certain dédain pour Shikanoko, car il méprisait ses liens avec le monde animal et savait qu'il n'était jamais passé par la sévère discipline du corps et de l'esprit permettant seule à des moines plus âgés, comme lui-même, de devenir des initiés.

Le favori d'Aritomo, le seigneur qui avait rendu visite au prince abbé, avait prétendu être un initié. Gessho avait tellement ri en lui-même qu'il avait fait une erreur en écrivant, contre toutes ses habitudes. En y repensant maintenant, il sourit de nouveau. Les nobles et les guerriers se mêlaient d'ésotérisme, mais les distractions remplissant leur vie, notamment leur attachement à leurs femmes et à leurs enfants, les empêchaient d'atteindre au vrai savoir. Lui n'était retenu par aucun lien humain, et il savait qu'il en allait de même pour son maître, qu'il admirait plus que tout au monde. Le prince abbé avait beau se montrer plein d'affection pour ses acolytes et ses moines, il les sacrifierait sans hésitation dans sa quête du pouvoir et de la connaissance.

Les ordres qu'avait reçus Gessho étaient clairs. Il devait tuer les trois fugitifs. Il rapporterait la tête de Yoshimori dans la capitale, quant aux deux autres, l'Enfant du Cerf et la Princesse de l'Automne, il pouvait les laisser pourrir dans la forêt. « Puisqu'il aime tant les animaux, qu'il leur serve donc de nourriture ! » se dit-il.

Il ne pensait pas qu'il serait difficile de les retrouver. Il était armé d'un sabre, d'un poignard, d'un arc et de flèches. On lui avait fourni un cheval magnifique – il montait avec autant d'aisance qu'il récitait des prières. En fait, chevaucher le plongeait dans un état de détente et d'attention à la fois, qu'il jugeait très propice à la méditation. Il connaissait bien le Bois Obscur, car il y avait vécu pendant plus de dix ans en ermite de la montagne. La dernière fois que le prince abbé avait entendu parler de Shikanoko, il était sur la route du Rinrakuji. L'un des faucons magiques avait apparemment trouvé la mort et sa dernière pensée avait été pour son maître, auquel il avait dit adieu. Puis le jeune sorcier s'était manifesté sous la forme d'un cerf, devant une cabane dans la montagne.

Gessho croyait savoir où se trouvait cette cabane, d'après ses souvenirs d'Akuzenji, qui régnait sur la montagne au temps où lui-même y vivait. Il décida de commencer par s'y rendre, en suivant la route côtière de Shimaura puis en obliquant vers le nord. Toutefois, cette route l'amena à proximité de Matsutani, où il décida à l'improviste de faire une halte. Shikanoko avait passé plusieurs mois dans ce domaine, lequel avait été un bastion des Kakizuki sous l'égide de Kiyoyori. Il restait probablement là-bas des serviteurs fidèles à leur maître déchu et prêts à soutenir sa cause perdue, et il n'était pas exclu que ceux qu'il poursuivait y aient trouvé refuge.

Il arriva à la résidence à la tombée du jour. Il avait entendu dire qu'elle avait été très endommagée par un séisme au début de l'année. Il y avait des traces de maçonneries récentes autour du lac, et on avait commencé à réparer le portail où il avait vu les yeux de Sesshin. Cependant, les yeux avaient disparu, la maison était toujours à moitié incendiée, les anciennes écuries n'étaient qu'un monceau de bois carbonisé. Des poutres inutilisées gisaient par terre et disparaissaient presque dans l'herbe luxuriante de l'automne.

Il lui sembla que tout était désert, mais il était plus sensible qu'un autre aux réalités spirituelles et se convainquit bientôt que *quelque chose* habitait la maison. Il se demanda si des êtres surnaturels en avaient pris possession. Ne voulant pas risquer de retarder sa mission en les rencontrant, il décida de continuer sa route, un peu déçu car il avait espéré trouver en ces lieux un abri pour la nuit. À cet instant, un homme approcha avec un flacon de saké, des brins de lespédèze et un pot rempli de rayons de miel.

Il salua le moine en s'inclinant gauchement, puis déclara :

– Soyez le bienvenu ! Je vous ai vu venir et je voulais vous mettre en garde. Cette maison est hantée par des esprits. Ils me permettent d'entrer avec des présents, mais ils attaquent tous les autres. Ces esprits sont vraiment méchants, il y a eu plusieurs morts.

Gessho fronça les sourcils.

– De quelle sorte d'esprits s'agit-il ? demanda-t-il.

– D'après ce qu'on m'a dit, je crois que ce sont des gardiens installés par maître Sesshin au temps où il vivait ici. Il a malheureusement connu un sort cruel, et depuis lors les esprits sont devenus malfaisants. Lui seul pourrait les rendre à la raison, je le crains, mais reviendra-t-il jamais ?

– Je suis Gessho, un moine du Ryusonji. Sesshin est là-bas, maintenant. Mon maître, dans sa grande bonté, l'a accueilli dans le temple et lui a enseigné la musique. Mais même si Sesshin était ici, cela ne servirait à rien. Il a perdu tous ses pouvoirs.

– Dame Tama commence à désespérer, dit l'homme avec une familiarité déplaisante. On lui a accordé ce domaine, où elle a passé toute sa vie, mais elle ne peut remettre la maison en état ni s'y installer. Si elle l'abandonne, cependant, elle n'aura nulle part où aller et n'aura d'autre choix que de se faire nonne.

« Ce qui manifestement vous ennuierait fort », songea Gessho.

– Je ne suis qu'un serviteur, se hâta d'ajouter l'homme comme s'il avait lu dans ses pensées. Mon nom est Hisoku. Je suis entièrement à votre disposition, et votre bienveillance me serait précieuse.

Il reprit après un silence :

– Eh bien, il faut que je fasse ces offrandes avant que les esprits ne s'impatientent. Mais ensuite, venez avec moi à la maison où nous logeons. Nous serions très reconnaissants d'avoir les conseils d'un moine aussi sage que vous. Passez la nuit ici avant de vous remettre en route. Où allez-vous ? Les gens se rendant au Bois Obscur sont rares, ces temps-ci.

– Je vous expliquerai plus tard.

Gessho regarda Hisoku s'approcher de la véranda de la maison dévastée. Il devait s'avancer avec précaution au milieu d'un amas de balais, de coussins, de marmites, de louches, d'écopes, qu'on avait manifestement jetés avec violence de la maison. C'était des objets fabriqués avec soin, qui avaient été aussi précieux qu'utiles, mais ils gisaient là depuis des semaines, à la merci du vent et du soleil, de sorte qu'ils avaient maintenant quelque chose de désolé, presque de repoussant. Gessho ne put s'empêcher de frissonner de dégoût. Il faudrait commencer par déblayer tous ces débris, même si lui-même n'avait aucune envie d'y toucher.

Hisoku continua d'avancer prudemment, monta sur la véranda et posa ses présents sur le seuil de la porte ouverte. Après avoir fait tinter un bol de bronze, qui résonna avec un bruit aigu et pénétrant, il s'inclina profondément.

Gessho entendit des voix indistinctes, qui le firent de nouveau frissonner. Son cheval plaqua ses oreilles en arrière et tenta de faire demi-tour. Tandis que le moine maîtrisait sa monture, Hisoku revint, l'air inquiet.

– Ils m'ont demandé qui vous étiez, et quand je le leur ai dit ils m'ont déclaré que vous devriez retourner tout de suite au Ryusonji.

– Je vais m'occuper d'eux, répliqua Gessho. Demain matin, je les chasserai.

Une ombre passa au-dessus de leurs têtes et le faucon magique se posa sur le montant du portail. Il poussa un cri strident, auquel répondit un hurlement dans la maison. Un petit bureau et une pierre à encre projetés violemment atterrirent avec fracas dans le jardin.

– Oh, ne les mettez pas en colère ! s'écria Hisoku. Cela ne fera qu'empirer les choses.

– Vous les avez gâtés à force d'indulgence, dit Gessho en faisant peu d'efforts pour cacher son mépris. Les esprits doivent être menés d'une main de fer, afin qu'ils sachent qui est le maître.

– Au moins, ils me laissent entrer parfois dans la maison et ne m'ont pas encore tué. Beaucoup d'autres sont morts.

Gessho jugeait cette situation intolérable, et il le dit à dame Tama après qu'elle eut servi le dîner avec Haru, chez qui elle et Hisoku habitaient. Le repas était étonnamment bon : poisson de rivière accompagné d'ignames grillées, œufs de caille et fromage de soja.

– Manifestement, votre domaine est riche. Vous ne pouvez pas laisser ces esprits dévoyés le ruiner.

– C'est le ciel qui vous envoie, répliqua-t-elle. Un moine aussi saint et savant que vous peut certainement les exorciser. Je crains d'avoir provoqué ce désastre en traitant si cruellement maître Sesshin, mais je suis pleine de remords, maintenant, et prête à tout pour me racheter.

– Je ferai de mon mieux pour les déloger, mais

je ne peux pas rester longtemps. J'ai une mission à accomplir.

Il leur demanda s'ils avaient vu Shikanoko ou entendu parler de lui au cours des derniers mois.

– Qui est-ce ? demanda Hisoku.

– C'était l'acolyte du prince abbé, expliqua laconiquement Gessho, mais il n'est pas revenu d'une mission dont il était chargé au quatrième mois. Nous craignons qu'il ne soit mort et Sa Sainteté désire retrouver son corps, car il avait beaucoup d'affection pour lui.

– Je ne l'ai pas vu, assura Tama. Pauvre jeune homme, je l'ai bien maltraité, lui aussi.

Gessho se demanda dans quelle mesure son remords était authentique. Il la soupçonnait d'être d'un caractère dissimulé, peut-être perfide.

– À présent, je vais méditer un moment, annonça-t-il. Je parlerai aux esprits demain, avant mon départ.

*

Il prit des fleurs fraîches et du gruau de riz du petit déjeuner. En approchant de la maison, il entendit les esprits parler entre eux.

– Oh, voilà qu'arrive le beau moine de la capitale.

– Il croit qu'il va nous forcer à faire ce qu'il veut.

– Nous ne faisons pas ce que les autres veulent, non ?

– Nous ne faisons que ce que nous, nous voulons !

Gessho déposa les offrandes sur la véranda puis

s'agenouilla en silence, les yeux fermés, en faisant appel à toute sa force spirituelle et en invoquant le nom de l'Illuminé.

– Oh, c'est un moine puissant !

– Il est puissant ! Tu as peur ?

– Non, je n'ai pas encore peur. Et toi ?

– Pas encore. Mais bientôt, peut-être.

Ils éclatèrent de rire.

– Je vous ordonne de quitter cet endroit ! lança Gessho d'une voix tonitruante.

– Ha ha, il est merveilleux, n'est-ce pas ?

– Vraiment merveilleux, je crois que nous devrions partir.

– Mais nous n'allons pas partir.

– Malgré tout, nous devrions faire quelque chose pour lui.

– Nous pourrions lui dire ce qui va lui arriver dans le Bois Obscur.

– Tu veux lui raconter qu'il va avoir la tête coupée ? Non, c'est trop triste. Dis-lui quelque chose de gentil. Parle-lui des yeux.

– Oh, oui, les yeux sont gentils. Gessho !

– J'écoute, dit le moine.

– Nous ne pourrons partir que si l'on remet en place les yeux de notre maître. Nous retournerons alors aux montants du portail où il nous avait d'abord installés. C'est honnête, non ?

– Je n'ai pas vraiment envie de retourner là-bas. Je me plais ici.

– Moi aussi. C'est nettement plus agréable que les montants du portail. Mais ne t'inquiète pas, les yeux sont perdus. Personne ne les retrouvera. Nous pourrons rester ici à jamais.

– Ils ne sont pas perdus, dit le second esprit d'un ton boudeur. La fille de Kiyoyori les a emportés.

– Elle est morte, non ? La fille de Kiyoyori est bien morte ?

– Peut-être que oui, peut-être que non.

On entendit une gifle, puis un cri de douleur.

Gessho prit la parole :

– Donc, si l'on retrouve les yeux de votre maître, vous quitterez la maison et retournerez aux montants du portail ?

– Oui, il faudra bien.

– Mais si vous allez dans le Bois Obscur, vous ne vivrez pas assez longtemps pour le voir.

De nouveau, les deux esprits se mirent à hurler de rire.

Gessho essaya ensuite la flatterie, en les remerciant de l'avoir averti et en les félicitant pour leur clairvoyance, mais même si cela sembla leur plaire, dans la mesure où ils ne lui jetèrent rien à la tête, il ne put les convaincre de vider les lieux.

Il retourna chez Haru, impatient de se rendre au Bois

Obscur. Les avertissements des esprits ne l'avaient pas découragé, au contraire. S'il risquait d'avoir la tête coupée, cela signifiait nécessairement qu'un maître au talent et au pouvoir immenses l'attendait là-bas. Il se réjouissait à l'avance de l'affronter.

– Qu'est-il arrivé à la fille ? demanda-t-il à Haru, qu'il trouva seule dans la cuisine.

– Dame Hina ? Nous pensons qu'elle est morte. Ma maîtresse l'a pleurée aussi bien que son fils et son époux. Vous avez sans doute remarqué combien elle est abattue.

– Hina ne pourrait-elle pas avoir survécu ?

– Comment pourrions-nous le savoir, à moins qu'elle ne revienne ici ?

– Les esprits seront plus difficiles à déloger que je ne le pensais. Il faudra abandonner la maison. J'imagine que Shikanoko pourrait les ramener à la raison.

– Mais vous le croyez mort, n'est-ce pas ?

Elle le regardait fixement et il regretta d'en avoir tant dit.

– Le prince abbé doit avoir un cœur aimant, pour envoyer un grand moine comme vous à la recherche d'un tas d'os ! s'exclama-t-elle.

Gessho ne répondit pas directement mais observa après un silence, d'un air négligent :

– En dehors de Hisoku, il n'y a aucun homme dans les parages. Où sont-ils passés ? Où est votre époux ?

– La plupart ont péri à Shimaura. Leurs têtes ont été exposées là-bas tout l'été. Les autres sont morts dans la capitale avec sire Kiyoyori.

– Votre époux était de ce nombre ?

Elle hocha la tête mais détourna les yeux, comme une femme peu habituée à mentir. Puis elle s'occupa de lui préparer des provisions pour son voyage.

Gessho ne la quitta pas un instant des yeux. Avant de glisser les boulettes de riz dans sa sacoche, il lui en fit manger une. Tandis qu'il s'éloignait à cheval, il se retourna et la vit parler à un garçon d'une dizaine d'années, sans doute son fils. Pendant toute la matinée, en suivant le ruisseau en direction du nord-est, il sentit la présence du garçon dans son dos. Il se demanda si ce n'était qu'un jeu – il se rappelait avoir fait la même chose dans son enfance. À moins que Haru n'ait chargé son fils de le suivre dans un autre dessein. Il n'avait aucune confiance en elle et ne croyait pas que son mari fût mort.

En arrivant à une bifurcation, Gessho s'engagea sur le chemin de gauche et conduisit son cheval dans les buissons. Le garçon apparut et tourna à droite sans hésiter. Après avoir attendu un bref instant, Gessho mit pied à terre et attacha sa monture à un arbre. Silencieux et invisible, il suivit le garçon.

Le chemin paraissait embroussaillé, mais il s'aperçut qu'on l'avait en fait jonché de branchages. Sous ce camouflage, on voyait des traces de nombreux passages. Il ne voulait pas trop s'éloigner de son cheval, mais à l'instant où il allait tourner les talons, le sous-bois s'éclaircit et il se retrouva au sommet d'un escarpement. À ses pieds, une petite forteresse en bois arborait sur ses toits les bannières rouges des Kakizuki et les trois cèdres noirs de Kuromori.

Le garçon avait disparu. Soit il était allé plus vite que Gessho ne le pensait, soit il avait pris quelque passage secret, peut-être un tunnel où il s'était glissé pour rejoindre la forteresse.

De la fumée s'élevait des feux de cuisine et des voix d'hommes résonnaient dans le ravin. Le soleil du matin faisait briller les lances. Gessho s'indigna de voir ce bastion Kakizuki dans cette région qui aurait dû appartenir tout entière aux Miboshi jusqu'à Minatogura. Les derniers hommes de Kiyoyori continuaient donc de résister ici, et le mari de cette menteuse de Haru était assurément avec eux.

Il retourna dans le sous-bois et réfléchit un instant à ce qu'il devait faire. Il se demandait quel message le garçon avait porté à son père, et s'il avait un rapport avec lui. Il ne pensait pas que les hommes se hasarderaient hors de leur forteresse pour poursuivre un moine solitaire, mais il n'en fallait pas moins mettre fin au défi qu'ils représentaient. Le prochain domaine à l'est était Kumayama, où il avait jadis rattrapé

Shikanoko. Il décida de s'y rendre dans quelques jours, si ses recherches étaient restées infructueuses. Il renouvellerait ses provisions et ferait comprendre à Sademasa, l'oncle qui avait changé de camp, qu'il aurait intérêt à régler leur compte aux hommes de Kuromori.

Après avoir rejoint promptement l'endroit où il avait laissé son cheval, il continua sur le chemin de gauche toute la journée. À la tombée de la nuit, il mit pied à terre. Tandis que son cheval buvait au ruisseau et broutait, il dormit quelques heures d'un sommeil troublé de rêves où il était de nouveau un petit garçon. Apercevant au loin la silhouette de sa mère, il courut vers elle mais la terre s'ouvrit, il tomba dans l'abîme et se réveilla en sursaut. Comme toujours depuis des années, il se leva peu après minuit, lava son visage dans l'eau froide du ruisseau et s'assit pour méditer, en écoutant les bruits de la forêt nocturne. À un moment, un loup se mit à hurler au loin. Il entendit la rumeur soyeuse des ailes d'un hibou retournant à son gîte. Il le vit cligner ses yeux jaunes en regardant le cheval qui somnolait encore, une jambe arrière ramenée sous lui, juste sous l'arbre où le hibou nichait. Le faucon magique dormait sur le dos du cheval. Au-dessus de leurs têtes, les étoiles brillaient dans un ciel limpide où dérivaient par instants des lambeaux de brume. Alors qu'il faisait encore nuit, les premiers oiseaux se mirent à chanter – pigeons, colombes, rouges-gorges, auxquels se joignirent les grives au lever du jour. Ce n'était pas le chœur exubérant du printemps mais le chant plus melancolique de l'automne, quand la saison des nids et des petits était passée et que s'annonçait le froid de l'hiver.

Il reconnut le sentier qu'il avait suivi lorsqu'il avait traqué Shikanoko autrefois. Cependant, il avait perçu en méditant une présence étrange, l'influence d'une magie noire, de sorte qu'au lieu d'obliquer au sud en direction de Kumayama, il décida de suivre d'abord le sentier vers le nord, puis vers l'est quand les montagnes dressèrent devant lui leur muraille infranchissable. Son cheval était de plus en plus nerveux. Il couchait ses oreilles en arrière et regimbait constamment. Lorsqu'il s'arrêta net devant le squelette d'un cerf, Gessho mit pied à terre pour voir si la ramure était intacte, car elle avait beaucoup d'usages médicaux et rituels, mais le crâne et les bois avaient disparu. Les omoplates étaient toujours là, en revanche, et il les emporta. Par la suite, il vit d'autres tas d'os dépouillés de toute chair. La plupart étaient blancs, mais certains avaient jauni avec le temps. Le cheval passa devant en tremblant. Le faucon magique vola vers eux pour les examiner, et ses yeux dorés se mirent à briller. Il s'agissait pour l'essentiel d'ossements animaux, mais deux ou trois étaient humains, bien qu'il n'y eût pas trace de vêtements, d'armures ou d'armes. Même si des renards et des corbeaux avaient pu dénuder leurs os, il fallait qu'une ou plusieurs personnes aient volé toutes leurs affaires, à moins que ce ne fût l'œuvre des *tengus* qui habitaient, disait-on, le Bois Obscur.

Le quatrième jour, il commença à sentir l'odeur. Au début, ce ne fut qu'un faible relent parvenant à ses narines par intermittence. À mesure qu'il sentait s'approcher la source de la magie, l'odeur devint si forte qu'elle effaça tout le reste. Gessho pressa son cheval d'avancer, ce qu'il fit à contrecœur. Tous deux étaient aux aguets.

Le moine entendit les loups avant de les voir – des grondements, une course à pas feutrés. Le faucon magique poussa un cri. Le cheval se retourna d'un bond, terrifié, et se cabra si haut que Gessho crut qu'il allait tomber en arrière. Il sauta à terre et dégaina son sabre en un seul mouvement. Le cheval décocha une ruade, qui atteignit un loup au flanc en le projetant à plusieurs pas de là. Le fauve resta étendu en geignant. Quand le deuxième se précipita vers Gessho en montrant les dents, le sabre du moine s'enfonça dans son poitrail. Le cheval s'enfuit au galop en piétinant le sous-bois. Le troisième loup recula en grondant puis détala dans la direction opposée.

Gessho saisit son arc et le banda. La forêt était

si touffue qu'il était difficile de tirer correctement. La première flèche atteignit le tronc d'un arbre, la seconde effleura le dos du loup, qui culbuta mais retrouva aussitôt l'équilibre et continua de courir. Gessho le poursuivit au milieu des branches qui le cinglaient et le griffaient. Le premier loup, surmontant le choc de la ruade, se lança à ses trousses. Il boitait mais avançait à toute allure, rendu féroce par la douleur.

L'odeur devint si infecte que Gessho se plia en deux, pris de nausée. Il traversa un ruisseau en bondissant de pierre en pierre. Le loup le rattrapa sur l'autre rive et tenta de se jeter sur lui. Toutefois, il était handicapé par ses blessures, et le moine n'eut guère de peine à le tuer avec son poignard, qu'il enfonça dans la gorge du fauve avant de laisser tomber le cadavre dans l'eau.

Il s'immobilisa sur la berge en tentant de retenir son souffle. Était-il en train de rêver ? Il avait beau avoir parcouru toutes les Huit Îles et avoir participé à d'innombrables rituels aussi secrets qu'extrêmes, jamais dans toute sa vie il n'avait vu quelque chose de comparable au tableau qui s'offrait à ses yeux.

Des rochers pareils à des animaux pétrifiés. Des statues au crâne laqué. Des animaux morts si bien conservés qu'ils semblaient encore vivants. Des créatures qui n'avaient jamais été conçues dans une mère ni portées dans sa matrice, mais qui possédaient une sorte de vie et bougeaient, marchaient, le regardaient approcher de leurs yeux bleus de pierre précieuse. Des oiseaux qui battaient leurs ailes aux plumes soigneusement collées et entre-tissées, en tournant vers lui leurs crânes vides.

Il fit passer son poignard dans sa main gauche et brandit son sabre d'un air menaçant, au cas où un animal s'approcherait de trop près. Ils lui donnaient la chair de poule tant ils le dégoûtaient. En songeant à la souillure et à l'impiété à quoi il s'exposait, il craignit de ne plus jamais être pur. Même au temps où il vivait lui-même dans le Bois Obscur, il n'aurait jamais imaginé qu'un tel endroit puisse s'y trouver. « Il faut faire place nette, se dit-il. Nous allons fouiller toute la forêt et la purger de l'ignominie de cette vieille magie. »

En marmonnant des incantations, les noms cachés de l'Illuminé, les formules secrètes connues des seuls initiés, il s'avança dans la clairière, vers une cabane aux murs en peaux d'animaux et au toit fait d'ossements. Il était impossible d'approcher en silence. La horde de fauves et d'oiseaux poussait déjà des hurlements et des cris d'alarme. Le tapage retentissait dans la clairière et les montagnes environnantes le renvoyaient en écho. Comme à son habitude, Gessho tira avantage de la situation. Il cria à tue-tête :

– Je suis le moine Gessho du Ryusonji. Au nom du

prince abbé, j'ordonne au responsable de cette abjection quel qu'il soit de se montrer !

Il perçut un mouvement sur le versant derrière la cabane. Quelqu'un descendait précipitamment, en bondissant par-dessus les rondins et les rochers. Gessho rengaina son sabre et banda rapidement son arc, en marmonnant un sortilège pour guider la flèche. À l'instant même où il tira, il sentit une magie contraire et sut qu'il allait manquer sa cible.

Saisissant une seconde flèche, il la décocha promptement. Un oiseau ressemblant à un corbeau avec une tête d'aigle fondit sur le projectile, l'attrapa en plein vol avec son bec et s'enfuit. Le faucon magique se lança à sa poursuite, en poussant des cris de rage.

Gessho jeta son arc et brandit de nouveau son sabre. Sentant une présence dans son dos, il se retourna en assenant un coup féroce, mais il n'y avait personne – du moins, personne de visible, car il était sûr d'avoir perçu l'ombre d'un mouvement.

Puis la vibration de la magie dans l'air s'intensifia et il se retourna d'un bond. Quelqu'un – sans doute le sorcier – se tenait à l'orée de la clairière, à quelques centaines de pas.

Gessho lança :

– Je vous ordonne, au nom de l'empereur et de son oncle, le prince abbé du Ryusonji, de m'obéir et de livrer tous les fugitifs que vous cachez.

– Il n'y a aucun fugitif ici, répliqua l'homme. Rien que des habitants de la forêt. C'est vous l'intrus, l'étranger. À moins que vous ne soyez vous-même un fugitif tentant d'échapper à un maître aussi cruel qu'injuste. Dans ce cas, posez vos armes et soyez le bienvenu.

– Je n'ai jamais vu une telle perversion de toute ma vie ! hurla Gessho.

– C'est que vous ne connaissez pas le cœur de votre maître, cria à son tour le sorcier d'une voix extraordinairement nette.

Furieux, le moine s'élança en avant, le sabre au poing. L'air parut miroiter et il vit apparaître brusquement devant lui un bel enfant au visage tranquille et au pur sourire. Gessho s'arrêta. Sa raison lui disait qu'il devait s'agir d'une sorte de lutin, ou d'une illusion créée par le sorcier. Puis il se demanda si ce n'était pas Yoshimori lui-même, et son cœur fut soudain bouleversé par la beauté fragile, innocente, qui lui faisait face.

Émerveillé, il se pencha en avant pour le regarder. Le garçon sourit de plus belle, en ouvrant la bouche et en montrant ses petites dents blanches. Soudain, une nuée de dards minuscules jaillit de derrière ces dents, droit vers les yeux de Gessho.

Il comprit aussitôt qu'ils étaient empoisonnés, car ils le brûlaient horriblement, comme une piqûre d'abeille. Alors qu'il se raidissait contre la douleur, il sentit un être invisible sauter sur son dos et glisser autour de son cou une lanière de cuir, qu'il tenta en vain de déchirer. Il se cambra en faisant jouer ses épaules énormes et sentit la lanière se relâcher légèrement. Glissant prestement ses doigts dessous, il l'arracha. Quand il la jeta par terre, la créature qui la tenait apparut en miroitant. C'était un autre garçon, du même âge que le premier, auquel il ressemblait de façon frappante bien qu'il eût le visage déformé par un rictus évoquant un animal montrant les dents.

Des ombres brouillaient la vision de Gessho, mais sa force gigantesque n'était pas épuisée et il n'avait pas lâché son sabre. Protégé par des prières puissantes, il n'était pas asservi à la magie du sorcier. Il abattit son sabre sur le deuxième garçon, qui bondit en l'air comme un singe, hors de portée. Il se rendit compte alors qu'il était cerné par des lutins. Ils le tourmentaient comme un essaim de frelons, en apparaissant et disparaissant sans cesse, en s'élançant pour frapper sa jambe avec un poignard, ou en volant devant lui non sans taillader au passage son cou et son visage.

Son sang s'échappait maintenant d'une douzaine de plaies, mais il était encore loin de s'avouer vaincu. Soudain, il entendit des sabots faisant jaillir de l'eau. Se retournant, il vit son cheval traverser le ruisseau, avec Shikanoko sur son dos. Les lutins reculèrent, ce qui lui donna un instant de répit.

– Shikanoko ! cria Gessho. Le prince abbé vous ordonne de retourner au Ryusonji. Où est Yoshimori ?

– C'est donc votre cheval, Gessho, répliqua Shikanoko en sautant à terre. Mais pourquoi avez-vous entrepris ce voyage funeste ? À présent, je vais devoir vous tuer.

– Revenez avec moi et vous n'aurez pas à me tuer, lança hardiment Gessho.

– Je vous chargerais bien d'informer votre maître que je ne retournerai au Ryusonji que pour l'anéantir, mais vous ne le reverrez pas avant qu'il vienne vous retrouver en enfer.

Gessho s'adressa au faucon magique, qui décrivait des cercles au-dessus de leurs têtes.

– Volez vite au Ryusonji ! Dites à mon seigneur ce qui m'est arrivé, et en quel endroit.

Shikanoko claqua des doigts, et l'oiseau vint se poser sur son épaule.

Gessho comprit alors que tout était perdu et que sa vie touchait à son terme. Il entendit en lui-même les esprits de Matsutani : « Nous pourrions lui dire ce qui va lui arriver dans le Bois Obscur. – Tu veux lui raconter qu'il va avoir la tête coupée ? Non, c'est trop triste. »

Et il était trop triste de penser qu'il allait succomber

à la sorcellerie et à la magie, lui qui n'avait jamais été vaincu dans une discussion ou un combat. Ses yeux se remplirent de larmes, qui se mêlèrent à son sang. Il se rappela le rêve où il avait vu sa mère.

– Écartez-vous, dit Shikanoko aux garçons. Nous allons nous battre au sabre, maintenant.

– Où est Yoshimori ? demanda Gessho tandis qu'ils commençaient tous deux à tourner en rond.

Shikanoko ne répondit pas.

– Est-il ici ? Dites-le-moi !

Les animaux s'étaient tus. Du coin de l'œil, Gessho vit le sorcier approcher, avec ses cheveux hirsutes, ses yeux brillants. Il sentit l'aura de son pouvoir magique. Il pouvait combattre un adversaire au sabre, il pouvait lutter contre un magicien, mais il ne pouvait faire les deux à la fois et il craignait la magie plus que le sabre. Les animaux, faux ou réels, tournèrent la tête vers leur maître, prêts à obéir à son ordre. Il n'aurait qu'un mot à dire pour qu'ils se jettent sur le moine. À l'idée de mourir sous les crocs de bois et les griffes de métal de ces créatures artificielles, Gessho sentit le dégoût et le désespoir l'envahir.

Shikanoko s'impatientait et abattait son sabre avec une ardeur redoublée. Gessho parait ses coups, sa force plus grande lui permettait de repousser son adversaire plus jeune. À chaque cercle qu'il dessinait, il se rapprochait du sorcier qui les observait. Quand il jugea être à bonne distance, il bondit en l'air, comme pour éviter le sabre de Shikanoko, mais se retourna soudain, son poignard dans la main gauche, et transperça la gorge du sorcier en retombant sur le sol.

L'espace d'un instant, il regretta de n'avoir pas pris le vieillard en otage pour contraindre Shikanoko à se soumettre, mais il ne croyait pas que le jeune homme et sa troupe de lutins fussent accessibles à la compassion humaine. En retirant son poignard, le moine s'émerveilla de voir jaillir le sang du sorcier, aussi rouge et chaud que celui d'un homme ordinaire. Puis il se retourna pour affronter Shikanoko.

*

Quand leur maître et créateur s'effondra, les animaux poussèrent des cris de terreur et de désolation. Shikanoko lui aussi cria dans sa fureur :

– C'était moi que vous deviez combattre ! Enfin, vous allez payer, maintenant !

Jinan, son sabre, s'abattit en tailladant Gessho de l'épaule à la taille, puis il s'enfonça dans son cou et trancha sa tête. Les yeux lancèrent un regard ultime, clignèrent une dernière fois. Le corps vacilla et tomba avec fracas, comme un cèdre abattu.

Sans prêter attention aux flots de sang, Shikanoko s'avança entre le corps et la tête et s'agenouilla près de Shisoku, en saisissant ses mains.

– Je vous dois d'être ce que je suis, dit-il, le visage

ruisselant de larmes. Vous m'avez ramené des confins de la mort et du désespoir.

Le vieillard ne pouvait répondre. Plus jamais il ne bougerait ni ne parlerait, plus jamais il ne fabriquerait ses étranges créatures ni ne pratiquerait sa magie aussi puissante que hasardeuse. Les cinq garçons firent cercle autour d'eux.

– Il vous demande de ne pas laisser perdre ce crâne magnifique, déclara Kiku.

– Et de veiller sur les animaux, ajouta Mu.

Puis les garçons versèrent des larmes amères sur leur maître, l'un de leurs cinq pères, qui venait sans le vouloir de leur enseigner le chagrin humain.

Ayant rassemblé du bois pour faire un bûcher, ils regardèrent le corps du vieux sorcier se réduire en cendres. Les animaux poussèrent des cris affligés et même les insectes émirent une sorte de plainte étrange et chuchotée, où tous les bruits mélancoliques de l'automne semblaient concentrés comme dans une potion de Shisoku.

Shisoku brûla comme de l'herbe, mais quand ils hissèrent le corps de Gessho sur le bûcher, il se mit à grésiller en fumant comme un sanglier en train de rôtir, et son odeur se mêla au parfum des branches de cèdre. Shika voulait brûler aussi la tête, mais Kiku la lui prit pour l'enterrer sous un jalon en bois.

Les garçons attrapèrent le faucon magique dans

un filet et le tuèrent. Kuro prit le bec, la peau, les plumes et les serres. Après avoir fait bouillir les os avec soin, afin que toute la chair se détache, il ensevelit la dépouille à une grande profondeur, de façon que les animaux ne puissent la déterrer. Les garçons mangeaient beaucoup d'oiseaux, mais ils semblaient savoir d'instinct que cette créature à moitié surnaturelle était toxique. Kuro fit sécher les os puis les ajouta à ceux du toit, en les recouvrant eux aussi d'un filet pour tenir les oiseaux réels à distance.

Shika fut à la fois triste et soulagé de la mort du faucon magique. L'oiseau aurait pu faire un espion utile, mais il aurait été capable de se raviser à tout moment et de retourner auprès du prince abbé. Il savait déjà combien ces créatures étaient capricieuses et peu dignes de confiance. Les cicatrices sur son visage en témoignaient assez. Pendant de longues semaines, il pleura Shisoku et se lamenta de n'avoir pu le sauver. C'était à cause de lui que Gessho était parvenu jusqu'à la cabane du sorcier. La venue du moine réveilla en lui des souvenirs du Ryusonji, du prince abbé et de ses rituels secrets. Ils lui donnaient la chair de poule. Il se demandait s'il pourrait jamais être libre. Une nuit, il sortit le masque réparé, le purifia avec des prières et de l'encens, et finit par oser le mettre de nouveau. Au cœur de la forêt, les cerfs bramaient, et leurs appels lui apprirent les mouvements de la danse de l'automne, et son message de résignation et de mort.

*

Les garçons grandissaient et apprenaient avec une aisance surnaturelle. Kiku savait embaumer et laquer, et mêler des éléments secrets pour fabriquer de l'encens capable d'évoquer les esprits. Mu forgeait des objets d'acier et réparait les outils cassés. Kuro connaissait tous les poisons de la forêt, les plantes et aussi les cinq créatures mortelles, qu'il gardait en captivité et tentait de recréer quand elles mouraient. Ima excellait à tanner les peaux, et tous les insectes et les plantes de la forêt lui étaient également familiers, même s'il s'intéressait surtout à leurs vertus thérapeutiques et aux nombreux remèdes que Shisoku avait consignés dans son code mystérieux. Lui et Ku se chargeaient principalement de s'occuper des animaux, de les nourrir et de les réparer. Matin et soir, tous les garçons récitaient les prières et les psalmodies de Shisoku, qui protégeaient la forêt.

Ils jouaient sur le cheval, une créature d'âge mûr et de caractère débonnaire, qui les laissait se livrer à des cabrioles sur son dos, ou à le faire tourner dans la clairière au galop et sauter par-dessus des rochers et des statues. Ils l'avaient appelé Kuri, car sa robe avait la même couleur chaude que les châtaignes qu'ils récoltaient dans la forêt.

Étant l'aîné, Kiku dirigeait d'ordinaire tous leurs jeux et leurs activités, mais il avait une certaine tendance à la cruauté dont les plus jeunes se méfiaient. Il ne riait jamais simplement parce qu'il s'amusait ou était joyeux, mais toujours pour se moquer. Mu avait davantage d'humour, et il se montrait plus gentil avec ses deux derniers frères. Il existait une rivalité entre les deux frères plus âgés, de sorte qu'ils ne cessaient de se mettre à l'épreuve et de se battre. Shika dut leur interdire de se servir d'armes. Ils combattaient donc avec les étranges talents qu'ils avaient reçus à la naissance, le second moi et l'invisibilité, qu'ils pratiquaient inlassablement. Ils étaient comme des renardeaux ou des louveteaux, qui perfectionnaient en jouant toutes les compétences dont ils auraient besoin dans leur vie adulte.

Ils semblaient vieillir d'un an chaque mois, et il ne se passait pas un jour sans que Shika se remémore les mots de Sesshin : « Ce seront des démons. » Parfois, il se disait qu'il aurait dû les tuer à leur naissance, mais ce n'était plus possible. Ils lui étaient devenus chers. Leur beauté et leurs aptitudes bizarres l'intriguaient et le charmaient. Il les aimait comme n'importe quel père aime ses fils. Et il les traitait en fils de guerrier, car il passait son temps à élaborer des stratégies pour s'emparer de Kumayama.

Environ un mois après la mort du sorcier et du

moine, alors que l'hiver s'installait et que les nuages se chargeaient de neige, Shika écorchait un lièvre au coin du feu, sous le regard avide de Gen, lequel était maintenant assez un loup pour manger de la vraie viande. Il venait juste d'ouvrir la carcasse et commençait à la vider quand Kiku, qui attendait lui aussi à son côté en frissonnant comme un chien à l'odeur du sang et de la chair crue, annonça :

– Quelqu'un approche.

Shika n'entendait rien, en dehors du crépitement du feu et du halètement des animaux, mais il avait confiance en l'ouïe de Kiku, qui s'affinait de jour en jour.

Il embrocha le lièvre et le mit à rôtir au-dessus des braises.

– Un être humain ? demanda-t-il. Ou plusieurs ?

– Un homme à cheval.

Shika essuya le sang de ses mains et se leva.

– Mettez-vous en place, dit-il doucement.

Ils s'étaient préparés en vue de l'arrivée d'intrus.

– Ne bougez pas avant que je vous fasse signe.

Kuro tint le museau de Kuri pour l'empêcher de hennir. Ima et Ku rassemblèrent les chiens et les loups, et se cachèrent avec eux derrière la cabane. Saisissant les arcs que Shikanoko leur avait confectionnés, Kiku et Mu se postèrent des deux côtés du gué traversant le ruisseau, tapis derrière des rochers.

Shika attendit devant la cabane, le sabre au poing. Un homme traversa le ruisseau sur son cheval noir à la robe terne, si maigre que Shika s'étonna qu'il pût encore avancer. Le cheval avait les côtes saillantes, le dos affaissé, les yeux creusés. La pitié l'envahit, car il reconnut en lui l'un des célèbres étalons noirs de Kuromori, frère de celui de Kiyoyori. Du coup, il identifia aussi le cavalier : Kongyo, le serviteur de Kiyoyori. C'était le mari de Haru, la nourrice des enfants.

Kongyo semblait aussi famélique que sa monture. Il mit pied à terre et s'avança d'un air méfiant, la main sur le sabre. Son regard inspecta rapidement la clairière, en notant les crânes, le toit en ossements, les touffes de plumes, les peaux en train de sécher. Il parut refréner un frisson de dégoût, ainsi qu'un autre genre d'émotion quand il sentit le fumet du lièvre. Le cheval baissa la tête et entreprit de brouter l'herbe mourante de l'hiver. Son ventre émit un gargouillement caverneux.

Les deux hommes s'observèrent. Shika se demandait si Kongyo le reconnaissait. Cela faisait plus d'un an qu'ils avaient tous deux servi sire Kiyoyori à Matsutani. Kongyo avait été envoyé à Miyako avant que dame Tama ait fait arracher les yeux de Sesshin et l'ait chassé avec Shika dans le Bois Obscur, mais au cours des semaines précédentes ils s'étaient vus chaque jour. À l'époque, Kongyo était le chef des serviteurs du seigneur de Kuromori, alors que Shikanoko était le fils dépossédé d'un guerrier mort, rendu suspect par son association avec le bandit Akuzenji. Ils se retrouvaient maintenant davantage sur un pied d'égalité, dans la mesure où Kongyo était affamé et Shika avait de quoi manger.

– Vous vous appelez toujours Shikanoko ? demanda enfin Kongyo.

Shika hocha brièvement la tête.

– Je suis Kuromori no Kongyo…

– Je sais qui vous êtes, l'interrompit Shika. Comment êtes-vous arrivé ici ?

– Mon fils m'a dit que le moine Gessho était revenu vous chercher. Je l'ai chargé de le suivre. Il a jalonné le chemin. Il a vu Gessho mourir et vous a reconnu. Peut-être vous souvenez-vous de lui : il a le même âge que dame Hina, il jouait souvent avec elle et son frère. Nous l'appelons Chika.

– Je me souviens de lui, dit Shika en se demandant comment il avait pu échapper à l'attention des garçons.

Sans doute avaient-ils été trop absorbés par le combat avec Gessho, puis distraits par la mort de Shisoku. Du reste, Chika ne se vantait-il pas autrefois de pouvoir parcourir Matsutani sans que personne le voie ?

– Il m'a dit que vous aviez vaincu Gessho en recourant en partie à de la magie, reprit Kongyo.

Il semblait choisir ses mots avec soin, comme s'il craignait d'offenser Shika.

– Il prétend que vous avez employé des esprits sous la forme d'enfants capables d'apparaître et de disparaître à volonté.

– Peut-être le choc d'avoir vu mourir deux hommes lui a-t-il donné des hallucinations, répliqua Shika.

– Mais vous avez des enfants ici ? Nous espérions que l'un d'eux puisse être Yoshimori. Autrement, pourquoi le prince abbé aurait-il envoyé Gessho vous chercher ?

Un espoir fou brillait dans les yeux de Kongyo.

– Si Yoshimori est vivant, mon seigneur n'est pas mort en vain !

Après un instant d'hésitation, Shika se dit qu'il n'avait rien à craindre de cet homme affamé, qui avait été le plus loyal des guerriers de Kiyoyori.

– Yoshimori est vivant, mais il n'est pas ici, déclara-t-il. J'étais avec lui, mais j'ai été blessé, nous avons été séparés, puis j'ai dû m'occuper d'autres enfants, comme l'a constaté votre fils, et il m'a été impossible de les quitter pour aller chercher Yoshimori. À présent, l'hiver approche et il va bientôt neiger. Que puis-je faire avant le printemps ?

Il fit un signe, et les garçons apparurent un à un et se groupèrent autour d'eux. Kongyo les regarda, déconcerté par leur aspect.

– Ils ont l'air faits pour la forêt, comme des louveteaux, dit-il enfin. Mais un enfant de la famille impériale, élevé dans un palais, pourra-t-il survivre à un hiver dans le Bois Obscur ?

– Il n'est pas seul, répondit Shika en pensant avec déchirement à Akihime et aux chevaux. Je ne peux pas tout vous expliquer maintenant, mais je crois qu'il sera en sûreté jusqu'au jour où il sera possible de le secourir et de le rétablir sur le trône.

– Nous prions tous que tel soit le dessein du ciel, assura Kongyo d'un ton solennel. Mais j'ai autre chose à vous dire, qui vous encouragera à agir, je l'espère. La nuit où mon fils est revenu me dire qu'il vous avait vu tuer Gessho, j'ai rêvé de vous. Vous étiez aussi grand qu'un géant. Votre tête s'appuyait aux montagnes du nord et vos pieds étaient posés sur les îles du sud. À mon réveil, j'étais convaincu que le ciel avait un projet pour vous. Sinon, pourquoi auriez-vous échappé si souvent à la mort ? On vous a cru mort, quand vous êtes tombé du haut de la montagne. Akuzenji aurait pu vous tuer, mais il ne l'a pas fait. Mon maître, Kiyoyori, vous a épargné, seul d'entre les bandits. Votre oncle vous a capturé mais vous a livré à Gessho. Le prince abbé, au lieu de vous faire exécuter, vous a pris comme disciple. Vous avez fui son autorité et voilà que je vous trouve ici, vivant, en ce lieu voué à la mort.

– Peut-être ai-je eu de la chance, dit Shika. Mais vous semblez en savoir long sur moi.

– Après mon rêve, j'ai mis bout à bout tout ce que j'avais entendu à votre sujet. Et ma femme m'a assuré qu'en plus vous aviez un bon cœur, car vous vous êtes occupé de Sesshin avec tendresse après qu'on lui a arraché les yeux. Mais ce ne sont pas votre chance ni votre bonté, si précieuses soient-elles, qui vaincront le prince abbé. C'est ce que vous avez appris de lui, de maître Sesshin et du sorcier qui a fabriqué ces étranges créatures.

– Vous êtes très flatteur. Cela dit, que me proposez-vous exactement ?

– Nous sommes confinés dans la forteresse de Kuromori. Nous mourons de faim, comme vous vous en êtes sans doute aperçu. Nous ne sommes pas vraiment assiégés. Il existe un passage secret par où des hommes isolés peuvent entrer et sortir. Cependant, les routes des alentours sont surveillées et nous croyons qu'Aritomo projette d'attaquer de nouveau la forteresse. Masachika, le frère de Kiyoyori, a déjà essayé une fois, mais mon fils nous avait prévenus.

– Ce garçon m'a l'air très utile.

– Il est aussi intrépide qu'intelligent, répliqua Kongyo avec fierté. Nous avons épargné Masachika, bien que tous ses hommes aient été exterminés. Comme il a accepté de changer de camp, nous l'avons laissé partir. C'est quand même l'héritier de Kiyoyori, et il est Kakizuki de naissance. Aucun d'entre nous ne voulait avoir son sang sur les mains. Nous pensons qu'il a rejoint les Kakizuki à Rakuhara, pour les informer de notre situation critique, mais nous n'avons eu aucune nouvelle depuis. Toutefois, il nous semble qu'Aritomo va lancer une offensive contre Rakuhara au printemps. Si vous vous emparez d'ici là de votre domaine de Kumayama, vous pourrez nous aider à Kuromori. En unissant nos forces, il nous sera possible de prendre à revers les Miboshi.

– Et comment vais-je m'emparer de Kumayama sans aucune armée ?

– Si Sademasa meurt, ses hommes vous reconnaîtront au nom de votre père. Matsutani est abandonné à cause des esprits gardiens qui en ont pris possession, mais vous serez capable de leur faire entendre raison. Vous formerez une enclave de résistance entre Miyako et Minatogura, en rendant impossibles leurs convois de ravitaillement.

– Vous avez vraiment confiance en moi ! Comment vais-je tuer Sademasa ?

– Avec l'aide de vos lutins et de leur magie, bien sûr !

Kongyo lui lança un regard rusé.

– Croyez-vous que ce lièvre soit cuit, maintenant ? Vous pourrez réfléchir à tout ça pendant que nous mangerons.

6

AKI

Akihime s'inquiétait pour ses règles, ne sachant comment s'y prendre dans la forêt. Elle se demandait ce qu'elle dirait à Yoshi, et si elle ne devrait pas se tenir à distance, car les empereurs n'avaient certainement rien à faire avec une souillure telle que du sang menstruel. Cependant, les règles n'arrivèrent jamais. Elle regardait les singes s'accoupler, accoucher, s'occuper de leurs petits. Les bébés jouaient avec les longs tétons roses de leurs mères, tandis qu'elle sentait ses propres seins gonfler et devenir douloureux. La vieille guenon dirigeant la tribu la traitait comme l'une de ses nombreuses filles. Elle épouillait ses cheveux, qui poussaient en une masse hirsute et luxuriante, et elle lui donnait la meilleure part des graines et des fruits qu'ils récoltaient dans la forêt où régnait la chaleur de l'été.

Quand il pleuvait, les singes s'asseyaient dans la source chaude. Par une journée chargée d'humidité, Aki se déshabilla et se joignit à eux. Elle constata qu'elle avait maigri, que son corps avait perdu l'embonpoint charmant qui était le sien au palais. Ses clavicules saillaient, mais son ventre était légèrement arrondi.

Yoshi avait renoncé à ses vêtements, qui étaient constamment trempés depuis que les pluies avaient commencé, et son corps avait pris la teinte brune d'une faine. Il avait les bras et les jambes couverts de coupures, d'égratignures, de vieilles cicatrices. Il ne parlait jamais de Kai – Aki se demandait s'il l'avait oubliée. Il s'était intégré au groupe des jeunes mâles, avec qui il grimpait et jouait à longueur de journée. Il en était venu à comprendre leurs jacassements et leurs grimaces, et dormait la nuit blotti contre eux. Quand ils s'étaient enfuis du palais, Aki avait craint qu'il ne puisse marcher, mais maintenant il ne cessait de courir.

Elle s'efforçait de lui parler le plus possible, de peur qu'il n'oublie le langage humain. Elle lui chantait des chansons et lui racontait des histoires. Le luth s'animait sous ses doigts, au grand émerveillement des singes. Yoshi lui apprit les noms qu'il leur avait donnés. Il appelait la vieille guenon Ame, et le mâle le plus fort Hai. Quant à ses deux meilleurs amis, c'étaient Shiro et Kemuri.

Il montait les deux chevaux et avait persuadé Shiro et Kemuri de se joindre à lui. Aki constata avec étonnement que les chevaux se laissaient faire. Yoshi ne se servait jamais de selle ni de bride. Il semblait avoir trouvé le moyen de communiquer avec les chevaux aussi aisément qu'avec les singes. Même l'irascible Risu faisait tout ce qu'il demandait, comme si c'était un jeu.

Les pluies se terminèrent et la grande chaleur de l'été commença. Un jour, les singes firent montre d'une agitation inhabituelle. Ils se regroupaient en se cramponnant les uns aux autres, en humant l'air et en regardant vers le nord-ouest, sans cesser de jacasser d'un air inquiet. De temps en temps, un jeune mâle, tel que Shiro ou Kemuri, bondissait en avant et poussait des cris menaçants, bien qu'Aki ne vît ni n'entendît rien d'insolite.

– Qu'est-ce qu'ils ont ? demanda-t-elle à Yoshi qui humait l'air comme eux.

– Quelqu'un arrive, quelqu'un dont ils ont peur.

Aki entendit un cri pitoyable, pareil à ceux que les singes poussaient lorsqu'un des leurs mourait. La détresse du groupe sembla redoubler. Une jeune femelle, en particulier, répondit par des hurlements, et l'appel lointain retentit avec encore plus de force.

– C'est un membre de la tribu, dit Yoshi. Il a disparu voilà longtemps. Je pense qu'il est attaché, de sorte qu'il ne peut approcher. Il appelle au secours.

– N'y allez pas, répliqua Aki. C'est peut-être un piège.

– Mais il a besoin d'aide !

– Il se pourrait que quelqu'un s'en serve comme appât.

– Qu'est-ce qu'un appât ? demanda Yoshi d'un ton perplexe.

Mais Aki n'eut pas le temps de répondre, car le groupe entier des singes, avec Ame et Hai à leur tête, se mit à bondir à travers les arbres en direction des cris. Kon voltigea au-dessus d'eux. Risu et Nyorin leur emboîtèrent le pas, et Aki marcha entre les deux chevaux. Au début, les singes se montrèrent prudents, silencieux. Ils semblaient attirés comme malgré eux vers ces cris, mais ils avaient peur. Néanmoins, ils avaient beau vouloir se taire, à mesure qu'ils approchaient leur peur s'extériorisa en jacassements stridents. Le singe attaché cria de plus belle, mais ses appels vibraient maintenant d'un espoir déchirant.

En arrivant à l'orée de la clairière, Aki le vit clairement. Un mâle à moitié adulte, avec un collier vert au cou, attaché à un pieu fiché dans la terre. Les anciens de la tribu, Ame et Hai, émirent des grognements d'avertissement. Hai parcourut la troupe en giflant les jeunes mâles pour qu'ils obéissent, mais Shiro et Kemuri s'élancèrent en avant, suivis de Yoshi. À l'instant où Aki appela le petit garçon, il se retrouva pris au piège avec les deux singes dans un filet aussi invisible qu'impossible à déchirer. Les singes poussèrent les mêmes cris que celui qui était attaché. Yoshi hurlait dans sa fureur.

Les singes assistant à la scène hurlèrent à leur tour d'un air horrifié, en sautant en l'air et en martelant le sol avec leurs poings. Aki allait s'élancer, mais Ame tendit la main pour la retenir, en tapotant son ventre puis celui de la jeune fille. Elle fixa un instant Aki de ses yeux brillants et sagaces. Quand Aki détourna son regard, elle s'aperçut que trois hommes avaient pénétré dans la clairière. Ils portaient d'étranges vêtements rouges, et même si deux d'entre eux étaient adultes, il y avait quelque chose d'enfantin en eux – peut-être leur chevelure ? Aki reconnut le troisième. C'était le garçon qui avait fait un numéro avec les singes à Majima.

Se dirigeant vers le singe attaché, il lui donna en récompense un peu de nourriture, que l'animal engloutit en gloussant d'un air satisfait. Il ne restait plus trace de sa détresse. Lorsque son propriétaire le détacha, il sauta droit sur son épaule et entreprit de l'épouiller.

Les deux autres hommes s'approchèrent du filet et poussèrent un cri de surprise.

– Bonne prise ! Deux jeunes mâles et un petit garçon !

Aki eut de nouveau envie de s'élancer, mais elle était

nue et désarmée. Elle avait laissé son poignard et son arc avec Genzo dans la caverne. Les hommes avaient des couteaux et des bâtons. Elle se rappela ceux de la route du Rinrakuji. Shikanoko était apparu comme par miracle pour les tuer, mais sans lui ils l'auraient violée, puis probablement assassinée ou réduite en esclavage. Elle redoutait que ces hommes ne fassent de même. Dans ce cas, Yoshi serait définitivement perdu. Personne ne saurait qui il était, et lui-même aurait tôt fait de l'oublier.

Une autre réalité s'imposa à elle et la figea sur place : elle attendait un enfant.

Elle regarda les chevaux qui observaient la scène, les oreilles dressées.

« Je vais suivre Risu, pensa-t-elle. L'esprit de Kiyoyori me dira ce que je dois faire. »

Risu ne bougea pas, Nyorin non plus. Yoshi ne regarda pas dans leur direction et ne prononça plus un mot, même quand ses ravisseurs l'interrogèrent. Ils étaient trop stupéfaits par leur prise pour remarquer quoi que ce fût d'autre dans les arbres bordant la clairière.

– Il a dû être élevé par les singes, s'émerveilla le garçon. Peut-être n'a-t-il jamais appris à parler.

Aki se rappela l'avoir vu au marché sur la rive. Il lui avait donné l'impression d'être hardi, gentil avec ses partenaires singes et prêt à rire de lui-même. Yoshi serait peut-être davantage en sûreté loin d'elle. Il pourrait disparaître dans la foule des habitants du bord du fleuve. Jamais le prince abbé n'irait l'y dénicher. Il chercherait une jeune aristocrate avec un petit garçon et, bien entendu, lui ou ses moines auraient vite fait de la reconnaître. Cependant, aucun d'entre eux n'avait vu Yoshi depuis la cérémonie de sa première coupe de cheveux, quand il avait dix-huit mois. Rien ne le distinguerait de tous les autres orphelins et enfants des rues luttant pour survivre. Aki, elle, saurait toujours où le trouver, avec le garçon aux singes.

Malgré tout, en les regardant, lui et ses deux compagnons qu'on emmenait après les avoir attachés avec des cordes, elle sentit son cœur se briser. Risu se pencha pour effleurer de son museau l'épaule de la jeune fille. Aki y vit le signe que l'esprit de Kiyoyori approuvait sa décision. Elle s'appuya contre le flanc de la jument.

– Dépêchez-vous de naître, chuchota-t-elle. J'ai besoin de vous. Vous et mon enfant, vous grandirez comme des frères.

Très haut au-dessus de sa tête, elle entendit une voix flûtée appeler doucement. Levant les yeux, elle aperçut la silhouette de Kon se détachant, moitié noire, moitié dorée, sur le ciel d'été d'un bleu intense. Le faucon magique battit des ailes, comme pour lui dire adieu, puis vola rejoindre l'empereur et ses singes.

*

Le luth perdit son revêtement d'or et ses incrustations de nacre. Il se mit à bouder, en refusant de jouer ses mélodies, sans égards pour toutes les fois où Aki le sortit, l'astiqua, le cajola, voire le supplia. Elle aurait voulu en jouer pendant son voyage, afin d'avoir un prétexte plausible pour errer ainsi sur les routes.

Elle savait qu'elle devrait quitter le Bois Obscur. Malgré les sources chaudes, elle ne pensait pas pouvoir survivre à un hiver là-bas, surtout avec un bébé dont elle avait calculé qu'il naîtrait au premier mois. Elle n'avait pas envie d'accoucher dans la forêt, seule. Il lui faudrait d'autres femmes autour d'elle pour l'aider à mettre l'enfant au monde. Elle ne voyait aucun refuge possible en dehors de l'ancienne demeure campagnarde de sa famille à Nishimi. Même si elle n'y était pas retournée depuis un an, les servantes, qui l'avaient connue enfant, veilleraient certainement sur elle.

Elle commença ses préparatifs. Elle prit les selles qu'elle avait rangées dans la caverne, essuya les traces de moisi sur elles. Puis elle lava ses vêtements à la source et tenta de peigner ses cheveux. Ils étaient maintenant assez longs pour faire des couettes, à la manière des campagnardes. Elle attacha leurs extrémités avec de robustes roseaux poussant à l'ombre autour des mares.

Le jour où elle projetait de partir, le comportement des singes la déconcerta. Au lieu d'aller dans la forêt, comme ils le faisaient habituellement dès l'aube, ils restèrent à proximité des cavernes en jacassant avec nervosité. Les chevaux semblaient agités, eux aussi, et ils étaient trempés de sueur.

À midi, le jour brillait d'un éclat métallique et le ciel s'était assombri. Les cimes des arbres se mirent à se heurter violemment sous la poussée d'un vent brûlant. Puis ce fut la pluie, dont les gouttes s'abattaient en grésillant sur les rochers et le sol. L'eau des mares bouillonnait. Bientôt, la pluie fut si forte qu'elle semblait s'élever de la terre autant que tomber du ciel.

Le monde semblait retourné à l'élément liquide. La moindre rigole débordait. Le vent redoubla de fureur, en chassant devant lui la pluie à l'horizontale. On entendit comme un coup de tonnerre, et la terre trembla quand un cèdre gigantesque fut déraciné et jeté au sol.

Les singes se blottirent autour d'Aki et d'Ame, en gémissant au moindre fracas. Risu avait les oreilles couchées et piaffait nerveusement. Immobile, Nyorin regardait le rideau de pluie.

Quand le typhon fut passé, ils s'aventurèrent dehors. La terre fumait, un tapis de feuilles et de branches couvrait le sol. Les singes inspectèrent d'un air méfiant l'arbre abattu, et trouvèrent dans ses racines des larves et des insectes. La tempête dévastatrice leur valait aussi un festin. Tout semblait propre, l'air était embaumé. Un à un, les oiseaux de la forêt se mirent à chanter.

Les jeunes singes partirent en exploration, bien qu'ils fussent encore assombris et nerveux après la capture de Shiro et de Kemuri. Aki emmena les chevaux chercher de l'herbe fraîche. Elle entendait les singes jacasser devant elle et suivait la piste parsemée des brindilles et des coques qu'ils faisaient tomber des arbres. Les chevaux broutèrent l'herbe haute et luxuriante. Aki avait faim, elle aussi. Elle suça des racines et mâchonna des faines encore vertes, mais ces dernières ne firent qu'aggraver son mal de ventre.

Ils suivaient une sorte de sentier tracé par des renards ou des cerfs, qui menait à un ruisseau. Il y avait des traces dans la boue, des empreintes de pattes et de sabots. Les singes jacassèrent de plus belle, puis elle entendit un cri de douleur. Risu répondit par un hennissement et s'élança en avant, en manquant renverser Aki au passage.

Sur la rive opposée se tenait un jeune cerf, dont les bois neufs et durs brillaient. Elle leva son arc et pinça la corde. L'animal redressa la tête, huma l'air, puis se détourna et s'éloigna en bondissant. Elle se rendit compte qu'elle tremblait de peur. L'espace d'un instant, elle avait cru que le cerf allait se transformer en Shikanoko. N'était-ce vraiment qu'un animal, ou était-il un signe, un symbole peut-être de l'enfant qu'ils avaient conçu ensemble ? D'un coup, elle en fut certaine. « Je suis enceinte de son fils », se dit-elle avec une joie mêlée de chagrin. Puis elle se rappela le rêve qu'elle avait fait, la nuit où elle avait fui le palais. Elle avait vu le même cerf dans son rêve.

Les rochers bordant le ruisseau étaient couverts des débris de la tempête, emportés par l'eau torrentielle puis laissés là lors de la décrue. Les singes avaient entrepris de les fouiller, et il y avait maintenant du sang sur les rochers et l'un d'eux suçait sa patte en geignant. Les autres sautaient autour d'un objet brillant en émettant des grognements d'avertissement, comme s'ils avaient déniché un serpent.

Risu poussa un long hennissement gémissant, et pour la première fois Aki vit son ventre bouger quand le poulain se mit à se démener en donnant des coups de pied. Elle rejoignit la jument pour tenter de l'apaiser. Les singes se dispersèrent à son approche et retournèrent précipitamment en haut des arbres. Elle entendit leurs jacassements dans son dos, tandis qu'ils rentraient chez eux.

Devant elle, un sabre sans fourreau reposait sur un rocher. À travers la boue, elle vit que sa poignée était recouverte de peau de serpent. Quelques gouttes de sang parsemaient sa lame. Le singe devait s'être coupé en la soulevant. Elle regarda autour d'elle, incertaine. D'où pouvait venir cette arme ? Un guerrier l'avait-il laissée tomber ? Se cachait-il quelque part, ou gisait-il mort dans le ruisseau ? Elle eut envie de s'enfuir comme les singes et de laisser là ce sabre, mais Risu refusait de bouger.

Aki se pencha avec méfiance. Risu la poussa du museau d'un air encourageant, et elle prit le sabre par sa poignée. Il l'inquiétait et la réconfortait à la fois. Il se lova dans sa main comme s'il lui appartenait. Cela faisait longtemps qu'elle n'avait pas tenu un sabre. Il lui rappelait son père, et les leçons qu'il lui avait données au Rinrakuji, en secret, afin que nul ne sache que la jeune fille qu'on appelait la Princesse de l'Automne savait se battre avec un sabre comme un homme.

Maintenant qu'Aki tenait le sabre, Risu la suivit volontiers, de si près qu'elle lui aurait presque marché dessus.

« C'est certainement le sabre de sire Kiyoyori, pensa Aki. Son esprit le reconnaît. Dès que la jument l'a vu, le poulain s'est agité. » Malgré le soleil brûlant, elle frissonnait. Le sabre avait été refondu et réparé, mais par qui ? Pourquoi le cerf s'était-il trouvé au bord du ruisseau ? Shikanoko était-il dans les parages ? Était-il vivant ou mort ? Était-ce le désir ou la peur qui la faisait trembler ?

Elle retourna en hâte dans la caverne, en s'arrêtant en chemin dans le bosquet de bambous afin d'en couper un en guise de fourreau. Après avoir lavé le sabre souillé de sang et de boue, elle le glissa dans le fourreau improvisé, qu'elle attacha avec une corde tressée avec des sarments de kudzu et des morceaux d'écorce.

La vieille guenon, Ame, la regarda attentivement, mais en gardant ses distances, comme tous les autres singes. Le sabre leur faisait peur. Aki déchira une de ses robes de dessous en larges bandelettes. Elle en enroula une autour de sa tête, de façon à recouvrir tout son visage en dehors des yeux. Avec les autres, elle enveloppa ses jambes pour que la selle ne les irrite pas. Puis elle sella les chevaux, en notant que la sangle de Risu était étirée au maximum tant son ventre avait grossi. Une fois le luth attaché au dos de la jument, elle monta sur une souche pour enfourcher Nyorin.

Elle inclina la tête devant Ame en lançant d'une voix forte :

– Merci pour tout !

La vieille guenon resta assise, impassible, avec son enfant en train de téter, tandis qu'Aki s'éloignait du Bois Obscur, prête à retrouver le monde des sabres, des chevaux et des hommes.

7

YOSHI

Yoshi fut contraint de marcher, avec ses mains attachées devant lui, au bout de la corde que tenait l'homme le plus âgé, lequel portait sur son épaule l'un des singes, Shiro, emballé comme un paquet. L'autre homme portait Kemuri, tandis que le garçon les suivait avec l'appât, dont il tenait de la main gauche la corde fixée à son collier. Le singe gambadait joyeusement, faisait des culbutes, sautait sur l'épaule du garçon puis de nouveau à terre, en jacassant sans relâche.

Shiro et Kemuri poussaient des cris de colère et de peur, en essayant de mordre et de griffer, mais les hommes ne se fâchèrent pas contre eux. Ils se contentèrent de rire avec amusement et d'empêcher les singes de les blesser, ou de se blesser, avec une douceur experte.

Le garçon émettait des grognements pareils à ceux qu'un mâle adulte pouvait adresser aux plus jeunes, plus pour les rassurer que pour les menacer. Yoshi commença à avoir confiance en lui.

Ils suivirent le même chemin en bordure de la forêt que Yoshi avait emprunté avec Aki et les chevaux, et arrivèrent à la vieille cabane et à l'endroit près du ruisseau où il avait cru que Shikanoko allait lui couper la tête. Il ne put s'empêcher de frissonner. Il n'y avait aucune trace de Shikanoko. Peut-être était-il vivant ? À moins que les chevaux ne l'aient tué, finalement, et que les loups n'aient emporté ses ossements ? Il n'était pas sûr d'être vraiment triste à cette idée. Shikanoko les avait sauvés, Akihime et lui, de ces hommes qui, Yoshi le savait, leur voulaient du mal. Il l'avait pris en affection, à ce moment-là. Mais ensuite le jeune homme avait voulu le tuer, avec la même soudaineté et la même détermination impitoyable. L'affection avait alors cédé la place à la méfiance en Yoshi. Il savait que son père était mort, de sorte que c'était maintenant lui l'empereur, même s'il ne devait le dire à personne. Sa mère était morte, elle aussi, ainsi que les parents d'Akihime. Tous les gens qu'il connaissait avaient sans doute péri, en dehors d'Akihime et de Kai. Il avait du chagrin pour eux tous. Il ne voulait pas que d'autres meurent. Jamais.

Dans la même caverne d'où avaient jailli Risu et Nyorin, les chasseurs de singes avaient laissé un cheval de bât portant deux paniers. Un autre panier, plus petit, contenait des fruits du bibacier et des abricots. Le garçon alla remplir une gourde en bambou au ruisseau, joignit les mains en récitant une prière pour la bénir puis la donna à Yoshi, afin qu'il puisse boire. Ensuite, il lui fit manger des fruits, en coupant des tranches fines avec un couteau aiguisé et en les glissant dans sa bouche. Ses compagnons firent de même avec Shiro et Kemuri, qu'ils tenaient sur leurs genoux.

Les singes n'étaient pas affligés au point de ne pouvoir manger. En fait, la nourriture les calma, et ils permirent aux hommes de les mettre chacun dans un des paniers du cheval. Yoshi fut juché sur son dos, entre les deux paniers. Il agrippa la crinière avec ses mains entravées.

Il devait faire sombre dans les paniers, car Shiro et Kemuri se turent, apparemment endormis. Le garçon marchait à côté du cheval de bât, avec le singe apprivoisé sur l'épaule. Il nommait à Yoshi tout ce qu'ils voyaient : rocher, ruisseau, arbre, ciel, d'une voix lente et claire, comme si c'était une leçon. Au bout d'un moment, Yoshi répéta un mot – cheval –, et le garçon cria d'un air ravi :

– Il parle ! Il parle !

Yoshi continua de répéter les mots après lui. Il trouvait très amusant de réapprendre ainsi à parler, non pas dans le langage aussi poli que compliqué de la cour, mais dans l'argot sans détour des gens du fleuve. Il se mit à rire à chaque mot, et le garçon riait aussi. Puis les hommes s'en mêlèrent et lui enseignèrent à leur tour des mots qu'il soupçonnait d'être peu corrects – cul, bite, couille. En les prononçant, il avait l'impression de devenir quelqu'un de différent, plus fort et plus âgé.

– Sarumaru, dit le garçon en pointant le doigt sur son propre nez. Je m'appelle Sarumaru.

– Et moi, Kinmaru, dit l'homme le plus âgé.

– Et moi, Monmaru, dit le plus jeune.

– Et moi, Yoshi.

Comme il ne pouvait pointer le doigt, puisque ses mains étaient attachées, il hocha vigoureusement la tête.

– Nous vous appellerons Yoshimaru, déclara le garçon en riant. Nous avons tous des noms d'enfant. Nous ne nous coupons pas les cheveux, nous ne grandissons jamais. Nous sommes les enfants de la route.

Ce discours plut à Yoshi. Il se rappelait qu'en voyant Sarumaru, à Majima, il avait eu envie d'être lui. Lorsqu'il s'entraînait à faire des acrobaties dans la forêt avec les singes sauvages et les deux chevaux, il se mettait toujours à la place du jeune garçon. Et voilà qu'il l'avait rencontré et allait vivre avec lui ! Il était assez jeune pour croire en la puissance magique de sa propre pensée. À cette idée, il se remit à rire.

– Les enfants de Dieu, dit Monmaru en dessinant dans l'air un signe avec son index.

Les autres murmurèrent, comme s'ils récitaient une prière.

Ils continuèrent leur voyage toute la journée, en se reposant un moment à l'ombre quand la chaleur fut à son comble. Ils détachèrent alors les mains de Yoshi, et par la suite personne ne sembla juger nécessaire de les attacher de nouveau. Il n'y avait pas grand monde sur la route, même s'ils voyaient au loin des paysans s'affairer dans les champs à rentrer le soja et le riz. La plupart des rizières avaient déjà été moissonnées et des corbeaux s'y rassemblaient pour picorer le moindre grain subsistant, le moindre insecte à découvert. Des hérons longeaient les berges d'un air majestueux, à la recherche de grenouilles. De temps à autre, Yoshi apercevait un plumage noir et doré, et il savait que le faucon magique le suivait. Cela ne lui plaisait pas vraiment. Kon était lié de trop près à son ancienne vie et connaissait sa véritable identité. Même si la plupart des gens ne pouvaient comprendre l'oiseau, certains y parviendraient peut-être, et notamment le prince abbé, dont Yoshi avait conscience qu'il était son pire ennemi.

Dans l'après-midi, ils arrivèrent au carrefour où le fantôme avait empêché Risu et Nyorin d'aller plus loin et où Shikanoko l'avait fait passer des rives du fleuve de la Mort au poulain. Yoshi se remémora le masque, la façon dont il avait transformé Shikanoko en un être surnaturel. Il frissonna derechef.

– D'ordinaire, nous continuions jusqu'au Rinrakuji, déclara Sarumaru. Les moines nous accueillaient toujours volontiers et regardaient nos numéros, après quoi ils nous offraient le gîte et le couvert. C'étaient de braves gens, d'une piété authentique. Mais les Miboshi ont incendié le temple au début de l'été, et il n'a pas été reconstruit.

– Et quand il sera reconstruit, le prince abbé y installera ses moines et le soumettra à l'influence du Ryusonji, intervint Kinmaru d'un air sombre. Le prince abbé ne nous apprécie pas, nous et nos frères singes.

« Il ne lui viendra jamais à l'idée de me chercher parmi eux », songea Yoshi.

Cette nuit-là, ils dormirent à la belle étoile. Yoshi y était habitué. Il avait souvent dormi dans un arbre avec Shiro et Kemuri, et il aimait passer la nuit dehors, à écouter les insectes et les oiseaux nocturnes, à parler au lapin habitant la lune et à contempler l'immensité étoilée, en se demandant pourquoi certains astres brillaient plus que d'autres, et ce qu'il y avait derrière la voûte céleste.

Monmaru fit un feu de bois vert et de feuilles odorantes, pour tenir les moustiques à distance. Cette tactique ne se révéla guère efficace. Les insectes vrombissaient autour d'eux, mais aucun des trois hommes n'essayait de les écraser. Soit ils les chassaient de la main, soit ils les regardaient percer leur peau pour sucer leur sang.

– C'est ainsi que le Secret nous nourrit, dit Kinmaru.

Et de nouveau, Monmaru dessina dans l'air le signe mystérieux.

– Nous avons fait le vœu de ne pas tuer, chuchota plus tard Sarumaru à Yoshi. Tous les êtres désirent vivre, comme nous, et le Secret a un projet pour chaque vie. De quel droit nous en mêlerions-nous ? Notre mort, comme celle de tous les êtres, arrive sur son ordre et est déjà écrite dans son livre. Si nous contrecarrons cet ordre, nous détruisons l'harmonie et la beauté de son grand dessein en introduisant le mal dans le monde.

» Les hommes se battent et tuent sans fin. Quand ils ne livrent pas bataille, les grands seigneurs chassent pour le plaisir, en prenant en un seul jour des centaines d'animaux de toutes sortes. Ils se parent des plumages et des fourrures de leurs victimes. Ils empennent leurs flèches meurtrières avec les plumes d'oiseaux morts, de sorte que les hérons tuent les hérons, les faisans tuent les faisans. Même les moines et les prêtres, qui se prétendent les disciples de l'Illuminé, tuent pour leurs rituels ésotériques, où ils se servent de crânes de singes et de cœurs de loups. Mais il existe un autre royaume, à côté de ce monde dans lequel nous vivons. Il est à la fois en lui et en dehors de lui, et le meurtre n'y sévit pas, on n'y ensanglante pas la terre. En refusant de tuer, nous le faisons devenir réalité.

Yoshi écouta sans un mot, mais il savait en son cœur que c'était dans ce royaume qu'il voulait vivre.

– Vous comprenez tout, pas vrai ? dit Sarumaru.

Shiro et Kemuri gémirent dans leurs paniers. Le singe de Sarumaru, qu'il appelait Goro, s'assit à côté d'eux et glissa de temps à autre un morceau de fruit sous le couvercle, en jacassant pour les rassurer. Yoshi se demanda s'ils pourraient jamais faire confiance à Goro, après qu'il les avait trompés si effrontément. Il avait vu les singes dans la forêt se berner mutuellement, soit au cours d'un jeu, soit pour voler de la nourriture, mais il ne se serait jamais attendu à voir l'un d'eux jouer si brillamment la comédie pour complaire à un humain.

Il répondit à la question de Sarumaru en hochant la tête avec un sourire timide.

– Vous n'avez donc pas passé toute votre vie chez les singes ? Vous avez été élevé par des humains. D'où venez-vous ?

– Je ne m'en souviens pas.

– J'ai grandi dans le village d'Iida, déclara Sarumaru.

Il ne paraissait nullement fatigué. Il était prêt à bavarder toute la nuit.

– Ma famille m'a vendu aux saltimbanques quand j'étais enfant. Je ne m'en souviens pas très bien. J'avais beaucoup de frères, plus jeunes ou plus âgés que moi. On me faisait tout le temps des reproches et je n'arrêtais pas de recevoir des raclées. Je me rappelle que j'essayais de m'enfuir, mais il y avait toujours quelqu'un pour me poursuivre, soit mon père, soit un de mes frères. Et j'avais droit à une double raclée, quand ils me retrouvaient et quand je rentrais. Quand je suis parti de chez nous, je pleurais. C'était tout ce que je savais faire. Mais Mon et Kin ont toujours été gentils avec moi, et maintenant Goro est mon meilleur ami. Les gens rient en nous voyant, ils adorent notre numéro. Et quand je les entends applaudir, je dis en moi-même à mes frères : « Vous seriez incapables d'en faire autant ! »

– Vous devez leur pardonner, dit Kinmaru.

– Mmm, je leur pardonne, mais quand même, ça me fait plaisir.

– Trêve de bavardages, dormons ! dit Monmaru d'un ton las.

Sarumaru soupira ostensiblement et sembla s'endormir mais, un instant plus tard, il lança soudain :

– Mon frère aîné était très intelligent. Il savait se servir d'un boulier, il savait même un peu lire et écrire. Il est allé à Miyako, où il travaillait dans la maison d'un grand seigneur. J'ignore ce qu'il est devenu ensuite. Un jour, j'irai le trouver et je lui dirai : « Regardez, Taro, mon grand frère, regardez ce que je sais faire ! Vous n'auriez jamais imaginé ça, quand nous étions à Iida, pas vrai ? »

– Dormez ! s'exclamèrent en même temps les deux saltimbanques.

Ils éclatèrent de rire.

– Viens ici, Goro, dit Sarumaru.

Il s'installa en serrant dans ses bras le singe, qui ne protesta pas. Puis il attira Yoshi contre lui. Il se tut enfin, mais Yoshi l'entendit crier dans ses rêves.

Deux jours plus tard, ils arrivèrent à Aomizu, où Aki et Yoshi avaient dit adieu à Kai et aux dames des bateaux, à la fin du troisième mois. Depuis lors, il avait pensé chaque jour à Kai en se demandant s'il la reverrait jamais. Il l'espérait, et il espérait aussi qu'elle ne le trahirait pas. Cependant, il ne vit pas trace des bateaux magnifiquement décorés, ni des musiciens et de la dame élégante qui lui avait parlé si étrangement des souillures.

Ils se rendirent dans une maison au bord du lac, où les autres singes de la troupe étaient restés dans une cour à l'arrière. Plusieurs femmes vivaient là avec trois ou quatre enfants tout petits. Peut-être étaient-elles les épouses des hommes plus âgés, mais Yoshi n'en fut jamais vraiment sûr. La maison était bruyante. Les femmes criaient ou se mettaient à chanter, les bébés pleuraient, les bambins passaient leur temps à culbuter et à éclater en sanglots. Les singes hurlaient eux aussi dans leur enclos – ils se déchaînèrent particulièrement en voyant les nouveaux arrivants.

Shiro et Kemuri furent enfermés dans une cage à part. Ils étaient nerveux et déprimés, et Yoshi passait beaucoup de temps avec eux, à les réconforter et à leur donner des friandises. Ces dernières ne manquaient pas. Les saltimbanques recevaient de nombreux cadeaux pour leurs représentations, et la guilde des marchands, qui organisait les marchés autour du lac, approvisionnait la maison et veillait sur les familles.

Les cadeaux consistaient en nourriture et en saké, sans compter les étoffes, les statuettes dorées, les bols laqués et même parfois des pièces de monnaie, dont les saltimbanques ne savaient vraiment que faire. Elles semblaient magiques et un peu dangereuses, car elles avaient le pouvoir de transformer les marchandises en les faisant changer de main. Habituellement, on les enterrait dans la cour en guise de talisman pour protéger les singes.

Malgré les talismans et les friandises, Yoshi s'inquiétait pour Shiro et Kemuri.

– Ils sont si tristes, dit-il à Sarumaru. Ils veulent retourner dans la forêt. Nous devrions les ramener.

– Il est bon qu'ils soient tristes, répliqua le garçon.

Comme ça, ils deviendront dépendants de vous et de moi, et il sera plus facile de les dresser. Ils s'en remettront. Ils oublieront leur ancienne vie et ne connaîtront plus que celle-ci.

« Comme moi », pensa Yoshi. Les souvenirs de sa première enfance s'effaçaient déjà. Peut-être avait-il vraiment péri sur la rive du fleuve, et était-il maintenant né à une vie nouvelle. Rien ne lui semblait réel, avant ce matin où Shikanoko avait voulu le tuer et où les chevaux l'avaient sauvé, après quoi il avait vécu dans la forêt avec Akihime et les singes.

Les saltimbanques avaient voyagé tout l'été, en participant aux grandes fêtes ainsi qu'aux marchés du cinquième jour, qui avaient lieu le cinquième, le quinzième et le vingt-cinquième du mois. Maintenant que la saison des typhons commençait, ils restèrent enfermés chez eux, à dresser les nouveaux singes et à répéter avec les anciens.

Le dressage prenait du temps, mais les hommes et Sarumaru étaient patients. Ils ne se montraient jamais cruels, même si toute mauvaise conduite était sanctionnée par une réprimande ou une tape sur la patte du coupable. Yoshi s'aperçut qu'ils faisaient exactement la même chose avec les bambins, auxquels ils enseignaient les mêmes tours et dont ils attendaient autant d'attention et d'obéissance. Shiro et Kemuri étaient plus vifs que les enfants et apprenaient plus vite. Cette situation semblait leur plaire, et ils se mirent à rechercher les récompenses et à traiter les bambins comme des singes plus jeunes et moins intelligents, avec une sollicitude mêlée de dédain.

Ils criaient de joie et couraient se cramponner à Yoshi dès qu'ils le voyaient, mais ils en vinrent aussi à aimer Sarumaru, comme tous les singes. Ils se disputaient son attention et s'efforçaient de le satisfaire, non seulement pour la récompense qu'il leur accordait, mais pour ses louanges, sa façon de leur gratter la tête et de les laisser tous lui grimper dessus.

Sarumaru présentait un numéro où il apparaissait couvert de singes au milieu de la foule, comme une créature pourvue d'une fourrure et de six visages. Les enfants s'enfuyaient à cette vue, comme s'il était un ogre, mais revenaient ravis lorsqu'il entreprenait de détacher un à un les singes en les envoyant faire des culbutes dans l'air.

Le premier typhon de l'année s'abattit en rugissant sur le lac. Un déluge se mit à tomber de ses lourds nuages noirs, faisant régner la nuit en plein jour. Il inonda les routes autour du lac, arracha les toits des fragiles habitations. Quand ce fut fini, chacun se mit au travail avec allégresse, pour sécher vêtements et literies, réparer les maisons, nettoyer les murs et les sols maculés de boue. Les typhons faisaient partie de la vie. Il fallait les affronter comme le reste, avec ce mélange de bonne humeur, de patience et de gratitude qui caractérisait les saltimbanques.

À la fin du neuvième mois, lorsque les tempêtes cessèrent et que le beau temps de l'automne se fut installé, ils se préparèrent à se remettre en route. Les singes étaient excités. Les femmes paraissaient à la fois tristes et soulagées. Quant aux enfants, ils pleuraient, car ils auraient voulu être du voyage. Sarumaru dit à Yoshi qu'il les accompagnerait, ainsi que Shiro et Kemuri.

– Nous allons nous rendre au pont de l'Arc-en-ciel pour le marché du cinquième jour, puis nous reviendrons ici pour celui du quinzième. Comme ça, si cela ne vous plaît pas ou si les nouveaux singes ne s'habituent pas à la foule, vous pourrez rester ici avec eux jusqu'à ce que nous revenions pour l'hiver.

– Cela va me plaire, assura Yoshi. J'en suis sûr.

– Il faut être prêt à n'importe quoi, faire preuve de présence d'esprit, tourner une situation critique à son avantage. Tous les yeux sont fixés sur vous. Les gens attendent que vous les fassiez rire, et beaucoup espèrent que vous n'allez pas y réussir, afin de pouvoir vous conspuer. Il faut un bout de temps pour s'y habituer. Et il arrive que les singes n'aient tout simplement pas envie de faire leur numéro. Ils sont de mauvaise humeur, ou il y a du vent, ou la foule est hostile. Dans ces cas-là, il faut quand même se débrouiller, sans se laisser démonter ni montrer qu'on est énervé.

– À vous entendre, c'est difficile, mais ça m'a l'air si simple ! répliqua Yoshi.

– Attendez de m'avoir vu dans une vraie foule ! lança Sarumaru d'un air fanfaron.

Yoshi faillit lui dire qu'il l'avait déjà vu, à Majima, mais il se ravisa. Il n'avait pas envie de parler de son passé. Il voulait être simplement un petit garçon qui avait grandi chez les singes.

Cette nuit-là, le vieillard qui s'était rendu sur le bateau des femmes, le jour où Akihime et Yoshi étaient partis, vint dîner avec les habitants de la maison. Yoshi fit semblant de ne l'avoir jamais vu, mais il se souvenait bien de lui et de tout ce qu'il avait dit. Il resta en retrait, la tête baissée. Le vieillard récita une prière avant le repas, et les autres répondirent à voix basse, d'un ton déférent. Puis il servit tous les convives, comme la fois précédente, comme s'il était l'une des femmes et non un vieux prêtre méritant le respect. Yoshi sentit sur lui son regard pénétrant, mais le vieillard ne lui adressa pas la parole jusqu'à la fin du repas, où il entreprit de bénir les voyageurs.

Kinmaru, Monmaru et Sarumaru, qui devaient partir le lendemain, s'avancèrent et s'agenouillèrent devant lui. Sarumaru attrapa Yoshi dans son dos et le força à les rejoindre.

– Il vient avec nous, déclara-t-il. Et il a besoin plus que quiconque d'être béni, car il n'a personne au monde, en dehors de nous.

Yoshi s'agenouilla en gardant la tête baissée, et sentit les mains du vieillard se poser avec légèreté sur ses cheveux.

– Que le Secret te guide à chaque instant, dit-il doucement. Tu as pris un autre chemin que celui qui t'était destiné, mais il te ramènera au même endroit, pour finir.

« J'espère que non, pensa Yoshi. Je veux être un dresseur de singes comme Saru. Je n'ai pas envie d'être empereur. »

8
SHIKANOKO

– Si vous attendez la fin de l'hiver, vous allez perdre des mois, dit Kongyo à Shikanoko. Mais si vous agissez dès maintenant et vous emparez de Kumayama, c'est vous que les neiges protégeront.

Cela faisait plusieurs fois qu'il revenait sur le sujet, depuis qu'il était arrivé à la cabane et y avait trouvé Shika et les garçons.

– Vous n'allez pas rester éternellement dans cette forêt. Autant partir maintenant. De toute façon, nous ne pourrons pas survivre à un autre hiver à Kuromori. Nous devons soit nous échapper, soit nous tuer. Avec nous, vous auriez soixante-dix hommes pour combattre à vos côtés.

– Des hommes à moitié morts de faim, observa Shika d'un ton dédaigneux.

– Désespérés et prêts à tout. Désireux non seulement

d'avoir à manger, mais plus encore, de venger sire Kiyoyori.

Kongyo agrippa son ventre. La viande de lièvre avait été trop riche pour lui et lui avait donné la colique. Il avait dû plusieurs fois disparaître en hâte dans les buissons et son visage était pâle et trempé de sueur, en dépit du froid de cet après-midi d'hiver.

– Vous n'êtes pas en état de voyager, dit Shika. Restez encore un jour. Votre cheval aussi a besoin de se remettre. Je vais discuter votre proposition avec les garçons.

Il se demandait ce que Kongyo pensait d'eux. Le vieux guerrier les avait tous vus, à présent, même s'il n'arrivait pas à les distinguer. Il avait exprimé à Shika sa surprise devant leur apparence banale. Ils avaient perdu la beauté saisissante de leurs premiers mois et ressemblaient maintenant à ces adolescents dégingandés qu'on trouvait dans n'importe quel petit village des Huit Îles. Shika en était ravi, car ils attiraient moins l'attention. Ils étaient devenus anodins. Ils se fondaient dans la forêt, et il était sûr qu'ils se fondraient ainsi dans n'importe quel environnement.

– Je pense que je vais me coucher, dit Kongyo, mais pas dans cette maudite cabane.

La nuit précédente, le froid l'avait incité à dormir là, au milieu des crânes, des masques et des ossements, des peaux d'animaux et des manteaux de plumes, mais il s'était plaint le lendemain matin d'avoir fait des cauchemars.

– La cabane n'est pas maudite, déclara Mu. C'est quelque chose que vous ne comprenez pas, mais ce n'est pas une raison pour en avoir peur.

Le guerrier parut stupéfait qu'il lui parle avec une telle familiarité.

– Les cauchemars sont des messages des dieux, reprit Mu. Comme tous les rêves, comme celui que vous avez raconté vous-même. Vous devriez être heureux d'en avoir. Vous ne risquez rien dans cette cabane, à moins que Shikanoko ne décide le contraire. Allez vous coucher à l'intérieur, il fait trop froid dehors. Ku vous tiendra compagnie et les chiens vous tiendront chaud.

Shika fut lui aussi surpris par les paroles de Mu. Il ne l'avait jamais entendu en dire autant d'affilée, et elles avaient quelque chose de bizarre. Il se rendit compte que Mu copiait l'intonation et le vocabulaire de Kongyo, comme s'il allait les chercher directement dans le cerveau du guerrier pour les faire siens. Les garçons ressemblaient aux sangsues de la forêt, ces monstres minuscules que Kuro, à la suite de Shisoku, essayait en vain de reproduire, et qui suçaient le sang et dévoraient des vers de terre entiers.

Ku conduisit Kongyo dans la cabane, suivi de deux chiens réels et trois faux. Le garçon ressortit peu après et rejoignit Kiku près du feu.

– Il est couché, dit-il, mais il a besoin de sommeil pour se rétablir.

Kiku faisait bouillir dans une marmite de fer une mixture sentant la graine d'anis et la racine de rhubarbe.

Il enleva la marmite du feu et versa son contenu dans un petit bol, qu'il tendit à Ku.

– Donnez-lui cette potion. Elle calmera son estomac et le fera dormir.

– J'espère que vous n'avez pas l'intention d'empoisonner notre hôte ? intervint Shika.

– Bien sûr que non, assura Kiku. Je ne le ferai que si vous me le demandez.

– Merci, dit Shika. Je me réjouis de vous voir tous si prévenants.

– S'il dort profondément, vous pourrez discuter librement de ses projets avec nous, répliqua Kiku. Ce n'est pas de la prévenance, mais du pragmatisme.

– Et cet homme nous apprend beaucoup de choses, observa Mu. Que voulait-il dire quand il parlait de *venger* ?

– Il s'agit de punir, de rendre la pareille à quelqu'un qui vous a fait du mal. De le lui faire payer. C'est une sorte de justice.

Mu réfléchit un instant à cette réponse. Puis il demanda :

– Qui était sire Kiyoyori ?

– C'était un guerrier illustre. On l'appelait le seigneur de Kuromori. Kuromori est la forteresse où s'est retranché Kongyo, notre hôte.

Après un silence, Shika ajouta à voix basse :

– C'était l'un de vos pères.

– Comme Shisoku ?

Kiku les avait écoutés avec attention. Comme ils ignoraient tout des rapports humains normaux, les garçons ne s'étonnaient guère d'une telle révélation.

– Vous avez cinq pères : Shisoku, Kiyoyori, le chef de bandits, Akuzenji, le grand sage et magicien Sesshin et moi-même.

Kiku et Mu éclatèrent de rire.

– Vous êtes bien jeune pour être notre père, non ? s'exclama Mu.

– Vous êtes notre grand frère, renchérit Kiku.

– Je suis assez vieux pour avoir des enfants, déclara Shika. Du reste, vu la vitesse à laquelle vous grandissez, j'imagine que ce sera aussi bientôt votre cas.

Les garçons réfléchirent en silence à cette observation. Ils souriaient. Kiku donna une bourrade à Mu, qui répliqua par un coup de poing.

« Voilà encore quelque chose que je vais devoir leur apprendre, songea Shika. Mais qui épouseront-ils ? Des femmes humaines ? Et que deviendront leurs enfants ? »

– Vous voulez venger sire Kiyoyori, vous aussi ? s'enquit Mu.

– Oui, et je le ferai. Mais je dois d'abord tuer mon oncle.

« Puis je devrai anéantir le prince abbé, et ensuite... » Même en pensée, il osait à peine exprimer ses désirs profonds : « ... ensuite je retrouverai Akihime, je l'épouserai et je rétablirai Yoshi sur le trône. »

Kumayama était la première étape nécessaire à la réalisation de ces projets.

– Voici Kumayama, l'actuelle demeure de mon oncle.

Il prit un bâtonnet carbonisé et entreprit de dessiner un plan schématique sur l'une des pierres du feu.

– J'ai grandi là-bas.

D'un coup, il fut assailli par les souvenirs – les humiliations et les cruautés quotidiennes, ses colères impuissantes, où il voyait rouge et n'aspirait qu'à frapper, à tuer, à détruire, son indignation et son sentiment d'injustice à l'idée que l'homme censé prendre soin de lui et veiller sur son héritage voulait sa mort et le poussait soit au suicide, soit à un acte suffisamment grave pour justifier son exécution.

Il était profondément reconnaissant d'être tombé du haut de la falaise, plein de gratitude pour le cerf qui avait amorti sa chute et pour les hommes qui avaient épargné sa vie et l'avaient élevé et éduqué à leur manière étrange – Shisoku, Akuzenji, Kiyoyori, Sesshin. Ils avaient tous été comme des pères pour lui. En ce sens, il était bien le grand frère des garçons.

Il s'aperçut qu'il avait toujours le bâtonnet à la main et que les garçons le regardaient d'un air interrogateur. Il reprit :

– J'ai séjourné brièvement là-bas voilà un an. Comme j'étais prisonnier, je n'ai pas pu voir les changements que mon oncle avait apportés à mon ancienne demeure pour la fortifier depuis mon départ, qui remonte maintenant à près de deux ans.

– Expliquez *oncle*, intervint Kiku.

– Le frère de mon père. Si Mu avait un enfant, tu serais son oncle.

Ils éclatèrent de rire derechef. Kiku donna un coup de coude à Mu.

– Qui sera la mère de ton enfant ? L'une de ces chiennes avec qui tu dors ? Tes enfants seront des chiots !

Mu le frappa et ils s'écroulèrent sur Gen, qu'ils tirèrent de son sommeil. Il se leva d'un bond, en grondant et en tentant de mordre. Shika les fit taire tous trois d'un regard et continua :

– Voici comment se présentaient les lieux quand j'habitais là-bas. Nous l'appelions un château, mais ce n'était guère qu'une maison fortifiée qu'entourait une haute palissade en bois avec un fossé sur le devant. Si rien n'a changé, elle est munie d'un portail robuste à l'avant et à l'arrière, et d'une tour de guet. Juste derrière le portail de l'arrière, il y a des cellules avec des barreaux de bois. Et entre elle et la maison s'étend un terrain où on entraîne les chevaux et où tous ceux qui irritent mon oncle sont exécutés.

Il passa à la pierre suivante.

– L'écurie se trouve également à l'arrière. C'est un enclos muni de cordes pour attacher les chevaux. On y conserve du fourrage et des seaux d'eau. Les toits sont tous en chaume. Ils sont faits en roseaux, pas en ossements.

– Ça m'a l'air intéressant, dit Mu. C'est si grand !

– Elle est pourtant petite, comparée à bien d'autres forteresses, répliqua Shika. Petite, mais d'une grande importance. Aussi difficile à prendre qu'aisée à défendre.

– J'aimerais bien la voir de mes propres yeux, déclara Kiku.

– J'espère que tu en auras bientôt l'occasion. Maintenant, laissez-moi en paix un moment.

Shika entra dans la cabane, constata que Kongyo dormait profondément et prit les omoplates du cerf sur l'autel. Il les avait trouvées parmi les affaires de Gessho, après la mort du moine. Après avoir récité une brève prière, il les posa sur les braises du feu. Puis il s'assit en tailleur et médita jusqu'au coucher du soleil. À la tombée de la nuit, il retira des cendres les omoplates refroidies et examina les craquelures aussi fines que des cheveux qui y étaient apparues. Il lui sembla entendre leur message au plus profond de lui.

Kongyo ne se réveilla pas, mais cette nuit-là son cheval fut pris de colique, du fait de toute la nourriture qu'il avait mangée d'un coup avec tant d'avidité. Malgré les efforts de Shika pour le sauver, il mourut au petit matin. Dès qu'Ima se réveilla et le vit, il entreprit de l'écorcher. Il enterra la tête et les sabots, comme le crâne de Gessho, afin que la chair pourrisse. Il coupa la crinière et la queue pour les donner à Ku, qui les lava avec soin et les peigna si bien qu'elles retrouvèrent la souplesse soyeuse qu'elles avaient perdue durant la vie du cheval. Les chiens et les loups étaient assis autour de lui, la gueule dégoulinante de salive. Quand il ouvrit le ventre, Ima leur jeta les entrailles encore fumantes, qu'ils se disputèrent avec férocité.

Shika lut de nouveau le message sur les omoplates.

– Je vais à Kumayama, informa-t-il Kongyo. Si vous vous sentez assez bien pour monter, vous pouvez prendre mon cheval. Retournez à Kuromori et dites à vos hommes de m'attendre. Je pense que je serai là-bas dans une dizaine de jours. Dans le cas contraire, vous saurez que nous sommes bloqués par la neige ou que j'ai échoué. Ce sera à vous de prendre votre avenir en main.

– Vous n'échouerez pas, déclara Kongyo, les yeux brillants. Vous pouvez vous fier à mon rêve.

– Vous allez nous emmener, n'est-ce pas ? lança Mu.

– Allons-nous tuer votre oncle ? demanda Kiku.

– Tu en as envie ? répliqua Shika.

Kiku regarda la cabane au toit d'ossements, les animaux composés de diverses parties de cadavres, la carcasse du cheval mort, et dit :

– Ça m'est égal.

Le troisième des enfants, Kuro, sortit de la forêt en portant sur ses épaules une perche à laquelle pendaient plusieurs petites cages de bambou. Il les posa avec précaution sur le sol et s'accroupit, sans quitter des yeux son frère aîné.

– Qu'est-ce que tu nous ramènes là ? demanda Shika.

– Un mille-pattes géant, deux néphiles dorées, une vipère et un frelon géant très en colère, répondit Kuro.

Kongyo frissonna.

– Je préférerais affronter cent guerriers Miboshi qu'une seule de ces bestioles, en dehors du serpent. Les serpents, on les tue aisément, il suffit de leur trancher la tête.

– Celui-ci dort à moitié, l'interrompit Kuro. Il ne se réveillera vraiment qu'au printemps.

Kongyo ne lui prêta pas attention.

– Mais les insectes ! Quand on les voit, c'est trop

tard. Ils sont à l'affût dans des coins sombres et des endroits obscurs, et ils piquent et mordent sans discrimination ni pitié.

– Tous les guerriers sont-ils des lâches face aux insectes ? demanda Kiku.

La question semblait innocente, mais Shika savait que le garçon entendait insulter Kongyo et le déstabiliser.

– Cela n'a rien à voir avec de la lâcheté…, commença Kongyo.

Shika leva la main pour le calmer.

– Nous le saurons bientôt, dit-il.

Un plan se formait peu à peu dans son esprit.

– Kiku et Kuro viendront avec moi. Mu, tu resteras ici avec Ima et Ku.

– J'aimerais mieux vous accompagner, implora Mu.

Shika n'avait pas envie que les deux aînés se livrent à leurs chamailleries et leurs compétitions, au risque de se mettre en danger. Kuro était le plus solitaire de tous, dans l'ensemble, mais il avait plus de respect pour Kiku que Mu, et ses insectes venimeux pourraient se révéler utiles.

– Je compte sur toi pour veiller sur tes frères et sur les animaux. Il faut que tu sois ce qu'était Shisoku, le gardien de cet endroit, de la forêt tout entière.

Ces mots semblèrent apaiser un peu Mu, qui retrouva

le sourire. Il les quitta pour rejoindre Ima, lequel s'occupait maintenant de découper des tranches de viande sur le cheval mort et de les enfiler sur des bâtons pointus. Mu entreprit de placer ces batons sur des pieux fourchus au-dessus d'un lit de braises. Shika espérait qu'il continuerait de faire beau. Si la viande séchait rapidement, elle permettrait de nourrir les garçons pendant la moitié de l'hiver.

Le frelon géant avait découvert qu'il ne pouvait s'échapper et bourdonnait avec fureur contre les barreaux serrés de sa cage de bambou. Kongyo le regarda avec une fascination horrifiée.

– Le frère de sire Kiyoyori, Masachika, était à moitié mort quand nous l'avons trouvé après l'attaque. Il nous a dit que c'était à cause d'abeilles qui l'avaient piqué sur l'ordre des esprits gardiens de Matsutani. J'ai cru qu'il avait eu une hallucination, mais peut-être s'agissait-il d'abeilles gigantesques, comme celle-ci.

– Il n'aurait pas été seulement à moitié mort, répliqua Kuro. Mais il existe bien des espèces d'abeilles, de guêpes et de frelons, et toutes sortes de poisons plus ou moins actifs.

– Vous n'avez pas peur qu'ils vous piquent ? Vous aussi, vous ne mourriez pas qu'à moitié !

Kongyo éclata de rire, mais personne ne se joignit à lui.

– Je les ai laissés me piquer, déclara Kuro. Je suis immunisé, à présent.

Il regarda Kongyo de ses yeux impassibles. Shika se dit que les garçons ressemblaient eux-mêmes à des insectes, et il se rappela qu'ils étaient nés d'œufs dans des cocons, comme des araignées.

*

Kongyo partit le lendemain à l'aube, et Shika, Kiku et Kuro se mirent peu après en route pour Kumayama. Shika emporta son arc et Jinan, ainsi que le masque dans son sac de brocart et les omoplates divinatoires. Les garçons se munirent de poignards, de cordes, d'arcs, de flèches aux pointes enduites de venin, sans oublier divers poisons dans des tubes de bambou hermétiquement fermés par des bouchons de cire, et enfin le frelon géant dans sa cage. L'insecte se taisait et Shika le crut mort, mais Kuro l'assura qu'il l'avait endormi en soufflant dessus une fumée soporifique et qu'il pourrait le réveiller en cas de besoin. Gen, le faux loup, les accompagnait, étant comme toujours inséparable de Shika.

Ils avancèrent d'un pas aussi rapide que silencieux à travers la forêt hivernale. Dans les endroits plats et ombragés, le sol était blanc de givre. La plupart des arbres avaient perdu leurs feuilles, seuls les pins et les cèdres étaient toujours d'un vert intense. Au bout d'un moment, Kuro demanda :

– Cet homme va-t-il laisser notre cheval mourir de faim à son tour ?

– C'est possible, mais j'espère que non, répondit Shika.

– Si son cheval avait faim, pourquoi ne s'est-il pas échappé pour chercher à manger ?

– J'imagine qu'il était attaché quelque part dans la forteresse. Pendant les guerres, les chevaux souffrent autant que les hommes. Ils sont tués dans les batailles et meurent de faim lors des sièges.

Shika se surprit à penser à Risu et Nyorin, et au poulain. La naissance devait approcher. Il se demanda ce qui se passerait quand le poulain serait né, s'il le verrait un jour et saurait si l'esprit de Kiyoyori l'habitait vraiment.

– Et ensuite on les mange, ajouta Kiku.

– Mange-t-on aussi les hommes ? demanda Kuro.

– Je crois qu'il arrive que des gens affamés, désespérés, mangent la chair d'hommes morts, mais c'est rare.

– Pourquoi les chevaux se soumettent-ils aux humains ? reprit Kuro. Pourquoi se laissent-ils apprivoiser ? Ce n'est pas moi qui ferais une chose pareille !

– J'imagine que c'est dans leur nature, répliqua Shika. Quelque chose en eux aspire à être dompté. En se soumettant, ils se sentent en sécurité. La plupart des chevaux ne choisissent pas leurs maîtres.

Ils passent de main en main. Si un nouveau maître les traite bien et les nourrit, ils lui obéissent et sont satisfaits. Vous découvrirez un jour que beaucoup de gens sont ainsi en ce monde. Ils sont heureux d'obéir. Mais comme chez les chevaux, si la plupart sont des suiveurs, certains veulent toujours être en tête.

– Il n'est pas dans notre nature d'être des suiveurs, déclara Kiku.

Shika éclata de rire.

– Cela me paraît probable. Néanmoins, Mu et vous, vous commandez vos frères. Et vous m'obéissez tous, et devrez continuer de le faire jusqu'au jour où vous serez vraiment adultes et comprendrez la marche du monde.

– Qui suivez-vous ? demanda Kuro.

– Personne, répondit Shika après un silence. Je suis le cheval qui veut être le premier.

– Que se passe-t-il quand plusieurs chevaux veulent prendre la tête ? intervint Kiku.

– Ils se bousculent en se mordillant, et ils finissent par se battre.

– Vous allez donc bousculer et mordiller un peu votre oncle ? lança Kiku. Et ensuite, vous vous battrez ?

– Exactement.

*

Le soir du quatrième jour, ils arrivèrent à un endroit dont Shika se souvenait, au pied d'une falaise escarpée. Le squelette du cerf était là, et il s'étonna que les loups n'aient pas dispersé les os. Après avoir aidé les garçons à construire un abri de fortune non loin de là, il partagea avec eux le restant de leurs provisions.

Il n'y avait guère là de quoi calmer leur faim. Kuro posa des pièges pour attraper des lapins, et déclara qu'il allait chercher des noix et des champignons. Shika chargea Kiku de faire le guet, puis retourna à l'endroit où il était tombé de la falaise, persuadé qu'il allait mourir. Le cerf avait amorti sa chute et, en lui sauvant la vie, l'avait transformée de façon inimaginable. Shika voulait maintenant le remercier. Il avait besoin aussi de dire à Kumayama, la montagne, qu'il était de retour. Et il avait envie de mettre à l'épreuve le pouvoir du masque.

S'agenouillant près du squelette, il appliqua le masque sur son visage, prêt à affronter le prince abbé, s'il se retrouvait en sa présence, et à enlever aussitôt le masque au besoin. Cela faisait plus d'un mois que Gessho était mort, et même si le faucon messager avait été tué lui aussi, le prêtre avait certainement deviné maintenant ce qui s'était passé.

Shika inspira et expira avec lenteur, en maîtrisant le flux de ses pensées. Peu à peu, son esprit s'apaisa, et il sentit s'éveiller son pouvoir spirituel. Il était conscient de tout ce qui l'entourait. Il sentait la forêt plongée dans son profond sommeil hivernal, il connaissait ses rêves. Il s'adressa à elle, ainsi qu'à la montagne, en les remerciant toutes deux de le soutenir, en leur demandant leur protection. Puis il parla au cerf. Il le vit s'avancer fièrement à travers la forêt, en dressant sa ramure, les naseaux frémissants, les yeux brillants. Il entendit son cri automnal de désir et de solitude. Il lui dit son chagrin pour sa mort, sa gratitude pour tout ce qu'il avait fait pour lui. Il l'appela son père, et lui apprit qu'on l'appelait Shikanoko, l'Enfant du Cerf.

Il ne perçut aucun signe du pouvoir du prince abbé et ne fut pas entraîné vers le Ryusonji. Le masque avait été brisé, puis réparé, mais du coup tous deux étaient devenus plus forts.

Il se leva et commença à danser la danse du cerf. Pendant un moment, il fut comme transporté. Il se crut au cœur de Kumayama, où son oncle était devenu cruel à force de redouter une attaque de l'extérieur et une révolte à l'intérieur. Il vit la forteresse rongée par la haine et la répression. Au premier choc, elle s'effondrerait. Il vit les deux grands seigneurs, les chefs des Miboshi et des Kakizuki, et se rendit compte qu'il deviendrait plus important qu'eux. Le rêve de Kongyo s'imposa à lui, comme s'il l'avait rêvé lui-même. Il dominait les Huit Îles. Il rétablirait sur le trône l'empereur légitime, et il gouvernerait par son intermédiaire.

Mais ensuite ses pieds hésitèrent. Il ne connaissait pas la suite de la danse, il n'avait jamais appris tous les pas. Et maintenant que Shisoku avait disparu, personne ne pourrait les lui enseigner. En cet instant de doute, il sentit soudain l'emprise du Ryusonji, comme si le prince abbé s'était réveillé et avait tourné son attention vers l'est. Le regret et la nostalgie l'envahirent. Il vit tout le savoir et la sagesse dont le Ryusonji était le réceptacle, et il aspira à y trouver de nouveau sa place. L'admiration et l'affection qu'il avait si souvent entendues dans la voix du prince abbé lui manquaient. Il avait envie d'entendre de nouveau cette voix, et en même temps cette idée l'horrifiait.

Il sentit en lui l'impulsion du bond, le saut du cerf qui l'amènerait là-bas en quelques instants. Il n'entrerait pas dans le temple, il s'arrêterait à la véranda…

Le cœur battant, il arracha le masque de son visage.

Cette nuit-là, il osa à peine dormir, de peur de rencontrer son ancien maître dans ses rêves. Il ne cessait de songer à tout ce qu'il avait encore besoin d'apprendre.

Au matin, il y avait deux lapins dans les pièges de Kuro. Ils les écorchèrent et les cuisirent, en donnant les entrailles à Gen. Ils en mangèrent un et emportèrent l'autre. Les garçons escaladèrent sans peine la falaise, grâce à leur don inné de l'équilibre et du saut. Ils firent descendre une corde pour que Shika puisse grimper. Puis ils suivirent tous trois la même piste qu'il avait suivie avec son oncle, deux ans plus tôt, à la poursuite du cerf. Il était maintenant en territoire connu, puisqu'il avait parcouru cette montagne en tous sens dans son enfance. Ils avancèrent rapidement, bien qu'il n'y eût aucun chemin et que personne apparemment ne se soit aventuré dans ces parages depuis deux ans. Son oncle ne chassait-il plus dans cette partie de la montagne ? Craignait-il de rencontrer le fantôme irrité de Kazumaru ?

Les garçons marchaient en tête, car ils faisaient moins de bruit que Shika et l'ouïe fine de Kiku les avertirait au moindre signe d'une présence humaine. Pendant deux nuits, ils ne dormirent que brièvement, sans faire de feu. Ils partagèrent le lapin, dont ils cassèrent et sucèrent les os, puis se blottirent les uns contre les autres pour se protéger du froid. Shika remarqua que le corps de Gen, autrefois aussi glacé que les éléments qui le constituaient, était maintenant naturellement tiède.

Le troisième jour, vers midi, Gen huma l'air et dit de sa voix indistincte :

– Des morts.

Au même instant, Kiku apparut.

– Il y a un bruit étrange devant nous, annonça-t-il. Une sorte de bruissement et de battement d'ailes.

– Entends-tu ce bruit, Gen ? chuchota Shika.

Le faux loup tourna la tête et tendit son oreille droite, qui avait toujours été meilleure que celle de gauche.

– Des oiseaux, dit-il.

Lorsqu'ils approchèrent prudemment de la source du bruit, Shika constata que Gen avait raison. Une bande de corbeaux se pressaient autour d'un ou plusieurs objets fichés sur des pieux. Les oiseaux ne croassaient pas, ne se chamaillaient même pas. Ils se contentaient de becqueter en silence, sans relâche, en voletant dans l'air par moments avant de retourner à leur tâche.

En apercevant Shika et les garçons, ils s'envolèrent dans des arbres proches, dont les rameaux se courbèrent sous leur poids, puis ils les observèrent de leurs yeux avides et inquisiteurs.

Les objets oscillaient et se soulevaient comme des êtres vivants, mais il n'y avait plus aucune vie en eux – la vie ne faisait que se nourrir d'eux. Des asticots innombrables grouillaient sur eux.

– Ça, c'est une tête, dit Kuro d'un air intéressé. Et là, ce devaient être les organes internes. On distingue encore leur forme et leur texture.

– Ils ne sont pas très différents de ceux d'un animal, observa Kiku non moins fasciné. Il y a le cœur, le foie, les reins, et regardez – même les parties intimes !

Ils éclatèrent tous deux d'un rire sans pitié.

– Même dans la mort, elles n'en font qu'à leur tête, observa Kiku.

Un des corbeaux rompit le silence en se mettant à croasser. Gen gronda et fit mine de le mordre.

– Est-ce le genre de chose que fait votre oncle ? demanda Kuro.

– On dirait bien que c'est son œuvre, répondit Shika.

– Pas étonnant que vous le détestiez.

Kiku ajouta à voix basse :

– Il faut beaucoup d'années pour devenir un homme, n'est-ce pas ? Nettement plus longtemps que chez nous ?

Shika hocha la tête. Cet homme était adulte. D'après les restes de sa chevelure, il devait avoir quarante ans. Quarante années d'une vie humaine, avec toutes ses complexités et ses complications, réduites à des morceaux de viande exposés dans la forêt, comme un repas servi aux vers et aux corbeaux.

– Qui était-ce ? Vous le connaissiez ?

Il n'y avait aucun moyen d'identifier le mort. Sademasa avait de nombreux serviteurs et encore plus de fermiers, auxquels il extorquait des impôts sous forme de produits agricoles et de corvées. Il pouvait s'agir de n'importe lequel d'entre eux, exécuté et déshonoré dans sa mort. Combien même l'homme le plus fort était fragile !

– Vous ne pouvez pas le découvrir ? insista Kiku.

– Et comment dois-je m'y prendre, d'après toi ? demanda Shika.

– Vous pourriez vous servir du masque dans le sac.

– Tu es au courant ?

– Je vous ai vu, la nuit avant que nous escaladions la falaise. Et je vous avais déjà observé dans la cabane. Vous mettez ce masque et partez ailleurs, je ne sais où. Faites-le maintenant.

– Kiku a une idée derrière la tête ! s'exclama Kuro.

Il souriait d'un air ravi, comme s'il lisait dans les pensées de son frère.

– Nous pourrions taquiner un peu votre oncle, dit Kiku. Histoire que vous puissiez le tuer plus facilement.

Non sans réticence, Shika sortit le masque du sac de brocart. Les corbeaux se mirent à croasser avec agitation et s'envolèrent en une énorme nuée noire. Après avoir récité une brève prière, en se cuirassant mentalement contre son ancien maître, il l'appliqua sur son visage. Comme le jour où il avait rencontré l'esprit de Kiyoyori, il se retrouva sur la rive du fleuve de la Mort. Une nouvelle fois, il vit les eaux sombres et entendit le bruit des rames. Puis quelqu'un l'appela par son nom d'enfant, d'une voix vibrante d'angoisse et de soulagement.

– Kazumaru ! Aidez-moi !

– Qui êtes-vous ?

– Je suis Naganori, l'ami de votre père.

Une horreur mêlée de pitié lui serra la gorge. Ses yeux étaient brûlants. Il se força à parler :

– Que vous est-il arrivé ? Où est Nagatomo ? Est-il mort, lui aussi ?

– Il était encore vivant quand je suis mort. Sademasa, votre oncle, l'a forcé à assister à mon supplice et à mon humiliation. L'amour et la peur que je ressens pour mon fils me retiennent en ces lieux. Je ne pourrai pas traverser le fleuve tant que j'ignorerai son destin et que nous ne serons pas vengés tous deux. Kazumaru, mon seigneur, faites payer votre oncle. Faites qu'il souffre comme tant d'autres ont souffert. Les gens n'attendent que votre retour. Nous sommes nombreux à regretter de ne pas vous avoir aidé l'an passé. Nous savions tous qui vous étiez. Pourrez-vous jamais nous pardonner ?

– Je vous pardonnerai quand mon oncle sera mort et que Kumayama sera à moi, répondit Shika.

– La plupart des hommes de votre maison se sentent Kakizuki. Ils exècrent les Miboshi, qui sont maintenant nos suzerains. Certains d'entre nous en ont parlé en secret. Ce n'étaient que des paroles, mais nous avons été trahis. Sademasa a des espions partout. Mon châtiment était un avertissement pour les autres.

Shika avait moins de temps, en cette occasion, car

il sentait qu'il avait attiré l'attention du prince abbé. Il le vit se tourner et le chercher des yeux. Cela faisait maintenant deux fois qu'il avait alerté le prêtre. Le prince abbé ne laisserait pas passer une telle provocation. Il allait agir contre lui, envoyer quelqu'un d'autre à ses trousses. Pas un moine isolé mais un groupe de guerriers, peut-être l'armée entière des Miboshi.

– Adieu, dit-il à Naganori. Aujourd'hui, je vous vengerai, Sademasa mourra et votre fils sera sauvé. Si j'échoue, Nagatomo, vous et moi, nous traverserons le fleuve ensemble.

Il retira le masque. Les garçons le regardaient avec davantage qu'un simple respect. Leurs yeux noirs étaient écarquillés et brillaient d'excitation.

– Qu'avez-vous vu et entendu ? leur demanda-t-il.

– Nous avons tout entendu, répondit Kiku. Il faut que nous allions tout de suite sauver la vie de votre ami.

– C'est une bonne chose, n'est-ce pas ? lança Kuro.

– Évidemment ! s'exclama Kiku en lui donnant une gifle.

Kuro fronça les sourcils.

– Parfois, je me demande quand il convient de tuer et quand il convient de sauver une vie.

– Fais confiance à Shikanoko, répliqua Kiku. Contente-toi d'obéir quand il te dit de tuer quelqu'un.

– N'hésitez pas à régler son compte à quelqu'un qui m'attaque, même si je ne vous ai pas dit explicitement de le faire ! déclara Shika tandis qu'ils se mettaient à courir.

– J'espère juste ne pas comprendre de travers.

Kuro semblait plein d'une inquiétude insolite.

– Cela n'a guère d'importance, lui assura Kiku. Tout le monde meurt, au bout du compte.

*

La forteresse de Kumayama se dressait sur un versant de la montagne et dominait une vallée tout en longueur où coulait la Kumagawa. Des deux côtés du fleuve, sur chaque parcelle de terrain plat comme sur les champs en terrasse, on cultivait le riz. Mais les rizières étaient dénudées, en cette saison, couvertes de leur manteau d'hiver fait de paillis, de feuilles mortes et de fumier. Les plus élevées étaient blanches de givre.

Shika, Kiku et Kuro descendirent à l'aube vers la forteresse et se cachèrent dans d'épais buissons, d'où ils l'examinèrent un long moment en silence. Durant l'année où Shika n'avait plus vu la demeure de son enfance, elle avait été puissamment fortifiée, avec une palissade nouvelle de pieux pointus nantie à chaque coin d'une tour de guet plus haute que l'ancienne. Le terrain autour de la palissade avait été déblayé, et des gardes étaient postés dans les tours et aux portes.

Toute la journée, des groupes de guerriers montaient à cheval et s'exerçaient à l'arc sur des cibles qu'ils avaient installées sur le terrain d'entraînement.

Des hommes semblaient se livrer à des travaux de terrassement à grande échelle, en extrayant des tonnes de terre qu'ils transportaient dans des seaux à l'extrémité du terrain découvert. Shika se rendit compte qu'ils étaient en train de creuser des douves et de bâtir des remparts pour renforcer les défenses. Il s'interrogea sur la nécessité de ces travaux, maintenant que le pays entre Miyako et Minatogura était tout entier aux mains des Miboshi. De quoi son oncle avait-il peur à ce point ? L'autorité des Miboshi était-elle moins assurée qu'il n'y paraissait ? Sademasa, comme tous les renégats, était-il en proie aux remords et aux soupçons ? Il avait assurément rendu sa forteresse imprenable.

Shika aperçut sur les remparts deux étranges machines montées sur des plates-formes, au pied desquelles on traînait chaque grosse pierre déterrée par les terrassiers afin de l'ajouter aux tas déjà amassés.

– Des catapultes ! s'exclama Kuro.

Les garçons en fabriquaient des petites avec des lanières de cuir qu'ils mâchonnaient pendant des heures pour les rendre flexibles.

– Kuro et toi seriez-vous capables de pénétrer dans la forteresse ? chuchota Shika à Kiku.

– Nous pourrons nous y introduire la nuit, répondit Kiku. Il suffira d'escalader la palissade dans un coin, de sauter sur le toit et de faire un trou dans le chaume. Personne ne nous verra.

– Et ensuite ? demanda Kuro.

– Shika entrera et rencontrera son oncle. Pendant qu'ils parleront, nous le taquinerons un peu pour le déstabiliser. Puis ce sera le moment de le tuer.

– C'est plus ou moins ce que j'avais en tête, approuva Shika. Il faut encore régler quelques détails. Qu'en sera-t-il de ses guerriers ? Je ne peux pas les attaquer tout seul.

– Nous n'y pouvons rien, répliqua Kiku. C'est votre affaire. À vous de voir !

– On me désarmera dès que j'entrerai, dit Shika en pensant à voix haute. À moins qu'on ne me tue sur-le-champ. Il faut que vous preniez mon sabre et que vous vous débrouilliez pour me l'apporter. J'aurai sur moi mon arc et mon poignard. Si j'arrive sans aucune arme, ils trouveront ça bizarre. Et je devrai leur offrir quelque chose dont ils aient envie, pour qu'ils me gardent en vie.

Ils passèrent cette brève journée d'hiver à observer et à écouter. Shika dressa la carte de la forteresse d'après ses souvenirs, et l'ouïe extraordinaire de Kiku lui permit de situer ses occupants à l'intérieur. À la fin du jour, Sademasa sortit à cheval pour inspecter les travaux de terrassement. Ils le virent nettement, tandis qu'il disputait les chefs d'équipe en se plaignant de la lenteur et de la mauvaise qualité du travail. Son visage s'éclaira quand il aperçut les tas de pierres et les catapultes. S'approchant de l'engin le plus proche, il mit pied à terre et caressa la poutre prête à lancer un projectile placé dans la poche. Puis il regarda la vallée en contrebas, comme s'il calculait mentalement à quelle distance le boulet de pierre serait projeté.

Kiku et Kuro l'observèrent, les yeux brillants. Shika crispa sa main sur son arc, mais son oncle était hors de portée et portait un casque et une armure de cuir protégeant son cou et sa poitrine.

– Nous savons qui c'est maintenant, dit Kiku.

– Vous pourriez lui offrir Gen, suggéra Kuro.

– Gen ? s'étonna Shika.

Le faux loup geignit d'un air inquiet.

– Cet homme aime les objets étranges, les inventions humaines. Montrez-lui Gen et racontez-lui que vous êtes capable de fabriquer des animaux et des humains artificiels. Il n'a pas assez de guerriers. Il a besoin d'une armée.

La nuit tomba rapidement. Il n'y avait pas de lune et le ciel était couvert de nuages bas, annonciateurs de neige. Shika serra d'autorité les garçons dans ses bras avant leur départ. Le contact de leurs corps maigres, à peine humains, le remplit de tendresse.

Il se demanda s'ils ressentaient la même chose, s'ils étaient comme Gen et deviendraient plus réels par la force de l'attachement.

Il ne les vit plus, dès qu'ils furent à plus de trois pas. Il ne les entendait pas non plus. La forteresse était silencieuse, aucune clameur n'annonça qu'on avait découvert des intrus. La nuit resta paisible et glaciale.

Shika ne dormit guère. Gen eut beau se blottir contre lui, il ne put le réchauffer. Au lever du jour, le jeune homme avait si froid qu'il pouvait à peine marcher. Il se força à se lever, à s'étirer, à courir sur place, afin que le sang coule de nouveau dans ses extrémités. Il se demandait où étaient les garçons. On ne voyait aucun passage creusé dans le toit. Il devrait se contenter de croire qu'ils étaient entrés.

Quand il put bouger sans aucune gêne, il ramassa l'arc et le sac de brocart contenant le masque, fixa dans son dos le carquois nanti de douze flèches. D'un pas vif, il descendit vers la forteresse, avec Gen sur ses talons.

Derrière la porte, les gardes tapaient du pied en se frottant les mains. Un feu brûlait dans un brasero de fer à l'intérieur. L'espace d'un instant, Shika sentit l'appel de la chaleur et n'aspira qu'à s'asseoir près du feu pour se réchauffer. Mais il repoussa cette pensée avec tout ce qui pouvait le distraire – la faim, la peur, l'espoir, le désir de vengeance – et se concentra sur ce qu'il devait faire pour plier ces hommes à sa volonté.

Il cria aux gardes :

– Je suis Kumayama no Kazumaru, dit Shikanoko, fils unique de Shigetomo. Je viens présenter mes respects à votre seigneur, qui est aussi mon oncle, et lui offrir mes services et un présent magique.

L'un des hommes s'avança vers la porte pour regarder par une fente. Il parut stupéfait et alla en hâte discuter avec les autres. Ils parlaient à voix basse mais l'ouïe de Shika, sans être aussi fine que celle de Kiku, était meilleure que celle de la plupart des humains, de sorte qu'il les entendit parfaitement.

– C'est ce petit sauvage qui est venu l'an dernier en racontant qu'il était Kazumaru.

– Tu es sûr ? Les hommes du prince abbé l'ont emmené pour le mettre à mort.

– C'est lui.

– Kazumaru ? Il est mort dans les montagnes, voilà deux ans.

– Mais il était vivant l'année dernière. Certains ont dit qu'ils l'avaient reconnu. Naganori, par exemple.

– Naganori ! Tu sais ce qui lui est arrivé !

Plusieurs hommes vinrent l'épier à travers la porte.

– Regardez-le, dit l'un d'eux. C'est un vagabond qui en a vu de dures dans la forêt et a envie d'échapper au froid. Il vaut mieux l'égorger et l'enterrer sans rien dire. Ça nous épargnera des tas d'ennuis.

– Il n'est pas question que je tue le fils du défunt seigneur, déclara l'homme qui s'était avancé le premier vers la porte.

Se rappelant soudain son nom, Shika l'appela :

– Tsunemasa ! Laissez-moi entrer et dites à mon oncle que je suis ici.

Tsunemasa s'approcha, mais l'homme qui avait parlé d'égorger Shika le repoussa.

– Quel est votre présent ? demanda-t-il.

– Je me souviens de vous, Nobuto, dit Shika. Je n'oublierai pas que vous avez proposé de m'assassiner.

– Vous m'implorerez aujourd'hui même de vous achever avec mon poignard, menaça Nobuto. Quand vous serez aux mains de notre seigneur, que vous soyez Kazumaru ou un vagabond, vous me supplierez de vous tuer. Montrez-moi votre présent.

– Ouvrez la porte et vous le verrez.

– Qui vous accompagne ?

– Personne. Il n'y a que moi et mon présent.

Un homme cria du haut de la tour de guet :

– Il est venu seul.

Nobuto tira les énormes verrous et la porte s'ouvrit.

Shika entra, suivi de près par Gen, qui poussait du museau ses jambes.

– Qu'est-ce que c'est que ça ? s'exclama Nobuto.

Shika était tellement habitué à Gen, désormais, qu'il avait oublié combien son aspect était bizarre. Il vit soudain de nouveau ses yeux bleus de pierres précieuses, sa langue humaine, sa peau de loup à travers laquelle son squelette était visible.

– Voici mon présent, déclara-t-il.

Il sentit Gen frissonner.

– Il s'agit d'un loup artificiel. Je crois que mon oncle aime tous les engins étranges. Je peux lui fabriquer d'autres animaux de ce genre. Et même des hommes.

– Je vais emmener cette créature pour la lui montrer, dit Nobuto.

– Faites donc, mais il faut que je l'accompagne. Il s'alarme aisément et est plutôt féroce.

– Je n'ai pas peur des loups, vivants ou non, proclama Nobuto en riant.

– Je ne veux pas qu'on me le casse par bêtise ou par négligence, répliqua Shika.

Gen gronda en montrant sa langue et ses crocs artificiels. L'épaisse fourrure de loup sur son cou se hérissa. Nobuto recula en le voyant prêt à se jeter sur lui.

– Attendez ici, dit-il. Je vais informer le seigneur.

Après qu'il fut parti, Tsunemasa prit la parole :

– Venez vous asseoir près du feu, vous avez l'air gelé.

Shika secoua la tête. Il ne voulait rien accepter qui

soit à son oncle – il prendrait tout dès que l'usurpateur serait mort.

Il resta immobile près de la porte. Un à un, des gens sortirent pour l'observer, hommes et femmes, guerriers et servantes, mais il ne répondit pas à leurs regards curieux. Même s'il se demandait où étaient Kiku et Kuro, il se concentrait avant tout sur la confrontation imminente.

Nobuto revint enfin.

– Mon seigneur va vous recevoir pour examiner votre présent. Donnez-moi vos armes.

Quand Shika lui tendit son arc, son carquois et son poignard, Nobuto regarda attentivement l'arc puis scruta Shika en plissant les yeux, mais il se contenta de lancer :

– Pas de sabre ?

– Un sabre n'est guère utile dans la forêt, répliqua Shika. Cela fait deux ans que je n'ai plus combattu un homme. Mais j'ai chassé.

– Hmm. Et ça, qu'est-ce que c'est ?

Nobuto avait pris le sac de brocart accroché à la taille de Shika et s'apprêtait à l'ouvrir.

– C'est un masque confectionné avec un crâne de cerf.

– Celui qui excitait si fort le moine ? Vous devriez l'offrir aussi au seigneur.

– Personne ne peut le mettre en dehors de moi. Il détruit le visage de ceux qui veulent l'essayer.

Nobuto referma le sac sans regarder dedans et le rendit précipitamment à Shika. Puis il le fouilla pour vérifier qu'il n'avait pas d'autre arme, lui fit ouvrir la bouche pour l'inspecter, tira sur ses cheveux emmêlés. Shika se laissa faire d'un air impassible. Il sentait la peur de Nobuto, cette peur qu'éprouvaient tous les guerriers face à ce qu'ils ne comprenaient pas, notamment le monde de la magie et de la sorcellerie. Une nouvelle fois, il se sentit plein de gratitude d'avoir été arraché à ses origines pour découvrir un univers nouveau, aussi riche qu'étrange, qui dépassait l'imagination humaine. Le sort prescrivait à chaque homme sa voie dans l'existence. La cruauté de son oncle n'avait été qu'un instrument de son destin.

« C'est pourquoi je lui accorderai une mort rapide », décida-t-il.

La foule massée dans la cour s'écarta devant lui quand il suivit Nobuto dans la forteresse avec Gen à son côté, légèrement haletant.

Il se souvenait bien de son ancienne demeure, malgré les transformations qu'elle avait subies – les barreaux aux fenêtres, les portes intérieures qui ne s'ouvraient que sur un mot de passe et qu'on reverrouillait aussitôt dans son dos. Il aperçut des trappes et sentit la présence de pièces secrètes. Il pensa soudain à son père, aux *tengus* et à cette fatale partie de go. Il entendit en lui-même le cliquetis des pions. Puis l'image de sa mère s'imposa à lui, elle qu'il n'avait pas revue depuis son enfance. Habituellement, il n'en conservait qu'un souvenir des plus vagues – le contact d'une robe, une silhouette se détachant sur une porte ouverte. Il n'avait jamais compris pourquoi elle l'avait abandonné. D'un coup, il fut certain qu'elle ne l'avait jamais oublié et qu'elle n'avait cessé depuis lors de prier pour lui. Quand il fit face à son oncle, son cœur était apaisé.

Sademasa portait toujours son armure lacée de cuir violet foncé, et il avait son sabre à portée de main. Il était assis sur une estrade, sans autre concession au confort ou au luxe qu'une mince natte de paille. Quinze guerriers se trouvaient avec lui dans la salle de réception – cinq le long de chaque mur, cinq dans son dos.

Shika s'inclina en baissant la tête jusqu'au sol. Puis, au bout d'un moment un peu trop bref pour être respectueux, il se redressa et lança sans attendre qu'on lui adresse la parole :

– J'espère que vous allez bien, mon oncle.

Sademasa répondit en fronçant les sourcils :

– Ma santé ne vous regarde pas, qui que vous soyez. Je suis surpris que vous ayez osé vous montrer de nouveau ici. Vous devez être impatient de franchir le fleuve de la Mort. Je vais abréger votre voyage. Je vous promets que vous ne sortirez pas vivant d'ici, cette fois, même si le prince abbé en personne venait intercéder pour vous.

– Il est inutile de vous presser, dit Shika. Je ne peux vous faire aucun mal, seul et désarmé comme je le suis. Peut-être pourrais-je vous rendre service.

Sademasa ne répondit pas tout de suite mais regarda le visage de Shika avec attention.

– Arrêtez de jouer la comédie, mon oncle. Vous m'avez certainement reconnu, vous m'avez regardé assez longtemps. Vous savez que c'est moi, Kazumaru.

Il entendit les hommes autour de lui retenir leur souffle.

– Hélas, Kazumaru est mort, dit Sademasa sans conviction. Montrez-moi cette créature et expliquez-moi comment elle fonctionne.

Shika força Gen à se retourner et le poussa devant lui. Sademasa plissa les yeux d'un air incrédule.

– Quelle est cette monstruosité à moitié avortée ?

– C'est un loup, mais artificiel. J'ai bien d'autres créatures de ce genre, et je peux encore en fabriquer beaucoup.

Sademasa demanda sans hésiter :

– Pouvez-vous fabriquer des hommes ?

– Des sortes d'hommes, répondit Shika.

Il mentait, car même Shisoku n'avait jamais essayé de créer un homme.

– Comment ? Vous écorchez des morts, de même

qu'un loup a été écorché pour faire cette créature, et vous les rembourrez avec de la paille ?

– Le processus est le même.

« Où sont les garçons ? se demandait Shika. Combien de temps vais-je pouvoir faire durer cette conversation insensée ? »

– Une armée de demi-hommes..., dit lentement Sademasa. Ce pourrait être intéressant. Peut-on leur apprendre à se battre ?

– Le loup est devenu plus réel avec le temps, dit Shika.

Sous le regard insistant de Sademasa, Gen se mit à gronder en montrant les dents.

– Vous voyez, il gronde, il est capable de mordre, il mange de la viande.

– Peut-il mourir ? Ces hommes seraient-ils mortels ?

– Seul le feu peut les détruire. On peut réparer tout autre dommage qu'ils subissent. N'étant pas vraiment vivants, ils ne peuvent mourir.

– Eh bien, je vais démonter ce spécimen pour voir comment il fonctionne.

Gen poussa un cri perçant, et Sademasa se pencha en avant.

– Comme c'est fascinant. Il comprend le moindre mot, n'est-ce pas ? Je suis impatient de le faire disséquer. Peut-être me dira-t-il lui-même comment il a été fabriqué.

Sademasa eut un sourire satisfait.

– Nobuto m'a dit que vous aviez aussi ce masque magique que le moine n'a pas voulu me laisser voir, l'autre fois.

Shika inclina la tête. « Kiku ! Dépêche-toi, sinon Gen et moi allons tous deux nous faire disséquer ! »

– Montrez-le-moi, ordonna Sademasa.

Shika sortit le masque du sac de brocart avec précaution et le brandit des deux mains, en tournant le visage vers Sademasa. Le silence s'installa dans la salle quand les hommes sentirent son pouvoir. Même Sademasa resta muet. Il finit par lancer :

– Donnez-le-moi.

– Mon oncle, en dehors de moi, il brûle tous ceux qui essaient de le mettre.

Sademasa réfléchit, les lèvres pincées.

– Allez chercher le fils du traître, commanda-t-il.

Nobuto quitta la salle avec un autre guerrier. Ils revinrent un instant plus tard en traînant entre eux un jeune homme du même âge que Shika. C'était son ami d'enfance, Nagatomo.

Il avait été si cruellement battu qu'il ne tenait pas debout. Ses mains étaient attachées dans son dos. Du sang maculait son visage et ses cheveux. Quand les hommes le lâchèrent, il s'effondra. Nobuto lui donna un coup de pied. Il gémit mais ne hurla pas.

Shika se durcit aussitôt, le cœur envahi par l'horreur, la pitié et la colère.

Sademasa dit à Nobuto :

– Appliquez ce masque sur son visage, que nous voyions si le vagabond dit la vérité.

– Il va le brûler ! lança de nouveau Shika.

Nobuto sourit légèrement, comme s'il était ravi et amusé à cette idée. Sademasa se pencha en avant avec une curiosité glacée.

Lorsque Shika se leva pour se jeter sur son oncle et le tuer à mains nues, deux guerriers le maîtrisèrent.

Un autre leva le visage de Nagatomo, sur lequel Nobuto appliqua le masque. Il poussa un tel cri de douleur que même les guerriers les plus endurcis frissonnèrent. Nagatomo se débattit en vain contre les mains qui le maintenaient. Une odeur de chair brûlée se répandit dans la pièce.

Par-dessus ses hurlements, Shika entendit soudain s'élever une voix. On aurait dit celle du défunt Naganori.

– Sademasa, lança-t-elle. Je vous attends !

Une stupeur horrifiée s'empara de l'assistance, mais avant que quelqu'un puisse réagir, on entendit un bourdonnement strident en provenance du toit. Shika leva les yeux et vit une fente s'ouvrir dans le plafond, d'où jaillit le frelon géant.

La voix de Naganori appela de nouveau :

– Sademasa !

Distrait par la voix, Sademasa s'aperçut trop tard de

l'irruption de l'insecte. Volant droit vers son visage, il le piqua aux lèvres. Quand le seigneur voulut l'écarter de la main, le frelon la piqua aussitôt. Les hommes maintenant Shika le lâchèrent pour se précipiter vers leur maître.

La fente dans le plafond s'élargit et le sabre de Shika, Jinan, tomba à travers. Il s'apprêtait à arracher le masque du visage de Nagatomo, mais il saisit au vol le sabre par la poignée et le leva pour frapper Sademasa. C'était inutile. Le venin avait déjà accompli son œuvre. Son oncle agrippait sa gorge des deux mains, le souffle coupé, la poitrine oppressée par son armure étroitement serrée, les yeux exorbités. Il s'effondra en avant. Ses jambes s'agitèrent en tous sens, il cessa de maîtriser ses intestins et sa vessie, et une puanteur infecte envahit la pièce.

Le frelon géant vola en bourdonnant avec colère parmi les guerriers, qui reculèrent devant lui. Un ou deux tentèrent de le frapper avec le plat de leur sabre, mais ils ne firent qu'exacerber sa fureur. Il piqua deux autres hommes, qui moururent en suffoquant comme Sademasa, lequel gisait maintenant immobile sur le sol. Puis quelqu'un songea enfin à enlever la barre de la porte, et les survivants sortirent précipitamment.

Shika brandissait toujours son sabre, mais personne ne s'approcha de lui. Il se dirigea vers Nagatomo, dont les cris avaient cédé la place à des gémissements.

Shika ôta le masque et examina le visage ravagé. À travers la peau brûlée, les yeux du malheureux lui jetèrent un regard rendu à peine humain par la douleur. Ils virent pourtant Shika, le reconnurent, et une lueur nouvelle s'alluma en eux.

S'agenouillant près de lui, Shika détacha ses mains avec douceur, en frottant les doigts engourdis où le sang recommençait à couler. Les yeux versaient des larmes de souffrance.

– Je suis désolé, chuchota Shika. Pardonnez-moi. Vous ne mourrez pas. Nous allons vous sauver.

Kiku et Kuro se laissèrent tomber à travers le plafond. Tout à la joie de leur triomphe, ils ne prêtèrent aucune attention à Nagatomo.

– Ça s'est bien passé, pas vrai ? lança Kiku. Vous avez aimé ma voix ? Je vous avais bien dit que nous le taquinerions !

– C'est mon frelon géant qui a tout fait, proclama Kuro d'un air fanfaron.

Il observa les cadavres.

– Je ne pensais pas qu'il était venimeux à ce point ! J'espère qu'ils ne l'ont pas tué. Je veux le récupérer.

– Quelle est la suite des événements ? demanda Kiku.

– À présent, cette forteresse est à moi et tout le monde devra m'y obéir, déclara Shika. Il faut que j'établisse mon autorité, mais d'abord je dois aider Nagatomo.

– Oh ! s'exclama Kiku en regardant Nagatomo pour la première fois. C'est votre ami ? Quel dommage !

– Auriez-vous un baume ou un remède quelconque pour ses brûlures ?

– Je n'ai apporté que des poisons, dit Kuro. Je croyais que nous étions là pour tuer, pas pour guérir.

Le faux loup avait remué la queue à la vue des garçons. S'approchant de Nagatomo, qui par bonheur semblait avoir perdu conscience, il renifla son visage dévasté et se mit à lécher doucement ses larmes. Shika le repoussa, mais Kiku déclara :

– Laissez-le le lécher. Les chiens et les loups nettoient avec leur langue. Peut-être Gen va-t-il contribuer à apaiser sa souffrance.

« Je ne peux pas attendre plus longtemps », se dit Shika. Il ordonna à Gen de rester avec Nagatomo puis se dirigea vers la porte, en faisant signe aux garçons de le suivre.

– Qu'entends-tu, Kiku ?

– Les hommes sont dans la cour intérieure. Celui qui s'appelle Nobuto tente de les convaincre de vous attaquer. Ils paraissent réticents.

– Où est mon frelon ? demanda Kuro.

– Je l'entends bourdonner, mais je ne sais pas exactement où.

– S'ils lui font du mal, je les tuerai, marmonna Kuro.

Les portes étaient restées ouvertes après la débandade

des guerriers. Le sabre au poing, Shika traversa à grands pas les couloirs et sortit dans la cour.

La foule des guerriers en pleine dispute se tut. Un ou deux hommes bandèrent leur arc et le braquèrent sur lui.

Il déclara :

– Kumayama no Jiro no Sademasa, frère de Shigetomo, oncle de Kazumaru, dit aujourd'hui Shikanoko, est mort. Il n'a pas péri par la main d'un homme. C'est le ciel qui l'a puni pour sa déloyauté et sa cruauté. Je suis revenu pour recouvrer mon héritage et défier les tyrans à Miyako et au Ryusonji. Je vais rétablir l'empereur légitime sur son trône. Que ceux d'entre vous qui aimaient mon père et veulent me servir s'agenouillent pour me jurer fidélité. Ceux qui souhaitent s'opposer à moi peuvent le faire maintenant, avec leur sabre.

L'un après l'autre, les hommes baissèrent leurs armes et tombèrent à genoux. Seul Nobuto resta debout. Regardant autour de lui, il constata son isolement.

– Bande de lâches ! cria-t-il. Vous oubliez si vite notre seigneur ? Cet imposteur vous a terrifiés avec ses tours de magie et ses créatures maudites. Je vais vous prouver qu'il reste au moins un homme à Kumayama !

Il se précipita vers Shika en brandissant son sabre,

qu'il abattit avec une telle violence qu'il aurait pourfendu Shika si celui-ci n'avait pas bougé. Le jeune homme bondit de côté pour éviter la lame, après quoi il dut aussitôt parer un nouvel assaut furieux. Il avait tué les deux bandits sur la route à distance, avec des flèches, et Gessho était déjà affaibli par le poison quand il l'avait combattu au sabre. Cette fois, il affrontait un homme en pleine force de l'âge, un guerrier nettement plus expérimenté que lui et que le désespoir rendait intrépide.

Aucun des assistants ne fit un geste pour l'aider et il se rendit compte qu'ils le mettaient à l'épreuve. S'il gagnait ce combat en guerrier, non en sorcier, ils lui obéiraient sans condition.

Il n'eut pas le temps de réfléchir davantage. Il luttait pour sa vie.

Le temps s'arrêta. Tout le reste s'effaça. Rien n'existait plus au monde, en dehors de son adversaire et des sabres. Il n'était plus Kazumaru, ni Shikanoko, ni personne. Il était un être guidé par le seul instinct, rempli d'une énergie inépuisable, et qui ne désirait qu'une chose : vivre. Sa volonté imprégnait chacun de ses coups, de ses pas, inébranlable et irrésistible. Son adversaire était plus âgé et plus fort, un guerrier en tout point supérieur à lui, un homme qui ne renoncerait jamais, même si son sang s'échappait de dix blessures et plus. Quand son poignet tailladé lui rendit impossible de se servir de son bras droit, Nobuto transféra aussitôt son sabre dans sa main gauche.

Shika, qui était lui aussi en sang, commençait à se fatiguer. Il en voulait à Nobuto de ne pas se rendre et se demandait combien de temps lui-même pourrait tenir.

Nobuto trébucha, distrait par un insecte passant devant son oreille en bourdonnant.

« Il faut que je le tue avant le frelon, pensa Shika. Il doit mourir de ma main. »

Puisant dans ses ultimes réserves de force et d'énergie, il assena soudain un coup aussi brutal que maladroit, que pour une fois Nobuto n'anticipa pas. En fait, le guerrier se précipita lui-même vers le sabre avec une telle violence que la lame s'enfonça dans sa gorge et émergea de sa nuque.

Quand le sang se mit à jaillir de sa bouche, il écarquilla les yeux. Les os de son cou se brisèrent et il s'effondra. Un éclair de haine brilla fugitivement dans son regard, puis son âme fuit son corps détruit.

Le frelon géant vola en trombe vers Shika, qui crut qu'il n'avait gagné ce combat que pour périr suffoqué à son tour comme son oncle. Il resta immobile, décidé à ne manifester aucune peur. L'insecte bourdonna un instant autour de sa tête. Comme Shika ne bougeait pas, il survola rapidement les hommes agenouillés puis la palissade et se dirigea vers la forêt.

*

Une fois qu'on eut brûlé les corps et enterré les cendres avant que le sol ne fût gelé, Shika effaça de la forteresse la moindre trace de son oncle, en jetant également sur le bûcher ses vêtements et tout ce qu'il possédait. Nobuto mort, les hommes étaient tous prêts à servir Shika. Quelques jours plus tard, il en emmena la moitié à Kuromori, où ils surprirent et massacrèrent la petite troupe de guerriers Miboshi assiégeant la forteresse. Ayant délivré ainsi Kongyo et ses hommes, Shika aurait voulu marcher sur Matsutani, mais les premières chutes de neige de l'année le contraignirent à se retirer à Kumayama pour l'hiver.

Comme l'avait dit Kongyo, la neige le protégerait, mais il dut faire face à un autre problème à l'intérieur de la forteresse : la présence de l'épouse de Sademasa, de plusieurs concubines et de leurs enfants. Il ne savait qu'en faire.

– Vous devriez vous montrer impitoyable, lui conseilla Kiku. Ils ne feront que vous créer des ennuis plus tard.

Quelques semaines semblaient avoir suffi au garçon pour assimiler l'essentiel de la culture guerrière.

– Votre oncle vous aurait tué, renchérit Kuro.

– Bien sûr ! s'exclama Kiku. Et regardez ce qui lui est arrivé parce qu'il ne l'a pas fait. C'est la preuve que j'ai raison.

– Ce sont mes cousins, dit Shika. Si je les épargne et me charge de les élever, ils me témoigneront gratitude et fidélité.

– Je hairais tout homme qui épargnerait ma vie, déclara Kiku.

– Moi aussi, approuva Kuro.

– Mais pourquoi ? Ne lui en seriez-vous pas reconnaissants ?

Kiku fronça les sourcils.

– J'aurais l'impression d'être en son pouvoir, de lui devoir quelque chose. Cela me serait insupportable.

– Nous pourrions les tuer, proposa Kuro. Ce serait un bon entraînement et je pourrais essayer encore quelques insectes.

La forteresse était glaciale, malgré les braseros disposés çà et là, et Shika eut plus froid que jamais en entendant les garçons parler ainsi, en voyant leurs visages tranquilles. Il leur interdit sèchement de faire une chose pareille, mais les enfants moururent un à un au cours de l'hiver. Deux furent la proie de vomissements et de diarrhée, un autre succomba à une hémorragie due à de mystérieuses piqûres, comme s'il avait été attaqué par des sangsues, le quatrième fut pris de convulsions, le cinquième attrapa le croup. Parmi les femmes, deux demandèrent la permission de se raser la tête et de se faire nonnes, l'une devint folle après la mort de son enfant et courut dans la forêt – on retrouva au printemps son corps à moitié dévoré par des loups. Les autres, y compris l'épouse de Sademasa, se tuèrent comme le devaient des femmes de guerriers, en se tranchant la gorge.

Cet épisode apprit à Shika que les garçons n'obéissaient pas à ce qu'il disait mais se conformaient à ce qu'ils percevaient comme ses désirs secrets, sans éprouver eux-mêmes aucune compassion ni pitié. Il fut déchiré entre le regret de ces morts et le soulagement de voir le problème résolu d'une manière qui lui valait la réputation d'être impitoyable.

9

HINA

Cela faisait quatre mois que Hina était à Nishimi. Elle était absorbée par les leçons interminables que Takaakira avait prévues pour elle : luth, poésie, classiques, histoire, littérature, généalogie. Elle y prenait plaisir, dans l'ensemble, et elle étudiait avec assiduité. Elle faisait chaque jour de la musique, écrivait des poèmes en réponse à ceux que Takaakira lui envoyait. Il les lui renvoyait avec des corrections et des suggestions, ce qui l'agaçait et l'attristait à la fois, mais nourrissait aussi sa détermination à en écrire au moins un auquel il ne pourrait trouver de défaut.

Il surveillait ses progrès, en se rendant chaque jour dans ses appartements pour l'écouter jouer et chanter. Il ne lui accordait que rarement ses éloges, de sorte qu'elle restait inconsciente de ses propres dons et gardait la spontanéité d'un enfant.

Ses professeurs étaient les deux dames élégantes qui étaient venues de Miyako par le lac Kasumi. La plus jeune, Sadako, l'initiait à la poésie et à la musique, tandis que Masako, plus âgée et sévère, était une spécialiste des classiques et de l'histoire et avait une passion pour la généalogie. Les deux femmes avaient amené leurs propres domestiques. Bara s'occupait de Hina, et il y avait aussi des cuisinières et des servantes, des palefreniers et des jardiniers, sans compter divers guerriers au service de Takaakira, qui avaient élu domicile dans le bâtiment long et bas s'étendant à gauche des écuries. Ils se défiaient à la course de chevaux et à l'arc, allaient chasser dans la forêt et au bord du lac, et s'occupaient ainsi tout en attendant avec impatience de recevoir l'ordre d'attaquer l'armée des Kakizuki, qui s'était retranchée à Rakuhara, dans l'est, à quelques jours de voyage de Nishimi.

La maison était bâtie dans le style d'un palais campagnard, à la fois rustique et luxueux. Ses pièces étaient disposées sur les trois côtés d'un carré dont le quatrième côté s'ouvrait sur le lac, afin de profiter des brises fraîches s'élevant des eaux en été. À l'ouest, un bosquet de bambous précédé d'un jardin abritait la résidence des rayons du couchant. On avait détourné un ruisseau se jetant dans le lac, de façon qu'il coule à travers le jardin. Au nord, un pâturage accueillait de nombreux chevaux. Il était bordé par les écuries, orientées au sud pour que les chevaux aient chaud en hiver.

Le lac lui-même protégeait la maison des périls du nord-est, et un sanctuaire se dressait sur sa rive. Hina avait appris qu'on y rendait un culte à la déesse du Lac, qu'on honorait d'offrandes de saké, de fruits et de riz.

Dans l'ensemble, le rivage était sablonneux, mais la maison était construite sur une hauteur d'où des falaises dominaient le lac, et l'eau à ses pieds était profonde. Des marches de bois par-dessus les rochers menaient à une jetée, à laquelle s'amarraient des bateaux de pêche voire des navires de commerce quand le temps le permettait.

Dame Masako raconta à Hina que cette belle demeure appartenait autrefois à un aristocrate nommé Hidetake, qui était un ami intime de l'ancien prince héritier et occupait des fonctions importantes à la cour du temps des Kakizuki. Son épouse était la nourrice et la mère adoptive de Yoshimori, le fils du prince, dont certains osaient encore penser, même s'il était exclu de le dire ouvertement à l'est de Rakuhara, qu'il était le véritable empereur si jamais il était en vie.

Masako prenait soin de souligner que c'était une erreur et que l'actuel empereur, le neveu du prince abbé, était légitime et béni par le ciel, mais son culte de la vérité ne lui permettait pas de passer entièrement sous silence l'autre lignée.

Même à Nishimi, bien loin de la capitale, il leur fut impossible d'échapper aux désastres qui avaient affligé le pays depuis la mort du prince héritier et la défaite des Kakizuki. Dans le passé, le domaine s'était livré à un commerce florissant à travers le lac, en vendant aux négociants de Miyako et de Kitakami des produits agricoles et d'autres marchandises de l'ouest. Il était couvert de rizières et de champs de millet, de soja et de taro, sans compter les centaines de mûriers, d'abricotiers et de mandariniers, l'élevage des bombyx et le tissage de la soie. Cette prospérité n'était plus qu'un souvenir, ruinée par les catastrophes naturelles et le départ de la plupart des intendants et des régisseurs. Takaakira consacra les premiers mois de son séjour à tenter de remplacer les absents, de sauver ce qu'il pouvait de la moisson et à préparer la maison pour l'hiver.

Un jour du onzième mois, un messager arriva à cheval de Miyako. Il arborait l'emblème de sire Aritomo sur sa tunique.

– Sa Seigneurie va certainement retourner à la capitale, dit Bara en peignant la chevelure de Hina en vue de la visite de Takaakira dans l'après-midi.

– Pourquoi ? s'étonna Hina. Je croyais que nous devions rester ici tout l'hiver.

– Sire Aritomo ne va pas laisser son principal dignitaire s'enterrer pour toujours à la campagne, non ? Mais il ne vous emmènera pas avec lui. Vous resterez ici, en sécurité.

– Je voudrais rentrer chez moi, dit Hina avec mélancolie. Dans ma vraie maison.

– Ne vous tracassez pas, ma petite… je veux dire, dame Hina. Vous avez plus de chance que la plupart des gens.

Bara lui donnait souvent des noms affectueux et la traitait comme sa sœur cadette, mais pas en présence de ses professeurs ou de Takaakira.

Quand le seigneur entra, il semblait préoccupé et peu désireux de partir. Hina joua pour lui, et chanta un *imayo* dont Sadako lui avait dit qu'il avait été populaire à la cour quelques années plus tôt. Elle lui lut aussi des poèmes, mais rien ne put éclaircir son humeur.

– Avez-vous toujours votre Chambre au Trésor du Kudzu ? l'interrompit-il.

– Oui. J'essaie de le lire un peu chaque jour. Voulez-vous que j'aille le chercher ?

– Non, je voulais juste m'assurer qu'il était en sûreté. Et le coffret, vous l'avez toujours ?

– Oui.

Il hocha la tête en silence, puis déclara :

– Il a fait très froid aujourd'hui. Il va neiger dans

les montagnes, et aussi dans mon pays, plus au nord. Il faut que Bara veille à ce que vous ne tombiez pas malade. Personne ne doit entrer ici, à moins d'être passé par les purifications et les prières nécessaires.

– Je regrette que vous deviez partir.

– Je le regrette aussi, ma chère enfant. Je n'ai pas envie de vous quitter. Je vais voir ce que désire sire Aritomo et je reviendrai au plus vite. Mais je crains que ce ne soit pas possible avant le printemps.

*

Sa présence manqua à Hina. Le palais semblait vide sans lui, et même si les leçons continuèrent comme auparavant, elle trouvait plus difficile d'étudier avec zèle sans ses critiques et ses rares témoignages d'admiration. En dehors de la musique, qu'elle aimait vraiment – elle aurait joué du luth toute la journée, si elle avait pu –, rien ne fixait son attention. Elle se mit à songer au passé, ce qu'elle s'était interdit jusqu'alors. Elle se remémorait sa vie à Matsutani, ses jeux avec son petit frère, Tsumaru, et les enfants de Haru, Kaze et Chika. Elle regrettait les divertissements en plein air, les chevaux que son père lui apprenait à monter, les chiens qui couraient avec elle à travers bois. Elle regrettait le Bois Obscur lui-même, dont la présence mystérieuse les environnait sans cesse. Elle commença à chanter les chansons et les ballades qu'elle avait apprises toute petite avec Haru, après la mort de sa mère, et elle y incluait souvent la lamentation sur l'enfant-dragon, qui en était venu dans son esprit à ne faire qu'un avec Tsumaru.

Cette chanson l'attristait en lui rappelant la nuit dans la capitale où Shikanoko lui avait appris comment Tsumaru était mort et où elle avait attendu en vain le retour de son père. Le chagrin et son amour d'enfant pour Shika étaient liés inextricablement dans son cœur.

De nombreuses chansons étaient lugubres. Elles évoquaient l'automne, une saison qui convenait à son humeur mélancolique. Parfois, elle faisait semblant d'être la Princesse de l'Automne – elle avait appris que tout le monde appelait ainsi la fille de sire Hidetake. Elle aimait ce nom, qu'elle trouvait à la fois beau et triste. Depuis des mois, elle soupçonnait que c'était la vraie raison pour laquelle Takaakira l'avait envoyée ici. Cet endroit lui permettait de la cacher aisément, mais tandis qu'il l'écoutait faire de la musique ou réciter des poèmes, qu'il supervisait ses leçons et la remise en état du domaine, il n'avait cessé d'espérer que la Princesse de l'Automne allait revenir dans son ancienne demeure.

– Il l'a attendue tout l'automne, dit-elle toute seule.

Ces mots lui donnèrent l'idée d'un poème et elle joua un instant indolemment avec eux, mais cela ne pourrait guère donner qu'un poème d'amour, et elle ne pensait pas que l'attente de Takaakira ait été celle d'un amant. Lui et sire Aritomo avaient plutôt tendu une embuscade, un piège dont la princesse ne sortirait pas vivante.

Où était-elle maintenant ? Avaient-ils estimé qu'elle était morte, de sorte qu'il n'était plus nécessaire de l'attendre ? Et Shikanoko, était-il lui aussi parti pour l'autre monde, comme son père et son frère, sa mère, tous ceux qu'elle avait aimés ? Ces pensées l'affligeaient et l'assombrissaient. Ses professeurs et Bara s'aperçurent de son changement d'humeur et crurent qu'elle se languissait de Takaakira. Elles lui suggérèrent de se dépenser davantage en plein air, quand le temps serait beau.

Il continua de faire très froid sous un ciel couvert. Le palais était prévu pour la chaleur humide de l'été, et ses pièces spacieuses étaient glaciales. Sadako et Masako s'enrhumèrent toutes deux et restèrent enfermées chez elles pendant plusieurs jours. Les doigts de Hina étaient trop engourdis pour tenir un pinceau ou un plectre. Elle avait des engelures aux orteils, qui lui faisaient mal et la démangeaient. Elle et Bara dormaient sous des monceaux de vêtements ouatés, en se blottissant l'une contre l'autre pour se tenir chaud.

Un matin, le temps changea d'un coup. Le vent tourna au sud et le soleil apparut, bas à l'horizon mais chaud. Hina se réveilla de bonne heure. Bara, qui s'agitait d'ordinaire toute la nuit tant elle avait froid, dormait encore profondément. Hina eut soudain envie de sortir.

Le pâturage, qui chaque matin depuis des semaines était blanc de givre, apparut ce matin-là nu et brun. Les chevaux, avec leur épais pelage d'hiver, broutaient l'herbe desséchée. Hina descendit en bondissant le chemin de la falaise – il n'y avait personne autour d'elle pour lui dire de marcher posément. Quelques pêcheurs étaient déjà au bord de l'eau, à préparer leurs bateaux et leurs filets en profitant de la chaleur soudaine. Elle passa sans leur parler. Plus loin sur le rivage, au-delà des falaises, un vol de pluviers s'éleva dans l'air à son approche, en poussant des cris plaintifs.

Un cheval hennit au loin, et elle se tourna dans sa direction. Il hennit plus fort puis se mit à trotter vers elle avec lenteur, gêné par son ventre énorme. Derrière lui, l'étalon d'un blanc argenté s'avançait librement au petit galop.

– Risu ! s'écria Hina. Nyorin !

La jument la rejoignit et faillit la renverser dans sa hâte de la toucher avec son museau. Hina tint sa tête en caressant son front large, puis elle posa son autre main sur le ventre et sentit le poulain donner un coup de pied. Elle fut envahie par une émotion si intense qu'elle en eut les larmes aux yeux. Nyorin baissa la tête et lui souffla au visage. Elle caressa ses naseaux doux et roses.

– Où est Shikanoko ? demanda-t-elle.

Elle se mit à appeler :

– Shikanoko !

Sa voix semblait dérisoire, plus faible que les cris des pluviers.

Les chevaux étaient sellés et bridés, et deux sacoches étaient attachées sur le dos de Risu, ainsi qu'un baluchon d'où émergeait le manche d'un luth. Il était trop haut pour que Hina puisse le toucher.

C'était comme un rêve, rempli d'images étranges qui devaient avoir un sens mais qu'elle ne savait pas interpréter. Sa seule pensée fut que Shikanoko était tombé et gisait blessé non loin de là, dans les rizières ou au bord du lac.

– Montre-moi où il est, dit-elle à la jument en saisissant les rênes.

Elle aurait aimé la monter, mais elle craignait de faire mal au poulain dans son ventre. Quant à Nyorin, il était beaucoup trop haut pour qu'elle puisse l'enfourcher sans aide.

Risu sembla avoir compris, car elle se dirigea d'un pas décidé vers le petit sanctuaire de la déesse du Lac. Un portique rouge vif se dressait dans l'eau, et une petite cabane lui faisait face. Elle restait vide, en dehors des périodes de fête. Même si paysans et pêcheurs déposaient des offrandes sur l'autel extérieur, en faisant sonner la cloche et en présentant des requêtes, personne ne s'aventurait à l'intérieur. La déesse du Lac avait la réputation d'être imprévisible et capricieuse, de sorte qu'il valait mieux ne pas risquer de l'offenser par inadvertance.

Hina regarda autour d'elle. Personne ne pouvait l'entendre. Les pêcheurs avaient mis à l'eau leurs embarcations, qui s'éloignaient lentement à la rame sur le lac. Elle monta les marches, écouta à la porte puis appela à voix basse :

– Il y a quelqu'un ? Shikanoko ?

Elle entendit un craquement presque imperceptible, comme si quelqu'un marchait sur la pointe des pieds sur le parquet. Puis une voix de femme répondit :

– Qui êtes-vous ? Pourquoi prononcez-vous ce nom ?

– Et vous, qui êtes-vous ? chuchota Hina. Et que faites-vous avec ces chevaux ?

– Vous les connaissez ? Dites-moi leur nom.

– La jument s'appelle Risu et l'étalon Nyorin. Laissez-moi entrer, nous ne pouvons pas parler comme ça.

– Je vais vous laisser entrer, du moment que vous soyez seule. Mais j'ai un sabre, je vous avertis.

– Je suis seule, dit Hina en poussant la porte.

Il faisait encore sombre dans le sanctuaire. La pièce sentait le moisi et la poussière, à quoi se mêlait une légère odeur de lampe à huile, comme un souvenir des nuits d'été. Une jeune femme se tenait devant elle, un sabre à la main, un petit arc de cérémonie dans le dos. Ses cheveux emmêlés étaient attachés en une queue-de-cheval, et un bandeau écartait les mèches de son visage. Elle portait un pantalon étroit sous une veste courte. Ses vêtements ne valaient guère mieux que des chiffons tant ils étaient crasseux. Son visage lui-même était noirci par la crasse et les intempéries.

Elles s'observèrent un instant, puis Hina déclara :

– Je suis la fille de sire Kiyoyori. Se pourrait-il que vous soyez la Princesse de l'Automne ?

– On m'appelait autrefois Akihime.

Baissant son sabre, la jeune fille dit d'un ton cérémonieux :

– Votre père était un homme aussi loyal que courageux. Je lui suis reconnaissante de son sacrifice. Lui et mon père sont morts le même jour.

Hina sentit un sanglot monter dans sa poitrine, mais elle le réprima.

– On n'avait jamais eu de certitude sur sa fin. Vous l'avez vu mourir ?

Akihime la regarda avec compassion.

– Non, mais… enfin, je vous raconterai un jour, mais pas maintenant. Que faites-vous ici ? Comment avez-vous survécu au massacre dans la capitale ?

– J'ai été sauvée par un guerrier. Yukikuni no Takaakira. Il m'a amenée ici pour me cacher.

– Dans quel but ?

Après un silence, Hina répondit :

– Il veut m'épouser. Il veille à mon éducation pour que je devienne une femme parfaite, pendant que le reste du monde oublie jusqu'à l'existence de la fille de Kiyoyori.

– Mais vous êtes encore une enfant ! s'exclama Akihime.

– Plus pour longtemps.

– Espérons que les Miboshi seront renversés d'ici là ! J'ignorais que Takaakira serait ici. Je suis venue parce que ce domaine appartient à ma famille. Je pensais que je pourrais m'y cacher.

– Il vous a attendue. Ils espéraient que vous viendriez. Vous n'êtes pas en sûreté ici.

– Je ne vois pas d'autre endroit où aller. Je serais venue plus tôt, ou je me serais réfugiée ailleurs, mais j'avais les chevaux. Je ne pouvais pas les abandonner. J'ai dû me battre pour les garder, car tant de gens voulaient me les voler. J'ai sillonné les routes en tous sens, mais malgré mon apparence actuelle, on commençait à parler de moi. Des hommes me cherchaient pour me défier ou me capturer. Mon père m'a appris à combattre, mais je ne m'attendais pas à devoir me défendre contre les voleurs et les vauriens de la route. Je ne pourrai plus me battre ni voyager très longtemps.

Elle ouvrit sa veste et montra à Hina son ventre arrondi.

Hina plissa les yeux malgré elle et sentit la jalousie et la colère l'envahir. Maîtrisant avec peine ses sentiments, elle lança :

– Ceci explique-t-il que vous ayez les chevaux de Shikanoko ?

– Vous comprenez vite ! Vous êtes vraiment une enfant intelligente. Oui, c'est lui le père.

Le visage d'Akihime s'assombrit, mais sa voix suggérait d'autres émotions.

S'entendre traiter d'enfant était la dernière chose que Hina désirait. Elle n'avait plus aucune envie d'aider Akihime. Elle n'aspirait qu'à la voir disparaître, ou mourir. Puis elle se rappela que la jeune femme servait l'empereur, pour qui leurs pères avaient tous deux donné leur vie. Des liens puissants les attachaient l'une à l'autre.

– Où est Shikanoko ? demanda-t-elle.

– Je ne sais pas. Les chevaux l'ont attaqué. Il était inconscient quand nous l'avons quitté.

« Jamais je ne l'aurais laissé ainsi ! » pensa Hina.

– Il est mort ?

– Je ne sais pas, répéta Aki.

– Vous avez dit *nous* ? Vous étiez avec l'enfant empereur ?

Aki hocha la tête.

– Et où est-il, maintenant ? demanda Hina en regardant à la ronde comme si Aki pouvait l'avoir caché quelque part dans le sanctuaire.

– Je vous raconterai toute l'histoire, je vous le promets, mais pas cette fois. Il faut que je décide de ce que je dois faire.

– Takaakira est parti. Il y a eu une crise quelconque, qui l'a obligé à retourner dans la capitale. J'ignore quand il reviendra. La plupart des anciens domestiques se sont enfuis. Je me demande si certains vous connaissent, parmi ceux qui restent ?

– Voilà des années que je ne suis venue ici. Je ne pense pas qu'ils me reconnaîtraient.

– Les hommes guettent votre arrivée. Mais ils attendent une jeune princesse, non…

– Une vagabonde enceinte, compléta Akihime en souriant avec amertume.

– Restez ici, si vous n'avez pas peur.

– Cela fait des mois que j'ai peur, mais ici je… J'allais dire que je n'avais pas peur. Dans mon enfance, j'ai été consacrée à la déesse du Lac, qui est une manifestation de Kannon la Miséricordieuse. Je me cachais souvent ici pour échapper à mes bonnes, et personne n'osait venir m'y chercher. Je mangeais même les gâteaux de riz et les autres offrandes. La déesse ne m'a jamais punie. Mais elle a cessé de me protéger, car je n'ai pas respecté mon vœu de pureté. J'étais censée devenir une vierge consacrée à son culte au Rinrakuji. À présent, je subis son châtiment.

Elle paraissait si triste que Hina eut pitié d'elle.

– Je vais m'occuper de vous. Je vais vous apporter ici de quoi manger, et plus tard j'enverrai Bara vous amener à la maison.

– Et que diront les hommes, en voyant deux chevaux inconnus, sellés et bridés ?

– Je vais les conduire tout de suite aux écuries. Je dirai que je les ai trouvés. Ce n'est pas la première fois qu'on voit arriver ici des chevaux errants.

Hina ne put s'empêcher de sourire.

– Et Risu sera en sûreté pour mettre bas son poulain. Croyez-vous que je pourrai le garder pour moi ?

Aki sourit à son tour.

– Personne n'en serait plus digne.

– J'ai vu le luth, reprit Hina. Vous savez en jouer ?

– J'essaie, mais je n'y arrive guère.

– Pourrais-je en jouer ?

– Je vais vous dire un secret. C'est le luth de l'empereur. Prenez-en grand soin et ne le montrez à personne.

Hina sortit avec circonspection. Les chevaux attendaient à côté du sanctuaire. Elle monta sur les marches pour atteindre le dos de Risu, détacha le baluchon contenant le luth et le glissa sous son bras. Puis elle prit d'une main les rênes de Risu, de l'autre celles de Nyorin, et se dirigea avec eux vers les écuries.

Alors qu'elle était à mi-chemin, elle vit Bara accourir à travers le pâturage. Les chevaux en train de brouter levèrent la tête et s'enfuirent avec force sauts et ruades, comme si l'on était au printemps. Puis ils revinrent inspecter les nouveaux venus, en humant l'air et en hennissant bruyamment.

– Dame Hina ! s'écria Bara. Que faites-vous là ?

– Regardez ce que j'ai trouvé ! lança Hina. Des chevaux errants !

– Faites attention, ils sont peut-être dangereux.

– Non, ils sont doux, assura Hina.

Mais quand Bara s'approcha et tenta de prendre les rênes de Risu, la jument coucha ses oreilles en arrière et montra les dents.

– Sois sage ! dit Hina en lui donnant une petite tape.

– Je n'aime pas les chevaux, avoua Bara. Ils sont tellement lourds et maladroits, ils mettent les pieds n'importe où sans regarder, et leur humeur semble capricieuse.

– Ils n'apprécient pas les gens qui ont peur d'eux, expliqua Hina en se rappelant les leçons de son père. Cela les rend nerveux.

– Mais que faites-vous dehors de si bonne heure ? demanda Bara. À mon réveil, vous n'étiez pas à la maison. Le seigneur sera furieux, s'il l'apprend. Il aurait pu vous arriver n'importe quoi.

– Je ne parvenais pas à me rendormir et j'ai eu

chaud, brusquement, alors j'ai eu envie de sortir seule.

Hina était contrite mais aussi irritée de voir Bara si inquiète.

La servante la regarda.

– Enfin, ça vous a fait du bien, apparemment. Vous avez les yeux brillants et les joues roses. Mais sire Takaakira n'a pas envie que vous ressembliez à une petite paysanne. Il vous aime pâle et languissante, comme un lys.

– Je préférerais être une rose, comme vous, Bara !

Bara sourit.

– La prochaine fois, réveillez-moi, je vous accompagnerai. Allons, donnez-moi ce baluchon avant que vous ne le fassiez tomber.

Elle le tira de dessous le bras de la jeune fille.

– Qu'y a-t-il dedans ? Un luth ?

– Oui, il était sur le dos du cheval. Je l'essaierai plus tard.

Puis Hina lança :

– Bara, vous feriez n'importe quoi pour moi, n'est-ce pas ?

– Oui, ma petite, du moment que cela ne m'attire pas des ennuis avec le seigneur.

Hina sourit mais garda le silence. Elles étaient maintenant sur le chemin menant aux écuries. Deux hommes coururent à leur rencontre, en poussant des cris de surprise à la vue des chevaux. L'un d'eux était un palefrenier qui était particulièrement sympathique à Hina, même si elle aurait été en peine de dire pourquoi, car elle ne lui avait presque jamais parlé. Mais il avait l'air franc et joyeux, et il était doux avec les chevaux. Elle remarqua pour la première fois qu'il était également sympathique à Bara, et que peut-être la réciproque était vraie, car ils échangèrent un sourire furtif, presque clandestin, et les joues de Bara étaient nettement plus rouges que celles de Hina.

Il prit à Hina les rênes de Risu, tandis que l'autre homme prenait celles de l'étalon. Un garçon sortit précipitamment des écuries pour chasser en direction du pâturage le troupeau de chevaux, qui les avait suivis. Ils s'éloignèrent au petit trot, en une masse ondoyante de bruns, de noirs et de gris. Nyorin hésita, comme s'il avait envie de les rejoindre.

– Holà ! s'écria le palefrenier.

– Restez ici, Nyorin, dit Hina.

– D'où viennent ces deux beautés ? demanda l'homme qui tenait Risu.

– Je les ai trouvés dans le pâturage.

– La jument est pleine, observa l'homme. Et c'est pour bientôt, manifestement.

– Vous devez prendre soin d'eux, déclara Hina. Ce seront mes chevaux. Comment vous appelez-vous ?

– Saburo, noble dame, répondit-il en inclinant la tête. Vous avez donné un nom à l'étalon ?

– Nyorin.

Elle ajouta en hâte :

– Cela veut dire « argent ». Il me semble que ça lui va bien.

– Et la jument ? demanda Saburo. Allez-vous aussi lui donner un nom ?

Hina fit mine de réfléchir.

– Pourquoi pas Risu ?

– Très bien, noble dame. Je vais les panser et leur donner à manger.

– Je viendrai les voir plus tard.

Hina prit congé des chevaux en les flattant de la main. Ils tournèrent la tête pour la regarder partir, en poussant des hennissements.

Bara lui dit de s'asseoir dans la véranda tandis qu'elle allait chercher de l'eau pour lui laver les pieds. Il sembla à Hina que l'occasion en valait une autre pour parler.

– Ma chère Bara, commença-t-elle à voix basse. Quelqu'un se cache dans le sanctuaire.

– Les chevaux ne sont donc pas venus seuls ?

– Non, et il s'agit d'une jeune femme qui attend un enfant. Elle n'a nulle part où aller.

Bara continua de laver les pieds de sa maîtresse avec une ardeur redoublée, en faisant gicler de l'eau sans nécessité.

– Serait-ce la personne que le seigneur attendait ?

– Comment êtes-vous au courant ?

– Les gens en parlent. Ils se demandent pourquoi sire Aritomo a permis à Takaakira de s'absenter si longtemps de la capitale. Il reste ici quelques domestiques qui étaient au service de sire Hidetake et se sentent encore Kakizuki. Le palefrenier Saburo, par exemple.

Bara ne put s'empêcher de sourire en prononçant le nom du jeune homme.

– Et vous, Bara ?

– Je suis d'Akashi, la ville libre. Je ne suis ni Miboshi ni Kakizuki. Mais sire Takaakira m'a prise à son service et me fait confiance. Je ne peux rien faire qui le contrarie.

– Eh bien, ce n'est certainement pas elle, répliqua Hina. C'est une vagabonde, pas une princesse.

Pendant que Bara lui séchait les pieds, elle resta immobile, effrayée à l'idée d'avoir déjà trahi Aki, en se demandant comment elle pourrait l'avertir.

– Si dame Hina m'ordonne expressément de faire quelque chose, je ne saurais lui désobéir, déclara Bara tout bas.

– Que devrais-je vous ordonner ?

– Les hommes vont sans doute chercher le propriétaire des chevaux.

– Je pensais que vous pourriez l'amener ici à la nuit

tombée, mais comment les empêcher d'aller au sanctuaire et de la découvrir ?

– En fait de la cacher, mieux vaut que tout le monde puisse la voir, de façon qu'elle soit découverte par quelqu'un qui ne la cherche pas.

– Les pêcheurs, chuchota Hina. S'ils la trouvent dans l'eau, ils penseront que c'est la déesse du Lac qui la leur a envoyée.

– Une jeune femme enceinte qui a tenté de se noyer mais a été sauvée par la déesse, dit Bara en pensant à voix haute.

– Allons porter tout de suite des offrandes au sanctuaire, en signe de gratitude pour les chevaux. Nous lui exposerons notre plan.

– Je viens juste de vous laver les pieds, se plaignit Bara.

– Vous pourrez recommencer ensuite. Dépêchez-vous, allez chercher des gâteaux de riz et tout ce que vous pourrez trouver.

Tandis que Bara courait aux cuisines, Hina s'intéressa au luth. En le sortant du baluchon, elle fut surprise de son aspect miteux et banal. Elle pinça une corde. L'instrument répondit avec réticence. Il avait besoin d'être accordé, mais elle sentit aussi en lui une sorte d'obstination profondément enracinée qui résistait à ses doigts et à sa volonté.

Alors qu'elle s'apprêtait à le poser et à remettre ses

sandales, une idée lui vint. Elle décida d'emporter également les yeux au sanctuaire, afin qu'ils protègent Akihime. Elle prit le luth et rejoignit en hâte sa chambre, où le coffret abritant les yeux était dissimulé sous une étoffe de soie. Elle entendit ses professeurs tousser dans leurs appartements. Elles semblaient encore très souffrantes : il n'y aurait pas de leçons aujourd'hui.

Après avoir pris le coffret et mis le luth à sa place, elle souleva le couvercle et récita brièvement une prière, en se rappelant le jour où Takaakira l'avait ouvert dans la maison de Miyako et où elle l'avait vu comme pétrifié par les yeux, incapable de bouger jusqu'au moment où elle l'avait refermé. Elle n'avait jamais osé lui demander ce qui lui était arrivé. Quand elle ouvrait le coffret, c'était pour prier pour Sesshin et humecter les yeux de ses larmes. Un jour, Sadako était apparue dans son dos et s'était penchée pour regarder par-dessus son épaule.

– Qu'avez-vous…, avait-elle commencé de sa voix douce.

Elle n'avait pu aller plus loin. Figée sur place, elle avait regardé fixement les yeux, puis des larmes avaient jailli de ses propres yeux, ruisselé sur ses joues.

– Ah, quelle vie gâchée ! avait-elle murmuré. Oui, je me vois moi-même, vieille et flétrie, sans l'amour d'un homme et sans enfants…

Hina avait fermé en hâte le coffret. Les jours

suivants, elle s'était montrée particulièrement appliquée et affectueuse avec Sadako. Elle avait beau pleurer sur les yeux afin de les nettoyer et de les garder humides, en se disant parfois qu'elle était orpheline, seule au monde, cachée par un homme qui la forcerait un jour à l'épouser, probablement condamnée à ne jamais revoir le garçon qu'elle aimait vraiment, ils ne lui montraient pas réellement les images accablantes que les autres semblaient voir.

En fait, quand elle concentrait ses pensées sur le présent, sans pleurer le passé ni craindre l'avenir, elle n'était pas malheureuse. L'étude était une joie, ses deux préceptrices étaient gentilles avec elle, Bara l'avait prise en affection.

Entendant Bara l'appeler, elle ferma le coffret et retourna dans la véranda. Le soleil la réchauffait, maintenant, et il était agréable de s'asseoir sous ses rayons et de laisser Bara lui frotter les pieds avant d'attacher ses sandales.

La servante avait placé un plateau sur le parquet. Il contenait deux petits gâteaux de riz, une mandarine légèrement racornie et un morceau de bambou sacré à baies rouges.

– Je n'ai pas osé faire les choses en grand, dit-elle. Je ne voulais pas éveiller les soupçons.

Alors qu'elle se levait en portant le plateau, elle déclara :

– Je vois que vous avez pris votre précieux coffret.

– Je compte le laisser en dépôt à la déesse du Lac.

– Que contient-il, ma petite ?

– Vous n'avez jamais regardé dedans ?

Hina connaissait la curiosité de Bara.

La servante rougit.

– J'y ai jeté un coup d'œil une fois, mais tout ce que j'ai vu, c'était moi-même, mes regrets du passé, les sottises que j'ai faites, la façon dont j'ai traité ma mère. Ça m'a bouleversée, je vous le dis. Plus jamais je ne regarderai là-dedans.

– Ce sont les yeux d'un homme. Peut-être était-ce un sorcier, peut-être un saint. Ma belle-mère lui a fait arracher les yeux, contre toute justice. Je dois les garder, en attendant de les rapporter à Matsutani.

Hina resta silencieuse, sur le chemin du sanctuaire. Elle se demandait si ce jour viendrait jamais.

Le temps plus chaud avait incité tout le monde à sortir. Des guerriers exerçaient des chevaux dans le pâturage. Des pêcheurs étaient partis sur le lac en bateau, en laissant sur la plage leurs femmes et leurs enfants, dont les rires et les bavardages résonnaient dans l'air limpide. La surface du lac était aussi lisse et paisible qu'un miroir.

Toute cette foule rendait Hina nerveuse. Elle était sûre que quelqu'un allait trouver leur comportement insolite et venir aux nouvelles. Arrivée aux marches du sanctuaire, elle posa le coffret pour pouvoir taper dans ses mains de façon à réveiller la déesse et avertir Akihime. Bara installa les offrandes sur une marche puis tira sur la corde de la cloche. Elle retentit au-dessus de la tête de Hina, tandis qu'elle parlait à voix basse à Aki entre deux prières :

– *Déesse du Lac, protégez votre enfant*. Noble dame, quand il n'y aura personne dans les parages, sortez et jetez-vous à l'eau. *Elle vous a été consacrée dans son enfance, intervenez maintenant pour la sauver*. Faites en sorte que les pêcheurs vous trouvent. *Cachez-la dans vos profondeurs et faites que vos vagues la ramènent au rivage*. Ma servante, Bara, veillera à ce qu'on prenne soin de vous. Je laisse ici quelque chose pour vous protéger, mais ne le regardez pas. *Déesse du Lac, bénis ces yeux et permets-leur de voir clairement*.

Il y avait une large ouverture entre la marche du haut et le bas de la porte. Hina y glissa les gâteaux de riz et la mandarine. Elle entendit un chuchotement presque imperceptible :

– Merci. Je ferai ce que vous dites. Je vais laisser mon sabre ici, pour la déesse. Veillez sur lui, je vous prie. Je garderai mon poignard afin de pouvoir me tuer si quelqu'un me découvre.

– Cela n'arrivera pas, assura Hina.

Elle avait une confiance entière en la déesse et les yeux de Sesshin.

10

AKI

Après que la fille de Kiyoyori et la servante furent parties, Aki mangea les gâteaux de riz, même s'ils ne pouvaient la rassasier. Le bébé grossissait et elle avait toujours faim. Elle avait aussi terriblement soif. L'intérieur de la mandarine était sec. Elle en mâcha chaque quartier et suça l'écorce, mais son amertume lui fit mal à la bouche et à la langue. Puis le bébé changea de position, en s'étirant et en donnant des coups de pied, de sorte qu'elle éprouva un besoin urgent d'uriner. Elle s'accroupit dans un coin près de la porte, en espérant que la déesse ne serait pas offensée et en priant pour que personne ne voie le liquide traverser les planches. Il lui sembla que cela n'en finissait plus, que le bruit était assourdissant.

Après avoir éparpillé dessus les restes de la mandarine pour masquer l'odeur, elle prit le sabre et le plaça sur le petit autel au fond de la cabane. Puis elle s'assit, le dos contre le mur, en rassemblant ses forces et son courage pour la suite. Le plan de Hina ne lui paraissait pas sans mérite, mais elle n'était guère impatiente de confier sa vie à l'eau froide en comptant sur la compassion des pêcheurs.

Elle dut dormir un peu, car elle rêva de Kai et Yoshi, tels qu'elle les avait vus pour la dernière fois quelques semaines plus tôt. Alors qu'elle longeait à cheval la route de la rive, elle avait remarqué les bateaux voguant sur le lac Kasumi et les avait suivis. Cette nuit-là, elle avait regardé les numéros des saltimbanques sur le rivage. Yoshi et le jeune dresseur dont elle avait oublié le nom faisaient des culbutes avec un groupe de singes. Les hommes plus âgés les envoyaient voler dans l'air. Et Kai, assise sur le côté avec les autres musiciens, jouait du tambour. Aki fut contente, car Yoshi paraissait heureux et en bonne santé, et lui et Kai s'étaient retrouvés. Ils veilleraient l'un sur l'autre. Elle retourna furtivement à l'endroit où elle avait laissé les chevaux, passa les bras autour de l'encolure de Risu et pleura dans sa crinière. Elle songea à les rejoindre – dame Fuji ne lui avait-elle pas dit de revenir si elle n'aimait pas la vie au temple ? Mais elle redoutait d'affronter Fuji et les autres femmes des bateaux, et elle ne voulait pas qu'on la force à abandonner les chevaux. Elle était donc repartie, mais dans son rêve elle tombait et les appelait. Ils se tournèrent tous deux vers elle et elle vit leur visage, puis elle se réveilla. Un vent violent secouait la cabane, il faisait nettement plus froid. Elle frissonnait et ses jambes étaient endolories. Comme elle allait se lever pour bouger un peu, elle entendit des voix d'hommes. Sa gorge se serra et il lui sembla que les battements de son cœur étaient assourdissants.

« C'est la fin », se dit-elle. Elle sentit le bébé s'agiter en elle.

– Je suis désolée, je suis désolée, lui chuchota-t-elle en saisissant son poignard.

Des pas s'approchèrent, deux ou trois hommes montaient les marches.

– Quelqu'un se cacherait-il dans le sanctuaire ?

– C'est possible, mieux vaut s'en assurer.

– Ce sont des... des yeux ?

Aki osait à peine respirer. Pendant un instant, le silence régna dehors. Puis, inexplicablement, elle entendit des sanglots entrecoupés de paroles de regret et de chagrin :

– Ces hommes que j'ai tués en traître...

– Ces petits enfants que nous avons massacrés à Miyako !

– J'étais au service des Kakizuki. Je les ai trahis !

– Mon fils préféré... mort à six ans.

– Ces filles que nous avons violées, comme elles criaient !

Les mugissements du vent redoublèrent et de la neige fondue se mit à crépiter sur le toit.

– Aurions-nous irrité la déesse ? demanda l'un des hommes.

– Partons d'ici, lança un autre.

– Regardez le lac ! s'exclama le troisième. Il va y avoir une tempête de neige !

Ils redescendirent bruyamment les marches puis Aki n'entendit plus que le vent. Elle attendit un moment, en s'efforçant de maîtriser son souffle. Quand elle entrouvrit la porte, le vent la poussa brutalement et la neige s'engouffra à l'intérieur, en fondant sur le parquet. Aki recueillit des flocons sur sa main et les lécha. Le lac et la rive avaient disparu. Tout devenait blanc.

La boîte de Hina gisait sur les marches. Oubliant qu'il ne fallait pas regarder dedans, Aki l'ouvrit et vit les yeux.

Tous les chagrins et les regrets de l'année se ranimèrent en elle. Si seulement elle n'avait pas cédé à Shikanoko. Si seulement elle ne l'avait pas fui ensuite. Elle revécut l'instant d'horreur où elle l'avait vu étendu sans vie. Pourquoi l'avait-elle laissé là ? Elle ne le reverrait jamais et le bébé grandirait sans père. Elle avait abandonné l'empereur, alors qu'elle devrait être avec lui, en donnant sa vie pour le protéger.

Ses larmes se mêlèrent à la neige. Son désespoir était absolu. Ce ne fut pas pour sauver sa vie qu'elle se précipita dans le lac. Ce fut pour se noyer.

11
MASACHIKA

Masachika s'agenouilla devant Keita, le seigneur des Kakizuki. Cela faisait plusieurs mois qu'il était arrivé, sur l'ordre de Takaakira, à Rakuhara, où les restes de l'armée Kakizuki avaient fui après les défaites de Shimaura et de Sagigawa qui leur avaient coûté Miyako. Il avait été accueilli comme le frère de Kiyoyori et même son héritier, puisqu'il était maintenant légalement le seigneur de Kuromori, même si en fait personne ne l'appelait ainsi. Comme à son habitude, il s'était rendu utile, il s'était offert à accomplir des tâches dont personne d'autre ne voulait, il avait écouté avec compassion les interminables récits de batailles perdues et en avait même consigné un grand nombre, en notant avec des murmures indignés les allégations d'injustice et de trahison censées laver leurs auteurs de toute responsabilité. Personne ne le soupçonnait d'être un espion. Du reste, il ne s'était encore guère livré à un espionnage digne de ce nom, bien qu'il eût maintenant une idée très précise de la puissance et de l'état d'esprit des chefs Kakizuki. Du fait d'un hiver exceptionnellement rigoureux, marqué par deux mois de neige et de tempêtes, il avait été contraint de rester à trembler de froid avec les autres Kakizuki, en cette ville de Rakuhara où les vents glacés pénétraient dans tous les recoins des bâtiments mal adaptés et où la neige s'amoncelait jusqu'aux avant-toits.

Il eut tout son temps pour comparer les deux seigneurs, Keita et Aritomo, et conclut qu'il avait finalement de la chance d'avoir passé l'hiver à Rakuhara plutôt qu'à Miyako. Même en exil, Keita n'avait pas renoncé à son amour du luxe, son goût pour la musique, la danse et la poésie. Le toit avait beau être percé, les volets mal fixés cliqueter, les fissures dans le mur laisser entrer des rafales glacées, Keita n'en dormait pas moins sous la soie, mangeait dans des bols de céladon et se délassait avec les nombreuses dames de sa cour et ses concubines. Aritomo était maître de la capitale et des deux tiers des Huit Îles, mais il préférait un mode de vie frugal et méprisait l'ostentation. Les artisans de Miyako étaient moroses et aspiraient au retour des prodigues Kakizuki, afin que leurs affaires retrouvent leur prospérité. Ceux des villes voisines de Rakuhara, en revanche, se réjouissaient du commerce florissant des céramiques, tissus, laques, papiers et instruments de musique.

À côté de lui, l'un des anciens, Yasutsugu, qui avait été l'ami de son père, dit à voix basse :

– Un espion est arrivé de Nishimi. Nous pensons que la Princesse de l'Automne est là-bas. Elle seule sait ce qu'est devenu Yoshimori. Tout le monde est plein d'espoir. On amène cet homme ici, afin que nous entendions tous ce qu'il a à dire.

– Quelle merveilleuse nouvelle, murmura Masachika.

Un jeune homme habillé en palefrenier fut introduit dans la salle et se prosterna devant l'assemblée. Lorsqu'il s'assit, Masachika vit qu'il avait ce genre de visage ouvert et honnête qui inspirait confiance et était si utile pour un espion. Il leur raconta que des pêcheurs avaient tiré du lac une jeune fille quand la première tempête de neige de l'hiver s'était abattue sur Nishimi. Elle était enceinte et tout le monde avait cru que c'était une vagabonde qui avait tenté de se suicider. Son sauvetage fut considéré comme une sorte de miracle, de sorte qu'on la recueillit bien qu'au début personne ne crût en sa survie. Elle avait pris froid dans l'eau glaciale et une fièvre s'était déclarée, trop violente semblait-il pour sa constitution affaiblie. Mais elle avait survécu et mis au monde un garçon plein de santé.

– Comment la Princesse de l'Automne pourrait-elle être mère, et livrée à elle-même ? dit Keita d'un ton dubitatif. Que faisait-elle toute seule ? Qui est le père de l'enfant ?

Une telle aventure paraissait impensable pour une aristocrate.

– Cette fille est peut-être une intrigante espérant tirer profit de la situation ? lança Yasutsugu.

– Elle-même n'a rien demandé, répliqua le palefrenier. Elle ne parle presque pas. Je tiens ces détails de dame Hina, par l'intermédiaire de sa servante, mon informatrice.

– Qui est cette dame Hina ? demanda sire Keita en fronçant légèrement les sourcils.

– C'est une jeune fille que Yukikuni no Takaakira a amenée à Nishimi, où il la garde à l'insu d'Aritomo. Bara, la servante, m'a montré un poignard que la femme enceinte avait sur elle. Je l'ai reconnu, car il appartenait à sire Hidetake, que j'ai servi à Miyako et à Nishimi. J'ai compris alors que cette femme devait être sa fille, ce que sa servante m'a confirmé.

– Si vraiment c'est la Princesse de l'Automne, nous devons l'amener ici et lui parler. Mais à quoi bon nous soucier de la fille qui sert de jouet à Takaakira ?

Masachika s'efforça de dissimuler son intérêt passionné. Hina était le nom d'enfant de la fille de Kiyoyori. Et si elle avait été trop jeune, trop innocente pour comprendre qu'elle devrait en prendre un autre ? Il avait eu l'impression que Takaakira mentait. À présent, il en était certain, et il savait pourquoi.

– Elle est davantage qu'un jouet, déclara le palefrenier. Des événements inexplicables se sont produits. Le jour où l'on a trouvé Akihime, deux chevaux inconnus sont arrivés. Leur harnachement avait autrefois été de première qualité. L'un était une jument pleine, qui a mis bas un poulain le jour même de la naissance du petit garçon. L'autre est un étalon, très beau, mais volontaire et obstiné. À leur arrivée, dame Hina leur a donné des noms, mais en fait ils y répondaient déjà, comme si cela faisait longtemps qu'on les appelait ainsi. Je jurerais qu'elle les connaissait. Les chevaux ne mentent pas ! Plus tard, Bara m'a dit que la noble dame avait récupéré un sabre magnifique laissé dans le sanctuaire. Elle a également rapporté dans sa chambre un coffret contenant des yeux.

– Des yeux ? répéta sire Keita.

– Des yeux qui vous forcent à regarder dans votre cœur et à voir tout ce que vous avez perdu dans votre vie, tous vos échecs et vos regrets, tous vos secrets les plus intimes. Apparemment, ils ont dissuadé les guerriers de Takaakira de fouiller le sanctuaire où la princesse se cachait. S'ils étaient entrés, ils l'auraient découverte. Puis la déesse du Lac a envoyé une tempête, à la prière de dame Hina.

Masachika était sûr que c'était la fille de son frère. Takaakira lui avait dit qu'elle était morte, de façon à pouvoir la garder pour lui seul. Cette idée l'emplit de joie, car il avait maintenant un avantage sur l'homme qui l'avait humilié. Depuis des mois, le mépris de Takaakira l'obsédait, en nourrissant sa jalousie et son ressentiment à l'égard du favori d'Aritomo. Et pendant tout ce temps, Takaakira trompait son seigneur. « Ce sera sa perte, songea-t-il. J'y veillerai. » Il fallait qu'il aille lui-même à Nishimi, tout de suite.

– Donc, conclut le palefrenier, dame Hina est beaucoup plus qu'une jeune fille qui a attiré l'attention de Takaakira. Je pense que c'est la fille d'un guerrier, mais ce n'est pas tout, c'est aussi une sorcière en herbe.

Sire Keita parut troublé.

– Nous allons consulter les généalogies pour découvrir son identité, dit-il.

Masachika s'éclaircit la voix.

– Puis-je parler, seigneur ?

Une fois la permission accordée, il continua :

– La fille de Kiyoyori était connue dans la famille sous le nom de Hina. C'est peut-être elle.

Il se tourna vers le palefrenier.

– Je suis son oncle, le frère de son père. Je croyais que ma nièce bien-aimée avait péri.

Il avait parlé d'une voix entrecoupée et leva sa

manche devant ses yeux, comme pour essuyer des larmes.

– Je suis heureux d'apporter une nouvelle si heureuse ! s'exclama l'homme.

Il adressa à Masachika un sourire joyeux, que le seigneur soupçonna aussitôt d'être hypocrite. Sa crainte d'être démasqué, qui n'était jamais loin, se ranima en lui. Cet homme savait-il quelque chose sur lui ? Que signifiait vraiment ce sourire ?

– Comment vous appelez-vous ? lança-t-il.

– Saburo, seigneur.

– Vous devriez retourner à Nishimi dès que possible. Quel prétexte avez-vous donné pour vous absenter ?

– Les funérailles de mon père.

– C'est bien triste. Et comment avez-vous franchi la barrière ?

– Je suis passé par les montagnes. Il existe de nombreux chemins secrets.

– Vous pourrez me les montrer. Nous allons nous rendre ensemble à Nishimi, afin que je puisse m'assurer que vous avez dit vrai.

Il se hâta d'ajouter, en regardant les anciens et sire Keita :

– Si Vos Seigneuries sont d'accord.

– Ne devrions-nous pas plutôt préparer une attaque contre Nishimi, pour délivrer les deux filles avant qu'elles ne soient découvertes ? suggéra Yasutsugu.

– Takaakira a beaucoup d'hommes là-bas, intervint Saburo. Une telle attaque ne ferait que révéler l'importance des filles et mettre leur vie en danger. Mieux vaut essayer de les faire partir discrètement. Je peux les ramener ici.

– Si vraiment elle est la Princesse de l'Automne et si je reconnais ma nièce en Hina, nous les ramènerons ensemble, dit Masachika.

Saburo ne parvint pas à cacher sa réticence.

– C'est un dur voyage à travers les montagnes. Et comment expliquerai-je votre présence à Nishimi ?

– J'ai fait de pires voyages, répliqua Masachika. Je m'habillerai en palefrenier et prétendrai être un parent à vous en quête de travail.

– Je ne voudrais pas vous offenser, seigneur, mais aucun de mes parents ne parle comme vous.

– Vous croyez que je ne saurai pas vous imiter ? dit Masachika avec un accent du peuple.

Il s'en repentit aussitôt, car tous les anciens le fixèrent avec stupeur.

– Vous avez des talents cachés, observa Yasutsugu.

– Je les mets tous au service de sire Keita et des Kakizuki, déclara précipitamment Masachika.

– Vous le jurez ?

– Oui, sur l'âme de mon frère, dit-il en se prosternant devant eux.

*

On apporta des vêtements à Masachika, et on prépara quelques provisions pour le voyage. Dès qu'il se fut changé et qu'elles furent prêtes, les deux hommes se mirent en route.

Saburo lui jeta un regard critique, quand ils franchirent à pied la porte nord de Rakuhara. Les gardes souhaitèrent bon voyage à Saburo mais firent la grimace en voyant Masachika, qu'ils ne reconnurent pas.

– Ce sont vos mains qui vous trahissent, dit Saburo. Depuis combien de temps n'ont-elles pas tenu de rênes ?

– Je n'ai pas monté à cheval de tout l'hiver, répondit Masachika.

Il lui sembla entendre du mépris dans la voix du palefrenier, et il décida de le tuer avant leur arrivée à Nishimi. Néanmoins, il se mit à genoux et frotta ses mains dans la boue printanière du chemin. Celui-ci était bordé de petites fleurs jaunes, qui attiraient des abeilles précoces. Le soleil était chaud, mais on sentait toujours l'hiver dans l'air et de la neige s'attardait sur les versants des montagnes qu'ils devaient traverser. Il était un peu plus de midi. Le jour tombait encore de bonne heure, de sorte qu'ils avaient moins d'une demi-journée de marche, à moins que Saburo n'eût l'intention de marcher toute la nuit. Masachika tenta de se rappeler quelle était la phase de la lune. Elle devrait bientôt être pleine, ce qui signifiait qu'il y aurait beaucoup de lumière. S'il avait su qu'il allait partir ainsi à l'improviste, il n'aurait pas veillé si tard la nuit précédente et n'aurait pas bu autant. Il avait déjà mal à la tête.

Saburo marcha d'un bon pas, même quand la pente se fit plus raide et qu'ils commencèrent à grimper. Le chemin devint de plus en plus broussailleux. Bientôt, ce ne fut plus guère qu'une piste de renard, où ils devaient souvent progresser à quatre pattes à travers les broussailles. Ils passèrent devant un terrier, où ils entendirent geindre des nouveau-nés et sentirent l'odeur fétide des renards, après quoi le chemin disparut complètement. Saburo semblait suivre un itinéraire qu'il avait jalonné lors de la descente, à l'aide de pierres disposées avec soin, de brindilles courbées et de marques sur les rochers. Masachika tenta de les repérer mais s'aperçut qu'il en était incapable. Sans Saburo, il serait perdu. À contrecœur, il décida de le laisser en vie jusqu'à Nishimi. Il passa le reste de la journée à imaginer son châtiment et sa mort.

Quand il fit trop sombre pour continuer à marcher, Saburo s'arrêta près d'une éminence rocheuse. Le terrain à côté était plat, plus sablonneux que rocailleux, et les rochers offraient un peu d'abri.

– Nous nous reposerons ici jusqu'au lever de la lune. Dormez si vous pouvez, je vais faire le guet.

Masachika s'assit, en tentant de cacher qu'il avait

les jambes flageolantes après la montée. Bien qu'il n'eût pas faim, il se força à avaler la boulette de riz que Saburo lui tendit. Elle était parfumée à la crevette séchée et au pruneau salé, de sorte qu'elle exacerba encore sa soif dévorante. De la neige fondue s'était accumulée dans de petites cavités sur les rochers, et ils la burent en léchant jusqu'à la dernière trace d'humidité.

Il n'avait pas envie de dormir, n'étant que trop conscient qu'il avait besoin que Saburo le guide, mais que l'inverse n'était pas vrai. Si l'homme le soupçonnait, ce dont Masachika était certain, il pourrait aisément le faire disparaître dans les montagnes sans que personne le sache. Masachika était résolu à vivre, car s'il parvenait à ramener à Miyako à la fois la Princesse de l'Automne et la fille de Kiyoyori, il aurait droit à toute la gratitude de sire Aritomo et serait en mesure de se venger de Takaakira.

Toutefois, quand il s'étendit, il fut vaincu par l'épuisement et des rêves commencèrent à se former derrière ses paupières. Il s'endormit malgré lui. Des voix familières lui parlaient : son père, Tama. Il n'arrivait pas à saisir ce qu'ils disaient, mais cela semblait important. Puis, soudain, il vit un poulain brun devant lui. « Il me rappelle Kiyoyori, pensa-t-il avec étonnement. Comment un cheval peut-il ressembler ainsi à mon frère ? »

Il se réveilla, le cœur battant. Se redressant en hâte, il regarda à la ronde. La lune avait quitté les montagnes et illuminait les rochers autour de lui. Il était seul.

Il bondit sur ses pieds en poussant un juron, puis il entendit un bruissement dans les buissons et Saburo apparut.

– Qu'y a-t-il ? demanda le palefrenier. Je suis simplement allé me soulager. Vous pensiez que je vous avais abandonné ?

Il regardait Masachika avec une perspicacité désagréable.

– Vous êtes un seigneur Kakizuki, continua-t-il. Le frère du grand Kiyoyori. On m'a chargé de vous amener à Nishimi et de vous aider à délivrer la princesse et votre nièce. Je ne sais rien de vous, en dehors de ce que la montagne vous contraint de révéler. Mais vous m'avez déjà montré que vous ne me faisiez pas confiance. Seuls ceux qui ne sont pas dignes de confiance sont incapables de se fier aux autres.

Masachika garda le silence. Il alla à son tour se soulager dans les rochers, puis entreprit de grimper en suivant Saburo sous la lune du troisième mois.

12
HINA

Tout au long de l'hiver glacial, Hina s'était efforcée de maîtriser le luth. Elle n'avait jamais vu un instrument pareil. Bien souvent, elle fut tentée de le jeter au feu. Elle l'aurait regardé brûler avec joie, pour toutes les souffrances qu'il lui avait infligées. Il se désaccordait, ses cordes se cassaient sans raison ou semblaient devenir poisseuses sous le plectre, de sorte qu'il dérapait sous ses doigts. Même Sadako ne pouvait le convaincre de jouer. Il lui arrivait pourtant de se laisser fléchir, et il laissait échapper alors des sons d'une telle pureté, une musique empreinte d'une telle nostalgie que Hina en avait les larmes aux yeux.

En ces moments-là, elle avait envie de l'apporter à Aki, mais il lui semblait plus sage de ne pas passer trop de temps avec elle. La jeune fille vivait dans les appartements des domestiques. Hina ne la vit que deux ou trois fois, lorsqu'elle faisait l'enfant et se rendait avec Bara à la cuisine pour chercher de précieuses friandises, telles que kakis séchés, pruneaux marinés ou pâte de haricot rouge, qui devenaient plus rares à mesure que l'hiver se prolongeait.

Quand elle fut remise de sa fièvre, Aki travailla à la cuisine non sans peine, car il apparut qu'elle était aussi peu expérimentée que peu douée en ce domaine. Cependant, quand sa délivrance approcha, il sembla peu sûr de la garder en ces lieux, pour elle et aussi pour la maisonnée, car si elle accouchait à l'improviste dans la cuisine, la demeure tout entière serait souillée. Elle fut confinée dans une petite cabane isolée, avec une autre femme attendant un enfant. La cabane était froide et sombre. Le jour où elle la vit, Hina songea que c'était un endroit particulièrement peu propice à une naissance.

L'accouchement d'Aki fut aussi long que douloureux, et personne ne s'attendait à ce qu'elle en sorte vivante. Risu mit bas le même jour. Pour elle aussi, ce fut long et difficile – le palefrenier, Saburo, dut extraire lui-même le poulain de son corps. Mais la jument se remit rapidement, avec l'aide de Saburo, et allaita aussitôt son poulain.

Hina ne savait pas qu'il était possible d'adorer un cheval à ce point. Dès qu'elle posa les yeux sur le poulain, le matin suivant sa naissance, alors qu'il était déjà debout sur ses jambes flageolantes à côté de Risu, elle était tombée amoureuse de lui. Elle avait besoin d'aller le voir plusieurs fois par jour. La nuit, elle restait éveillée à attendre le matin avec impatience pour pouvoir de nouveau le couver des yeux. Elle tressait des guirlandes de fleurs du printemps qu'elle suspendait à son encolure, elle brossait son pelage et astiquait ses petits sabots. Sa mère était brune et son père, Nyorin, presque blanc, mais la robe du poulain était noire comme du charbon, si bien qu'elle l'appela Tan.

– Au bout d'un an, il deviendra gris, ou argenté comme son père, déclara Saburo. Tous les chevaux gris naissent bruns ou noirs. Ce sera un cheval magnifique. Et regardez comme il vous aime, dame Hina !

Chaque fois qu'elle se rendait au pâturage, le poulain accourait vers elle et la suivait de près, en soufflant dans son cou. Parfois, il la fixait de ses énormes yeux noirs, comme s'il allait se mettre à parler.

– Qu'y a-t-il, mon Tan chéri ? chantonnait-elle en approchant son visage de celui du poulain.

Et il lui semblait qu'elle était sur le point de le comprendre.

Elle aimait presque autant le bébé qui était né le même jour. Tous deux avaient eu une naissance difficile, pour des raisons différentes. La jument était si vieille, et la jeune fille si jeune. Aki fut très malade après l'accouchement et ne put nourrir son enfant.

Heureusement, l'autre femme put l'allaiter en même temps que sa propre petite fille. Aki chuchota qu'il aurait pour nom Takeyoshi. On l'appela dès lors Takemaru : petite pousse de bambou, petit guerrier, car *take* avait les deux sens. Le bébé avait une tignasse noire, et son visage paraissait vieux et sage. Il était actif et ne dormait pas beaucoup. La jeune sœur de sa mère nourricière le promenait parfois attaché dans son dos, mais c'était surtout Bara qui s'occupait de lui. Avec Hina, elle allait souvent le montrer aux chevaux.

– Voici ton jumeau, Take, disait Hina en prenant le bébé à Bara pour l'approcher du poulain. Il sera ton cheval, car vous êtes nés le même jour à la même heure.

Cependant, en prononçant ces mots, elle sentait combien l'avenir était incertain. Il ne serait pas possible de cacher éternellement Aki et le bébé. La neige recouvrait encore les versants et les nuits étaient glaciales, mais un jour le vent tourna et se mit à souffler en provenance de l'est. Le printemps était arrivé. Takaakira serait sans doute bientôt de retour.

Le lendemain, Saburo n'était pas aux écuries. Bara dit à Hina que son père était mort et qu'il était retourné dans son village pour les funérailles. Son absence ajouta au malaise de Hina. Elle se rendit compte qu'elle en était venue à se reposer sur lui et à lui faire confiance. Bara était elle aussi nerveuse et inquiète.

Le vent redoubla de vigueur et le printemps sembla s'installer en hâte, en couvrant les arbres de feuilles et en remplissant les matins de chants d'oiseaux. Un jour, Hina se rendit au pâturage avec Bara et le bébé. Elle portait le luth, car elle avait rêvé dans la nuit qu'elle l'offrait à la déesse du Lac et qu'il se mettait à jouer tout seul. Il était apparu différent dans le rêve, non plus miteux et cabossé mais resplendissant de bois de rose et d'incrustations d'or et de nacre. Elle entendait encore dans sa tête sa musique enchanteresse. Elle avait aussi pris le livre de Sesshin, la Chambre au Trésor du Kudzu, dans l'intention de lire un peu au calme dans le sanctuaire pendant que Bara amuserait le bébé.

Comme toujours, Tan accourut vers elle au petit galop pour la pousser du nez en la reniflant. Il retroussa ses lèvres en s'ébrouant au-dessus de Take, qui se mit à rire et à gigoter d'un air ravi.

– Regardez, dit Bara en pointant le doigt vers le lac. Un bateau arrive !

Hina sentit son cœur se serrer d'un coup.

– Serait-ce sire Takaakira ?

– Peut-être.

Elles scrutèrent le lac, de leurs yeux éblouis par le soleil et que le vent faisait larmoyer. De la musique et des rires s'élevaient du bateau, à quoi se mêlaient d'étranges appels stridents, comme des cris d'animaux.

– Ce n'est certainement pas le seigneur, décréta Bara.

Elles poussèrent toutes deux un soupir de soulagement, et Bara esquissa un sourire contrit.

– Ce doit être un des bateaux du marché. Le vent leur aura fait traverser le lac. J'imagine qu'ils voulaient se rendre à Majima, au pont de l'Arc-en-ciel.

– Quels noms magnifiques, dit Hina. Où sont ces endroits ?

– De l'autre côté du lac. Le marché du vingt-cinquième jour se tiendra là-bas aujourd'hui. Ce sont sans doute des saltimbanques, je pense, car on entend des cris de singes.

– Des singes ! s'exclama Hina. Allons à la jetée pour les voir. Cela devrait plaire au petit Take, pas vrai ?

Le poulain émit soudain un son bizarre, qui les fit tressaillir. Ses yeux étaient fixés sur les écuries. Il tremblait des pieds à la tête.

– Oh, c'est Saburo, dit Bara. Tan l'aurait-il reconnu ?

Tenant le bébé d'un bras, elle lui fit signe de sa main libre.

Saburo et un autre homme passaient devant la caserne où les guerriers se préparaient à une nouvelle journée, en sortant leurs arcs pour s'entraîner au tir, en réparant et astiquant leur armure.

– Qui est l'homme qui l'accompagne ? demanda Hina.

– Je l'ignore, répondit Bara d'un ton perplexe. Un autre palefrenier, peut-être ? Je ne l'ai encore jamais vu dans les parages.

Hina observait Saburo qui marchait d'un air nonchalant mais méfiant, en regardant à la ronde comme s'il cherchait quelque chose. Quand il aperçut Bara, il lui adressa un petit signe de tête. « Que veut-il dire ? », se demanda Hina. Elle ne devait jamais le savoir. Saburo se figea soudain. Son compagnon l'avait attrapé en le tournant dans une étrange position, un bras immobilisé dans le dos. Un poignard pressé contre sa gorge. Des cris de surprise. Les hommes sur pied, sabre au poing. Saburo à genoux. Le sang jaillissant soudain. Bara qui hurlait. Le poulain qui poussait Hina, la poussait vers la rive.

« Fuis, ma fille ! C'est ton oncle. Il va te livrer aux Miboshi. »

– Akihime ! cria-t-elle. Bara, il faut avertir Akihime !

Puis elle s'interrompit, horrifiée à l'idée que le meurtrier ait pu l'entendre.

Bara gémissait, immobile, comme frappée de stupeur. Hina tint le luth et le manuscrit d'une main, et de l'autre lui prit le bébé. Elle regarda autour d'elle avec affolement. Où fuir ?

Le bateau avait rejoint la rive. Le vent d'est était

retombé. Elle entendait des rires, les rires insouciants de gens ordinaires. Elle songea à ce qu'elle laissait derrière elle. Takaakira, sa vie de musique et d'étude. Les yeux ? Comment pourrait-elle abandonner les yeux ? Ils étaient dans sa chambre. Et le sabre ? Le sabre d'Akihime, qu'elle avait replacé dans le sanctuaire comme une offrande à la déesse du Lac.

Telle une somnambule, Bara s'avançait en titubant vers le corps étendu de Saburo. L'autre homme, l'oncle de Hina, gesticulait en expliquant tout aux hommes qui l'entouraient. Hina entendit leurs cris de surprise et de triomphe. Akihime était trahie.

Elle sentit le luth la tirer. Elle courut vers la jetée. Dans un bras, Take qui s'agitait en riant, dans l'autre, le luth et le manuscrit. Le luth se transformait sous ses yeux, comme dans son rêve. Il devenait magnifique et resplendissait au soleil du matin. Quand elle approcha du bateau, il se mit à jouer, et une musique admirable résonna dans le calme soudain.

Puis, d'un coup, le vent se remit à souffler.

– Ah, voilà enfin le vent d'ouest ! s'exclama le timonier. Nous irons au marché, finalement !

– Emmenez-moi avec vous ! cria Hina tandis que les rameurs faisaient tourner le bateau et que la brise gonflait les voiles.

Elle était presque assourdie par le luth. Derrière elle, Tan hennissait.

Deux garçons un peu plus jeunes qu'elle se tenaient sur le pont, entourés de singes.

– Que faites-vous avec ce luth ? hurla l'un d'eux lorsque le bateau rasa la jetée.

– Prenez-le ! répondit Hina.

Elle posa Take un instant et leur lança le luth, puis le manuscrit. Après quoi, elle prit Take, le serra dans ses bras et voulut sauter sur le bateau. Mais il avait déjà viré de bord, et elle était gênée par le bébé. Elle tomba dans l'eau profonde près de la jetée. Elle n'osa pas relâcher sa prise sur Take, qui se débattait en hurlant, à moitié suffoqué par l'eau glacée. Les belles robes que Takaakira lui avait données étaient maintenant un piège mortel, car elles se remplissaient d'eau, devenaient aussi lourdes que du plomb…

13

MASACHIKA

Le lendemain, Masachika emmena Akihime à Miyako en traversant le lac en bateau, à la faveur de ce même vent d'ouest. Il se rendit directement à Kasumiguchi, sans passer par Aomizu. La disparition de Hina et du bébé l'inquiétait. Ils s'étaient noyés dans le lac, apparemment, même s'il n'y avait aucune trace de leurs corps. Il aurait été plus satisfaisant de les attraper tous les trois d'un coup, mais au moins la proie la plus importante était dans ses mains. Le temps se dégradait et il n'avait pas envie d'être surpris par une tempête sur le lac.

Avant son départ, il avait fouillé la maison et le sanctuaire. Il avait maintenant assez d'indices pour prouver que Takaakira avait caché la jeune fille dans la maison pendant près d'un an. Quand il interrogea les deux femmes, qui semblaient des sortes de professeurs, elles jurèrent qu'elles ne connaissaient pas la véritable identité de leur élève mais attestèrent de son intelligence, de sa douceur et de son talent pour la musique et la poésie, ce dont Masachika ne se souciait nullement. Cependant, il trouva le coffret dans sa chambre, et cette fois il fut grandement intéressé.

Bien qu'il se rappelât ce qu'avait dit le palefrenier, il ne put résister à la tentation de regarder dedans. Aussitôt, la tristesse l'envahit. Il sentit avec une force nouvelle la perte de Tama et de Matsutani. Il se vit lui-même au long de sa vie. On n'avait cessé de le comparer à Kiyoyori, toujours à son désavantage. Il vit sa propre nature intéressée, sa jalousie, sa perfidie. À l'idée de tout ce qui aurait pu être, il fut assailli d'amers regrets. Alors que son esprit était si ouvert, si vulnérable, il eut soudain l'une de ses intuitions. Ces yeux étaient ceux de Sesshin. Grâce à eux, il pourrait se rendre maître des esprits de Matsutani. Il referma le coffret et prit soin de l'emporter dans son voyage.

Dans le sanctuaire, il découvrit le sabre derrière l'autel. Il s'étonna que personne ne l'ait volé, car il n'avait jamais vu d'arme aussi splendide. Il éprouva une réticence insolite à la toucher, et elle lui parut lourde et peu maniable quand il la souleva, mais au bout d'un moment elle sembla se faire à sa main et il sentit qu'elle l'avait plus ou moins accepté. Il en fut transporté, rempli d'un espoir soudain de voir sa vie changer, de recevoir une belle récompense et de devenir ainsi un homme meilleur. À sa propre surprise, il se mit à prier. Il trouva aussi un arc de cérémonie en bois de catalpa, mais celui-ci le mit mal à l'aise et il décida de l'envoyer au Ryusonji. En sortant du sanctuaire, il tenait d'une main l'arc, de l'autre le sabre. Les chevaux lui faisaient face, comme s'ils l'attendaient. Ils le regardèrent fixement. Avec un frisson de terreur, il reconnut le poulain de son rêve.

Masachika n'osa pas exprimer ses craintes. Résolu à offrir les chevaux au prince abbé, il donna l'ordre qu'on les conduise à Miyako. Si le poulain était possédé, le prince abbé reconnaîtrait l'esprit qui l'habitait.

La servante, Bara, était devenue hystérique depuis la mort de son amant – car Saburo devait être son amant, se rendit compte Masachika. Il emmena donc la plus jeune des deux préceptrices, Sadako, afin qu'elle serve Akihime, laquelle, même si elle était une fugitive, restait la fille d'un aristocrate. Akihime refusa de parler et ne répondit à aucune de ses questions sur Yoshimori ou l'enfant qu'elle avait récemment mis au monde. Tout au plus, quand il perdit patience et lui dit que le petit garçon s'était noyé, pleura-t-elle en silence.

*

Sire Aritomo examina Aki comme si elle était une œuvre d'art. Takaakira était dans la pièce avec eux, mais il n'avait pas encore ouvert la bouche. Masachika lui jeta des coups d'œil de temps à autre, pour tenter de deviner ses réactions, mais le seigneur du Pays des Neiges resta impassible.

Il pleuvait à verse. Comme l'avait craint Masachika, le vent d'ouest avait tourné à la tempête. Les fleuves sortaient de leur lit, en détruisant les plantations printanières de riz et de légumes.

– Vous voyez, dit Aritomo. J'avais raison. Elle s'est rendue dans la demeure de son enfance. Il suffisait de l'y attendre.

Après avoir esquissé un sourire pincé, il s'adressa à Masachika :

– Je vous félicite. Vous serez récompensé.

Masachika s'inclina. Il avait raconté la venue de Saburo, le palefrenier, à Rakuhara, mais il n'avait toujours pas évoqué Hina ni le bébé, pas plus qu'il n'avait parlé des yeux ni montré le sabre.

– Pourquoi a t-elle les bras meurtris ? demanda Aritomo.

– Elle allait se trancher la gorge. J'ai dû l'en empêcher, et elle s'est débattue.

Aritomo hocha la tête.

– Puis-je vous offrir le poignard ? hasarda Masachika.

Aritomo prit l'arme et l'observa avec attention.

– Il est superbe. En un sens, je regrette qu'il ne soit pas baigné du sang d'une princesse, mais évidemment, elle nous sera plus utile vivante.

Se tournant vers Takaakira, il lui fit admirer le poignard.

– Vous auriez eu l'honneur de la découvrir, et plus tôt, si je ne vous avais fait revenir ici pour me conseiller au sujet de ce petit parvenu à Kumayama. Comment s'appelle-t-il ?

– Shikanoko, répondit Takaakira.

– Mettez Masachika au courant.

– Il nous cause quelques ennuis en établissant une garnison entre la capitale et Minatogura. Il a attaqué sa forteresse familiale de Kumayama et tué son oncle, qui était devenu notre vassal. Puis il s'est emparé de Kuromori au début de l'hiver. Matsutani sera son prochain objectif.

– De quel droit prendrait-il possession de Matsutani ? s'exclama Masachika.

– Cela s'appelle le droit de conquête, répliqua sèchement Aritomo. Ne vous inquiétez pas trop. Il ne restera pas longtemps là-bas. Nous allons nous servir de la Princesse de l'Automne pour le faire sortir de sa tanière. D'après le prince abbé du Ryusonji, il est très épris d'elle. N'est-ce pas la vérité, princesse ?

Akihime ne leva pas la tête.

– Il essaiera de vous sauver, mais il y perdra la vie, déclara Aritomo d'un ton aimable. Mais dites-nous d'abord où se trouve Yoshimori, le faux empereur.

– J'ignore où il se trouve, lança Akihime. Il s'est fait enlever et je ne l'ai pas vu depuis des mois. Mais c'est lui le véritable empereur, vous le savez très bien. Le ciel lui-même ne vous le dit-il pas ? S'il monte sur le trône, ces désastres prendront fin.

La pluie redoubla de violence, comme si le fleuve tout entier avait été arraché de son lit et se déversait sur la ville.

– Si ce déluge continue, ni Shikanoko ni personne ne bougera, observa Takaakira. Tous les fleuves entre ici et Minatogura sont en crue et le pays est dévasté.

– Ce sont vos mauvaises actions qui en sont la cause, dit Aki. Vous savez ce qu'il faut faire pour rétablir l'harmonie entre le ciel et la terre.

– Silence ! tonna Aritomo.

Il avait pâli et un muscle de sa joue se crispait convulsivement.

– Takaakira, lança-t-il d'une voix tendue, conduisez la princesse au Ryusonji. Nous verrons ce que le prince abbé pourra en tirer. Et faites établir par Masachika un rapport complet sur la situation à Rakuhara.

*

Les gardes escortèrent Akihime hors de la pièce. Après s'être inclinés profondément devant sire Aritomo, Takaakira et Masachika sortirent ensemble. Masachika suivit le seigneur dans une petite pièce donnant sur le jardin. Il s'inquiétait un peu à l'idée que Takaakira fasse une remarque sur le sabre, mais l'arme était camouflée par son vieux fourreau et il sentait sans bien savoir pourquoi qu'elle n'attirerait pas l'attention sur elle. Les yeux étaient dans leur coffret sculpté en bois de rose, qu'il avait glissé contre sa poitrine sous sa robe de chasse. Il se demandait ce que Takaakira savait à leur sujet.

Un épais rideau de pluie s'abattait du haut des avant-toits. Le jardin autrefois si beau était détrempé. D'énormes flaques d'eau parsemaient les allées et tous les bassins débordaient.

Masachika rapporta tout ce qu'il avait appris au cours de ses mois passés avec l'armée des Kakizuki : leurs armes, leurs effectifs en hommes et en chevaux, leur combativité. Il évoqua le luxe où vivait sire Keita, et son espoir de retrouver Yoshimori.

Takaakira l'écouta sans aucun commentaire, puis lança :

– Eh bien, consignez tout cela par écrit et apportez-moi demain le document chez moi. Vous savez écrire, j'imagine ?

Masachika remarqua son ton méprisant mais répondit mielleusement :

– Bien sûr.

« Ne vous pressez pas trop de me contrarier, noble seigneur, se dit-il. D'ici peu, vous m'implorerez. Et n'oubliez pas que votre *chez-moi*, comme vous dites, m'appartient autant qu'à vous. »

Après le départ de Takaakira, Masachika demanda de quoi écrire, ainsi qu'une collation. On lui apporta le tout avec diligence et politesse. Il en déduisit, à sa grande satisfaction, que son prestige était en hausse. Il lui fallut un certain temps pour rédiger son rapport. Sa connaissance de l'écriture suffisait pour consigner les divers exploits de guerriers sur le champ de bataille, dont le vocabulaire lui était familier, mais dans ses efforts pour que son œuvre soit à la fois claire et élégante, il s'aperçut que beaucoup de mots lui posaient problème. Il devait les transcrire phonétiquement, au lieu de recourir aux idéogrammes, et il craignait que cela ne donne à son rapport un aspect féminin, enfantin.

Quand il eut fini, le jour était presque tombé. La pluie était plus forte que jamais. Une servante vint enlever son matériel, et il lui dit qu'il passerait la nuit sur place.

– Certainement, seigneur, dit-elle en se prosternant. Je vais chercher de quoi faire le lit.

Lorsqu'elle revint, elle apportait aussi des vêtements neufs.

– De la part de sire Aritomo, murmura-t-elle.

Masachika se coucha sous la soie molletonnée. Il se sentait plutôt content de lui.

*

Le lendemain, il se présenta à la maison qui avait été celle de son père puis de Kiyoyori et était maintenant occupée par Takaakira. Il portait sa nouvelle tenue – un habit de chasse en brocart et un pantalon brodé. Ses beaux atours lui donnaient de l'assurance, de même que les yeux dans leur coffret et le sabre à sa taille, mais c'était surtout le secret qu'il gardait en son cœur qui allait le mettre sur un pied d'égalité avec Takaakira.

Le seigneur du Pays des Neiges donnait l'impression d'avoir passé une nuit sans sommeil. Masachika se demanda une fois encore dans quel but il avait gardé en vie la fille de Kiyoyori, contre l'ordre exprès d'Aritomo. Peut-être en était-il tombé amoureux – certains hommes étaient attirés par les très jeunes filles. Mais pourquoi prendre un tel risque ? Il y avait quantité de jeunes vierges dans la ville. Pourquoi choisir la fille de Kiyoyori ?

« Bien sûr, vous regrettez maintenant votre imprudence », pensa-t-il en regardant avec insolence le visage pâli et les yeux creusés de Takaakira.

Il lui avait présenté son rapport, qui était posé par terre à côté de l'aristocrate. Il n'y avait personne dans la pièce, et la pluie faisait un tel bruit qu'il était peu probable que quelqu'un pût les entendre. Néanmoins Takaakira fit signe à Masachika de se rapprocher et chuchota :

– Avez-vous trouvé quelqu'un d'autre à Nishimi ?

Masachika prit un air faussement étonné.

– Seigneur ?

– Une jeune fille vivait là-bas. Ma pupille.

– Votre pupille ?

– Oui. Elle s'appelle Hina.

– Ma nièce, Hina ? La fille de mon frère ?

Takaakira ne dit rien, mais l'expression de son visage dédommagea presque Masachika de toutes les petites humiliations qu'il avait endurées. Presque, mais pas tout à fait.

– On la croyait morte, reprit-il. Se pourrait-il qu'elle soit vivante, finalement ? Quelle joie !

– Vous êtes vraiment une canaille, dit Takaakira. Comment est-il possible que vous et Kiyoyori soyez frères ?

– Je m'étonne que vous vous permettiez ainsi de m'insulter ! Je n'ai qu'à apprendre à Aritomo que ma nièce a échappé à la mort, et votre vie sera finie.

– Ma vie est déjà finie, si elle est morte, répliqua Takaakira d'un air sombre.

Masachika le regarda avec stupeur.

– Il est bien vrai que tout homme a au moins une faiblesse, n'est-ce pas ? Une petite fille a éveillé votre désir, et vous seriez capable de tout perdre pour cela ?

– Vous ne comprenez pas. Si je l'aime, c'est comme ma fille. Elle est un miracle d'intelligence, de talent… mais il n'est pas question que je parle d'elle avec vous.

– Eh bien, beaucoup d'hommes couchent avec leur fille, dit crûment Masachika. Vous ne seriez pas le premier.

– Est-elle vivante ?

– Elle s'est enfuie.

– Où donc ? Quelqu'un l'a-t-il vue partir ?

– Je crains de n'avoir que des informations contradictoires. Quelqu'un a prétendu que Hina avait sauté à bord d'un bateau avec le bébé.

– Quel bébé ?

– Le fils d'Akihime.

– Vous n'en avez rien dit en faisant votre rapport.

– Il m'a paru préférable que ce détail reste entre nous pour le moment. C'est du reste sans doute sans importance, car un autre témoin a raconté que Hina était tombée dans le lac avec le bébé dans ses bras. L'eau est très profonde, près de la jetée. Je crois qu'ils se sont tous deux noyés.

Takaakira cacha son visage derrière sa main. Quand il fut en état de parler, il demanda :

– Je suppose que vous avez fouillé la maison et interrogé les domestiques ?

– Évidemment.

– Avez-vous trouvé un coffret contenant… quelque chose d'insolite ? Un petit coffret en bois de rose magnifiquement sculpté ?

– Non, seigneur, répondit Masachika qui eut l'impression que le coffret contre ses côtes devenait brûlant.

– Dans ce cas, elle a dû l'emporter avec elle.

Apparemment, Takaakira trouvait cette idée consolante.

– Je n'arrive pas à croire qu'elle soit morte ! s'exclama-t-il.

– Dois-je faire un rapport plus détaillé à sire Aritomo ? demanda Masachika d'un ton où il réussit à mêler la compassion et la menace.

Takaakira le regarda longuement, droit dans les yeux, avec un mépris non déguisé.

J'imagine que nous allons devoir chercher un arrangement, dit-il. Si elle est morte, vous pouvez dire à sire Aritomo tout ce que vous voulez. Je lui offrirai ma vie pour expier. Mais s'il subsiste une chance qu'elle soit vivante, il faut que je reste en vie pour la retrouver. Que dois-je faire pour vous convaincre de ne pas divulguer cette histoire pour le moment ?

– Insinuez-vous qu'il serait possible de m'acheter ? s'écria Masachika en feignant d'être offensé.

– On peut tous nous acheter, répliqua Takaakira avec amertume. J'espère simplement que votre prix ne sera pas trop élevé.

*

Après cet entretien, il fut aisé à Masachika d'obtenir de Takaakira la permission de faire tout ce qu'il voulait. Il modéra ses exigences, afin de ne pas pousser à bout l'aristocrate. Il songea un moment à réclamer l'ancienne demeure de Kiyoyori, mais préféra s'en abstenir. Il devait d'abord se rendre maître de Matsutani. Maintenant qu'il avait les yeux de Sesshin, il était certain de pouvoir apaiser et dompter les esprits rebelles. Il se proposait d'être celui qui trouverait Shikanoko et lui apprendrait que les Miboshi détenaient la Princesse de l'Automne à Miyako.

Takaakira accepta d'en parler à sire Aritomo, qui donna volontiers son accord. Il avait été nécessaire de faire pression sur la princesse. Assez pour lui délier la langue, mais pas au point de la tuer. Aritomo la voulait vivante. Elle était gardée jour et nuit, au cas où elle tenterait de mettre fin à ses jours, mais en dépit de la souffrance et du manque de sommeil elle ne leur révéla rien, sinon qu'on lui avait enlevé Yoshimori. Quant au lieu et aux auteurs de l'enlèvement, elle resta muette à ce sujet.

– Si nous les réunissons, déclara Aritomo, nous n'aurons pas de peine à convaincre la princesse de parler, et nous empêcherons tout soulèvement Kakizuki à l'avenir.

» Rendez-vous maître de Matsutani, envoyez un message de là-bas et informez-moi sur-le-champ de la réponse de Shikanoko. N'essayez pas de le capturer ou de lui livrer bataille. Le prince abbé veut l'attirer dans la capitale, de façon à le prendre vivant.

Une nouvelle fois, Masachika se retrouva à la tête d'une troupe de guerriers chevauchant vers Matsutani. Le prince abbé fit partir avec lui un de ses moines, un jeune homme au corps harmonieux et musclé mais au visage dévasté, comme s'il avait été brûlé. Il s'appelait Eisei. Il recouvrait son visage, ou plutôt ce qu'il en restait, d'un voile de soie noire au-dessus duquel ses yeux sans cils semblaient aussi alertes que ceux d'un lézard. Masachika apprit que Shikanoko était plus ou moins responsable de ses blessures. Eisei était expert en pratiques ésotériques, ce qui serait utile car tout le monde savait maintenant que Shikanoko n'était pas seulement un guerrier, mais aussi un sorcier.

Leur voyage fut retardé par des pluies torrentielles, des rivières en crue, à quoi s'ajoutait une sorte d'hostilité maussade des porteurs, des aubergistes, des passeurs, en fait de presque tous les gens auxquels ils avaient affaire. Leurs chevaux boitaient, leurs provisions disparaissaient, des moisissures surgissaient partout. Les rênes craquaient aussi aisément que les nerfs. Les gens grommelaient ouvertement que les seigneurs Miboshi avaient offensé les dieux et qu'ils recevaient maintenant leur châtiment.

– Vous devriez leur faire couper la langue, dit Eisei à Masachika.

– Dans ce cas, le peuple tout entier se composera de muets, répliqua-t-il.

Il feignait d'être indifférent à l'agitation couvant sous la surface des activités quotidiennes, mais comme toujours il supputait ses chances. Les Miboshi étaient puissants et bien armés, Aritomo était aussi énergique qu'impitoyable et jouissait de l'appui du prince abbé, mais si le ciel était contre lui… Masachika pesait le pour et le contre sans exclure aucune possibilité.

Il franchit de nouveau la barrière de Shimaura. On avait enlevé depuis longtemps les crânes des Kakizuki, mais il songea à ceux qui étaient bien vivants à Kuromori et dont Shikanoko avait immensément accru la force. Ils devaient le considérer comme un traître et brûlaient certainement de se venger de lui.

Il apprit que Shikanoko se trouvait encore à Kuromori, où son armée s'accroissait de jour en jour de tous les hommes dépossédés et mécontents qui venaient le rejoindre. Les gardes de la barrière étaient tendus, pleins de ressentiment, fatigués de la pluie incessante, du fleuve en crue, des tempêtes empêchant les bateaux de sortir du port. Ils se plaignirent à Masachika que leurs provisions diminuaient à vue d'œil, qu'ils étaient trop peu nombreux pour repousser une attaque et que, s'ils étaient vaincus, la route entre Miyako et Minatogura serait coupée.

Masachika savait qu'il avait beaucoup de défauts. Il était tout à fait prêt à vivre dans le déshonneur plutôt que de mettre fin prématurément à sa vie. Néanmoins, il ne se considérait pas comme un lâche. Il avait conscience que la plupart des guerriers de sa petite troupe se défiaient de lui. Ils n'avaient pas oublié le désastre de la première expédition, où ils avaient perdu des camarades et des parents. De plus, tout le monde savait qu'il avait passé six mois avec les Kakizuki. La capture de la princesse et son prestige grandissant auprès d'Aritomo plaidaient certes en sa faveur, mais cela n'empêchait pas les rumeurs. « Un espion reste un espion. Qui a changé une fois changera deux fois… » Il résolut de se rendre ouvertement à Matsutani, sans montrer la moindre peur ni hésitation. Restant sourd aux plaintes des gardes, il se moqua des bruits courant sur les pouvoirs surnaturels de Shikanoko, qui aurait à son service des lutins invisibles et des guerriers artificiels impossibles à tuer, et serait capable de parler aux morts.

Eisei, lui, prenait ces bruits au sérieux. Il expliqua à Masachika que c'était pour cela que le prince abbé voulait capturer Shikanoko vivant.

– Il veut comprendre l'origine de ces talents, afin de s'en rendre maître lui-même. Shikanoko possède un masque fabriqué à partir d'un crâne de cerf. Il lui donne toute la puissance de la forêt, mais lui seul peut s'en servir.

Il effleura le voile de soie couvrant son visage.

– Le masque brûle tous les autres.

– C'est ce qui vous est arrivé ?

Eisei hocha la tête.

– Auparavant, j'étais le favori de mon seigneur. Maintenant que je suis défiguré, ma présence est une souillure pour lui. Il me regarde avec pitié. Il se montre bon pour moi, plein de gentillesse, mais ce n'est pas de la pitié que j'attends de lui, ni de personne d'autre. J'étais souvent à son côté lors de rituels secrets d'une grande puissance. Il m'a révélé des prodiges et mené dans des dimensions qui restent invisibles au commun des mortels. Tout cela m'est interdit, désormais. De temps à autre, il me fait la grâce d'accepter ma présence, mais je préfère ne pas en profiter trop fréquemment. Comme je redoute de le contaminer par mon infortune, je me contente de balayer les parquets et de faire du jardinage. Je ne suis plus bon qu'à ça.

– Vous avez eu de la chance de ne pas perdre la vue, observa Masachika.

– Si j'étais aveugle, je n'aurais pas conscience d'être défiguré. Je ne verrais pas la pitié et l'horreur sur le visage des autres. J'avais presque perdu le goût de vivre. En fait, j'ai essayé de me pendre.

Il montra des marques sur sa gorge, que Masachika avait prises pour d'autres cicatrices de cet accident où son visage avait été brûlé.

– La branche que j'avais choisie s'est cassée. Ce n'était pas mon heure. Pour me donner un but dans la vie, mon seigneur m'a chargé de vous accompagner.

Ils chevauchèrent un moment en silence. La pluie n'était plus qu'une bruine, les montagnes se voilaient de brume. Des insectes bourdonnaient autour d'eux pour les piquer, et les chevaux secouaient la tête et frappaient du pied leur ventre.

– Il y a des esprits gardiens à Matsutani, dit Masachika. Lors de ma dernière visite, ils empêchaient tout le monde d'entrer, moi compris. Cette fois, j'espère être en mesure de les apaiser.

– Peut-être pourrai-je vous aider, déclara Eisei. Je connais beaucoup de sortilèges et de prières d'exorcisme. Qui les a installés là-bas ?

– Un vieillard appelé Sesshin. Il fait partie de mes souvenirs d'enfance. Pendant des années, il a vécu à Kuromori. Nous n'avions pas conscience qu'il était un sorcier puissant. Après son départ, personne ne savait que les esprits étaient là, si bien qu'ils ont été négligés et sont devenus méchants.

– Cela se produit souvent. Les esprits gardiens peuvent se montrer très mesquins et ils demandent beaucoup de soins. Sesshin… c'est sans doute ce vieillard qui joue maintenant du luth dans les cours du Ryusonji. Le moine Gessho l'a capturé et amené à mon seigneur en même temps que Shikanoko. On lui avait arraché les yeux et, apparemment, il ne restait plus rien de ses pouvoirs. Cela dit, il s'est révélé un excellent musicien. Lui et mon maître avaient tout un passé ensemble – cela faisait longtemps que mon maître le cherchait. Il n'a guère apprécié de voir Sesshin lui échapper. Il détenait son corps physique, mais l'esprit du sorcier s'était enfui avec tous ses pouvoirs. Puis c'est Shikanoko qui s'est soustrait à l'autorité du prince abbé. Il a envoyé Gessho à ses trousses, mais on ne l'a jamais revu. C'est la première fois que quelqu'un s'oppose ainsi au prince abbé, d'où la nécessité d'anéantir Shikanoko.

Il se mit à pleuvoir plus fort. Ils passèrent une nuit sans sommeil dans un ramassis de masures qui méritait à peine le nom de village. Il n'y avait presque rien à manger, en dehors d'une soupe claire aux herbes de la montagne. Masachika apprit que Matsutani était toujours hanté et que Shikanoko ne s'y trouvait pas. Dame Tama vivait dans les environs. Seule, en théorie, mais le nom de Hisoku fut mentionné une fois ou deux, sur un ton qui fit bouillir de colère Masachika. Il s'était promis de tuer cet homme à la première occasion, et il espérait qu'elle se présenterait bientôt.

Le lendemain matin, ils rencontrèrent sur la route Hisoku en personne, à la tête d'une douzaine d'hommes. Tous étaient maigres et déguenillés. En dehors de Hisoku, seuls deux d'entre eux étaient à cheval, et leur armement était aussi désuet qu'insuffisant. En outre, ils ne s'attendaient pas à se battre. Masachika apprit plus tard que la plupart étaient des guerriers Miboshi, qui s'imaginaient probablement que lui et ses hommes étaient des renforts. Si le soleil avait brillé, peut-être aurait-il penché pour la négociation et pris le temps de s'informer de qui ils étaient, mais la pluie l'avait mis de mauvaise humeur et la vue de Hisoku exacerba encore sa fureur. Il donna l'ordre de les attaquer sur-le-champ.

Les hommes à pied furent massacrés à coups de sabre. Les cavaliers tentèrent de fuir, mais furent abattus par une grêle de flèches bien ajustées. Les talents perfides de Hisoku ne lui furent d'aucun secours dans un combat au grand jour. Il fut vite désarçonné et Masachika ordonna à ses hommes de le pendre à un chêne à la lisière de la forêt.

– Prenez garde que la branche ne casse pas, dit Eisei.

La branche était solide. Hisoku maudit Masachika puis l'implora, en vain. Laissant son corps qui se débattait encore en donnant des coups de pied, ils se remirent en route pour Matsutani.

14
TAMA

L'hiver long et froid puis ce printemps humide avaient donné à Tama tout le temps de réfléchir à sa situation, et elle avait conclu que sa vie était sans espoir. Elle décida que dès que les pluies cesseraient, elle se rendrait au Muenji, se raserait la tête et se ferait nonne, afin de passer le reste de ses jours à expier les péchés qu'elle avait commis et la dureté de son cœur.

Bien qu'un tribunal lui eût légalement attribué Matsutani, elle ne pouvait en prendre possession car il était occupé par des esprits hostiles. Elle ne voyait que trop clairement la loi universelle de la cause et de l'effet. Si elle n'avait pas chassé Sesshin après lui avoir fait arracher les yeux, les esprits seraient restés cachés à protéger la maison et le domaine comme ils l'avaient fait pendant des années sans que personne connaisse leur existence, en dehors du vieux Sesshin lui-même, qui les avait installés là.

Puisque même le puissant moine Gessho n'avait pas réussi à s'en rendre maître, il lui semblait que personne n'en serait capable. Il faudrait abandonner Matsutani. La maison commençait déjà à tomber en ruines. La plupart des objets que Tama chérissait gisaient aux quatre coins du jardin, où ils pourrissaient lentement, sans doute possédés eux-mêmes par des esprits élémentaires importuns. Des trous étaient apparus dans le toit, les volets pendaient de travers et cliquetaient au vent, des animaux sauvages avaient installé leur tanière sous les vérandas et des oiseaux nichaient dans les avant-toits. Un énorme hibou blanc avait pris l'habitude de se percher sur le faîte du toit. Toute la nuit, on entendait ses hululements sinistres.

La maison de Haru, où Tama vivait désormais, était aussi exiguë qu'inconfortable. Tama sentait que Haru la méprisait en secret, même si elle lui parlait avec respect et se soumettait à sa volonté. Il y avait entre elles l'enlèvement et la mort de Tsumaru. De même qu'elles s'étaient disputé son affection de son vivant, elles se rendaient mutuellement responsables de sa mort et chacune avait l'impression de le pleurer plus que l'autre.

Elles ne parlaient pas de Hina. C'était encore l'un des regrets de Tama. Quand Hina était devenue sa belle-fille, elle aurait dû faire davantage d'efforts avec cette enfant que le deuil rendait pâle et muette. Mais elle avait ses propres soucis, la mort de son frère, la perte de son premier époux, ce nouveau mariage suivi de sa grossesse. En tout cas, elle avait négligé Hina. Et lorsqu'elle avait voulu enfin lui accorder un peu d'attention, c'était trop tard, Hina lui avait retiré à jamais son affection.

Tama savait que les enfants de Haru ne l'aimaient pas, surtout l'aîné, Chikamaru, que tout le monde appelait Chika. Insolent et taciturne, il allait et venait sans dire à personne ce qu'il manigançait. Elle le soupçonnait de se rendre la nuit à Kuromori, où Shikanoko était resté tout l'hiver, de même que le père de Chika, Kongyo, et les autres guerriers Kakizuki. Il ne lui avait jamais dit ce qui se passait là-bas, mais parfois ses yeux brillaient quand il la regardait et un sourire méprisant flottait sur ses lèvres.

Enfin, si Tama voulait renoncer et retourner au temple, c'était aussi pour se débarrasser de Hisoku. Elle ne voyait pas d'autre moyen de s'en défaire, à moins de le faire assassiner – mais parmi les quelques hommes restés à Matsutani, le seul qu'elle aurait pu charger d'un meurtre était Hisoku lui-même. Il croyait lui être indispensable, comme si l'adoration qu'il lui vouait lui donnait des droits sur elle. Il exagérait ses talents et accordait une grande importance au fait qu'il pouvait approcher de la maison avec des offrandes sans que les esprits lui jettent rien à la tête.

– Ne voyez-vous pas que vous êtes leur esclave ? s'exclamait-elle. Vous n'êtes en aucun cas leur maître.

– Il faut être patient, répliquait-il. J'arriverai peu à peu à mes fins avec eux, exactement comme avec vous.

Il la traitait avec une familiarité grandissante, et elle savait qu'il s'attendait à devenir bientôt son époux. Cette idée lui donnait la chair de poule, mais là encore elle ne pouvait s'en prendre qu'à elle-même. Elle avait mis à profit son attachement, en se servant de lui pour obtenir les documents prouvant que Matsutani lui appartenait, en comptant sur lui pour commander les guerriers Miboshi ayant fui après l'attaque de Shikanoko contre Kuromori, comme s'il était son époux et son maître. Il n'était que trop naturel que cet homme finisse par exiger sa récompense. Elle avait compris d'après les remarques de Haru que tout le monde pensait qu'elle et Hisoku étaient déjà mariés en fait sinon en droit, ce qui à la fois l'emplissait de dégoût et la poussait vers lui avec la force d'un envoûtement. Le sentiment de lui être redevable, les jours plus longs et l'éclosion du printemps, si froid et tardif fût-il, son propre corps aux besoins et aux désirs sans détour, tout se conjuguait pour affaiblir sa volonté.

Au quatrième mois, la pluie se fit moins violente. Tama se rendit un jour au portail de l'ouest, en fin d'après-midi, en tentant de parvenir enfin à une décision. Elle résolut de partir dans la semaine, de marcher jusqu'à la côte et de prendre un bateau à Minatogura, comme elle l'avait fait un an plus tôt. Cette fois, elle renoncerait vraiment à tous les désirs terrestres et se raserait la tête. Elle se sentit libérée d'un poids et se mit à dire adieu tout bas à la demeure de son enfance, en prenant congé des vivants et des morts.

Elle s'aperçut soudain que Chika était à côté d'elle, comme s'il avait surgi de la bruine. Il était trempé, et des gouttes emperlaient ses cils fournis et la peau lisse de son visage.

– Vous m'avez fait peur, dit-elle en essayant de sourire.

Il la fixa d'un regard froid et impassible.

– Votre homme est mort.

– Comment ?

– Hisoku est mort.

Elle crut lire dans ses yeux une joie secrète. « Faites que j'aie du chagrin, pria-t-elle. Faites que je ne sois pas soulagée. »

– Ils l'ont pendu, continua Chika.

– Qui ? lança-t-elle en regardant à la ronde avec affolement.

– Des guerriers qui arrivent de Miyako. Ils viennent ici. L'un d'eux est déjà venu, pour attaquer Kuro-mori. Il connaissait le sentier dans la montagne, car il a grandi là-bas. Mais les défenseurs de la forteresse étaient prévenus.

Il leva les yeux vers elle, sans parvenir à effacer de sa voix toute trace de fierté et de fatuité.

– Il a été le seul à survivre. Avez-vous une idée de son identité ?

– Masachika, dit-elle.

Il avait été offensé et humilié par Hisoku, et maintenant il s'était vengé. Cette pendaison était un outrage. Pourquoi ne s'était-il pas contenté de le décapiter ? Elle sentit les larmes lui monter aux yeux. Elle était donc capable d'éprouver du chagrin – pas seulement pour Hisoku, mais pour Masachika et elle-même, le couple qu'ils avaient formé, le bonheur aussi bref qu'intense qu'ils avaient connu dans cette demeure autrefois splendide et qui n'était plus qu'une ruine hantée.

Chika observait son visage.

– Est-il votre ami ou votre ennemi ?

– Je l'ignore, répondit-elle.

Elle reprit son calme et alla attendre Masachika au portail de l'ouest. Derrière elle, elle entendit les voix des esprits s'élever dans la maison.

– Dame de Matsutani, qui attendez-vous ?

– Où est Hisoku ? Nous avons soif et faim.

– S'agit-il d'un autre moine illustre, comme Gessho ?

– Gessho est mort. On lui a coupé la tête !

– Hisoku est mort, lui aussi, dit doucement Tama.

– Oh, oui ! Oh, oui ! Il était né pour être pendu !

– C'est celui qui est déjà venu, celui que nous avons fait piquer par les abeilles.

– Elles ne l'ont pas tué ?

– Nous en enverrons davantage cette fois.

– Je vous prie de vous tenir tranquilles, lança Tama. Attendons de savoir pourquoi il est venu.

– Vous auriez dû vous-même vous tenir tranquille, dame de Matsutani. Vous auriez dû attendre avant d'arracher les yeux de notre maître.

– Avant de le chasser dans le Bois Obscur.

– Je le regrette de tout mon être, chuchota-t-elle.

– Trop tard, trop tard, trop tard ! se moquèrent-ils de concert en télescopant les deux mots.

– *Troptardtroptardtroptard…*

*

– Je ne m'attendais pas à vous voir, dit-elle à Masachika quand les hommes arrivèrent à cheval et qu'il mit pied à terre.

Ils menaient par la bride plusieurs chevaux sans cavalier, parmi lesquels elle reconnut celui de Hisoku. En voyant le cheval vivant, alors que son maître était mort, elle éprouva une tristesse inattendue.

– Si jamais quelqu'un devait venir, je pensais que ce serait Shikanoko, qui a passé tout l'hiver à Kuromori.

Il la salua de la tête et donna les rênes de sa monture au guerrier le plus proche.

– C’est effectivement à cause de Shikanoko que je suis ici.

– Hisoku est parti en pensant que c’était lui. Il voulait l’attaquer par surprise. Vous n’auriez pas dû le tuer. Vous étiez dans le même camp !

– Lui et ses hommes nous ont tendu une embuscade, répliqua Masachika. Ils ne se sont pas nommés, et ils n’avaient ni bannières ni emblèmes. De toute façon, ils sont tous morts, maintenant.

– *Troptardtroptardtroptard*, soupirèrent les esprits.

Masachika jeta un regard vers le jardin.

– La maison est donc toujours hantée ?

– Oui, et les esprits seront encore plus hargneux qu’avant. Hisoku leur apportait des offrandes. Il était la seule personne qu’ils autorisaient à franchir le portail.

– J’ai vu ce dont ils étaient capables.

Se penchant vers elle, Masachika lui chuchota à l’oreille :

– Mais je crois que j’ai le moyen de leur faire entendre raison.

Les chevaux commençaient à s’impatienter. Il déclara :

– Laissez-moi m’occuper de nourrir et de loger mes hommes. Nous parlerons ensuite, et je vous montrerai ce que j’ai.

Tama chercha des yeux Chika, mais il était invisible.

Il avait disparu aussi silencieusement qu'il était apparu à son côté un peu plus tôt.

La pluie se mit à tomber plus fort.

– Cela ne finira-t-il jamais ? s'exclama Masachika.

– On dit que le ciel est en colère.

– Nous devons tous nous faire à ce qui arrive. J'imagine que le ciel s'y résoudra un jour et que le soleil brillera de nouveau.

– Venez chez Haru, dit Tama. C'est là que je vis. Mais je vous prie d'abord de donner à ces hommes une sépulture honorable. Nous n'avons pas besoin d'autres esprits offensés.

Il n'y avait pas de bois sec pour allumer des feux. Le sol était tellement détrempé que l'eau envahissait les fosses à mesure qu'on les creusait. Les hommes de Masachika portèrent les cadavres dans la montagne et les jetèrent dans une caverne calcaire, dont ils obstruèrent l'entrée avec des rochers. Pendant des semaines, le vent du nord-ouest apporta dans la vallée l'odeur de la mort.

Haru accueillit Masachika avec froideur.

– Sur l'ordre de qui venez-vous, cette fois ? Il paraît que vous avez été à la fois Miboshi et Kakizuki.

– C'est sire Aritomo qui m'envoie, déclara-t-il. Je suis chargé de parler à Shikanoko. Je suis sûr que vous pourrez entrer en contact avec Kuromori grâce à votre fils, comme la dernière fois. N'ayez pas peur.

Il y a un an, je lui aurais tranché la gorge si j'avais pu mettre la main sur lui, mais à présent il peut m'être utile. Il pourra porter demain un message. Maintenant, il faut que je parle avec dame Tama en particulier. Si jamais je surprends votre gamin à nous épier, je lui trancherai vraiment la gorge. Et cela vaut aussi pour vous…

Il s'était tourné vers la fille, qui était restée assise en silence à côté de sa mère. Elle le regarda d'un air innocent, comme si elle n'avait aucune idée de ce dont il parlait.

– J'ai appris que les femmes et les filles étaient aussi dangereuses que les hommes, quand il s'agissait d'espionner, dit-il à Tama lorsqu'ils furent seuls dans la véranda de la chambre où elle dormait. Plus dangereuses, même, car on oublie souvent leur présence.

– C'est une erreur que font la plupart des hommes, répliqua-t-elle.

– Les hommes font tant d'erreurs, soupira Masachika. Et plus nombreuses encore sont celles que leur imposent les circonstances.

– Êtes-vous venu remuer les cendres du passé, Masachika ? Ce feu est depuis longtemps éteint.

Mais à l'instant où elle prononça ces mots, elle comprit qu'ils n'étaient pas tout à fait vrais.

– Il se pourrait que ce que j'ai à vous montrer vous attriste, dit-il en sortant de dessous sa robe un petit coffret sculpté. Ce coffret contient les yeux de Sesshin. Si nous les installons de nouveau dans le portail, je crois que les esprits se calmeront.

– Montrez-les-moi, lança-t-elle à voix basse.

Il ouvrit le couvercle. Les yeux reposaient sur leur nid de soie, encore brillants et humides.

Tama se mit à pleurer en silence.

– Oui, baignez-les de vos larmes ! s'écria Masachika dont la voix se brisa à son tour.

– Depuis qu'on nous a séparés, je vous ai regretté chaque jour !

Elle sanglotait, maintenant.

– C'est parce qu'on m'a forcée à vous quitter que je suis devenue froide et cruelle. J'ai endurci mon cœur pour ne pas mourir de chagrin.

– Je ressens la même chose. J'ai commis bien des péchés, j'ai tué et j'ai trahi. Quand les yeux me voient, ils me montrent toutes mes fautes, et il n'en est aucune qui ne procède de ce jour où l'on vous a arrachée à moi pour vous donner à Kiyoyori. Dans ma douleur, je n'ai plus eu envie que de faire souffrir les autres. Il me semblait que mon propre père et mon frère m'avaient trahi. Depuis lors, je n'ai plus jamais eu confiance en personne.

– Je suis désolée, je suis désolée, sanglota Tama sous le regard impassible des yeux. Pourrai-je jamais obtenir le pardon ?

Masachika passa ses bras autour de ses épaules et l'attira contre lui. Les larmes qu'il versait tombaient sur les cheveux de la jeune femme. Tous les regrets des dernières années semblaient surgir devant eux, et plus rien ne les cachait, ne les réprimait.

– Je vous pardonne, dit-il.

– Vous seul, vous comprenez ce qu'on nous a fait.

Elle sentit qu'il était envahi par le désir à l'instant même où son propre corps s'élançait vers lui. Le contact de ses bras sur elle était si familier, son odeur, sa peau, chacun de ses muscles. Elle le désirait de toutes ses forces, comme aux premiers jours de leur mariage. Il glissa sa main sous ses cheveux et leva vers lui son visage, qu'il couvrit de baisers avant de presser sa bouche sur la sienne. Elle dénoua sa ceinture et laissa sa robe s'ouvrir, en se serrant contre lui comme si sa peau pouvait s'imprégner tout entière de lui.

Elle avait beau connaître tous ses défauts, de même qu'il connaissait les siens, il lui semblait qu'elle n'avait jamais cessé de l'aimer.

– Nous sommes encore mari et femme, chuchota-t-il en défaisant ses propres vêtements.

– Personne ne pourra jamais rien y changer, répliqua-t-elle.

Elle fit pour lui tout ce qu'une épouse fait pour son époux, et tandis qu'ils se comblaient mutuellement d'extase, elle dit en silence aux esprits : « Vous vous trompez. Je me trompais. Il n'est pas trop tard. »

Le lendemain matin, Tama envoya chercher Chika, le fils de Haru.

– Sire Masachika a une commission pour vous. Vous allez vous rendre à Kuromori et dire à Shikanoko de venir ici.

Une lueur s'alluma dans les yeux du garçon quand il entendit le mot *sire*, et elle sentit qu'il l'avait percée à jour. Elle s'en fichait. Que le monde entier sache donc qu'elle était de nouveau l'épouse de Masachika !

– Shikanoko n'est pas quelqu'un à qui l'on puisse *dire* de faire quelque chose, répliqua Chika. Il conviendrait plutôt de lui *demander*, de l'*inviter* ou même de le *prier*.

– Dites-lui de se présenter ici, ordonna Masachika. Si du moins il veut sauver la vie de la Princesse de l'Automne.

Après le départ du garçon, Tama demanda :

– Qui est la Princesse de l'Automne ?

– La fille des parents adoptifs de Yoshimori, le faux empereur. Nous pensons qu'elle seule, en dehors de Shikanoko, sait où il se trouve. Je vous expliquerai tout, mais d'abord nous devons remettre en place les yeux de Sesshin.

Ils emportèrent le coffret au portail de l'ouest et installèrent les yeux derrière la frise sculptée de l'architrave. Tous deux s'étaient habillés avec soin – Tama arborait plusieurs robes superposées dans des nuances printanières de rose, et Masachika un habit de chasse que Haru conservait dans un coffre parsemé de rue et qui avait appartenu à Kiyoyori. Il portait le sabre qu'il avait trouvé dans le sanctuaire de Nishimi. Ils pleurèrent de nouveau, s'agenouillèrent et demandèrent pardon pour les erreurs et les crimes du passé. Pour la première fois depuis des années, ils se sentaient parfaitement eux-mêmes, car ils se complétaient l'un l'autre.

Tama avait apporté du saké et des fleurs de printemps pour les esprits, mais ces offrandes ne soulagèrent guère leur détresse.

– Je n'ai pas envie de retourner au portail, et toi ?

– Moi non plus. J'aime bien la maison.

Masachika intervint :

– Les yeux de votre maître ont repris leur place. À présent, vous êtes honorés et vénérés. Vous n'avez plus aucune raison de continuer vos méfaits.

– Qui parle ?

– C'est l'époux de la dame de Matsutani.

– Le seigneur de Matsutani ?

– J'imagine que c'est lui.

– Masachika ?

– Oui, Masachika.

– Les abeilles ne l'ont donc pas tué ?

– Non, manifestement.

– Si nous faisions une nouvelle tentative ?

– Il n'en est pas question ! s'exclama Masachika. Vous allez mettre fin à toutes vos destructions. Vous ne jetterez plus d'objets et ne ferez plus de mal aux gens.

Il parlait avec une autorité sévère.

– Vous allez rester dans les piliers du portail et veiller sur Matsutani comme maître Sesshin vous l'avait ordonné.

– Soyez maudits !

– Mille fois maudits !

– Cent mille fois maudits !

– Non ! répliqua Masachika. Vous n'avez le droit de prononcer que des mots de protection et de bénédiction.

– Oh, d'accord ! admirent-ils à contrecœur. Vous êtes bénis, bénis, bénis. Ça vous va, cette fois ?

– Ça n'ira que lorsque vous aurez repris votre poste, déclara Masachika.

– On en a bien profité, pas vrai ?

– C'était le paradis. Rien n'est éternel.

– Tout ce qui a un commencement a une fin.

– Voilà qui est nettement mieux, dit Masachika. C'est ainsi que doivent parler des esprits gardiens.

Il y eut comme l'ombre d'un mouvement dans la cour et les deux piliers semblèrent s'illuminer de l'intérieur.

– Remettons-nous au travail ! soupira une voix dans le pilier de gauche.

– Je voulais celui de gauche. Pourquoi devrais-je prendre celui de droite ?

– Qu'est-ce que ça change ?

– Si ça ne change rien, échangeons !

– Non !

Les voix querelleuses s'affaiblirent au point de devenir inaudibles.

– Ils sont drôles, dit Tama tandis que Masachika ouvrait le portail et se dirigeait avec elle vers la maison. Ils vont me manquer, en un sens.

Les années s'étaient effacées. Elle avait l'impression d'être la jeune fille qui l'avait épousé, alors qu'elle avait quinze ans et lui dix-sept.

– À présent, il nous est enfin possible de rendre à la maison sa splendeur d'antan, déclara-t-elle en se baissant pour ramasser les objets variés éparpillés par terre. Certains de ces objets peuvent être gardés. Nous allons remettre en état Matsutani.

Quand ils pénétrèrent dans la véranda et scrutèrent les pièces obscures, Masachika lança :

– La fille de Kiyoyori était cachée à Nishimi.

Tama fut pétrifiée de surprise. Elle ne réussit qu'à demander sottement :

– Où est Nishimi ?

– Sur la rive ouest du lac Kasumi. Le domaine

appartenait au père de la Princesse de l'Automne, un aristocrate nommé Hidetake. Lors de mon séjour chez les Kakizuki à Rakuhara, j'ai appris que la princesse se cachait là-bas et je m'y suis rendu pour faire en sorte qu'elle soit capturée et ramenée dans la capitale. On m'a dit que Hina s'y trouvait aussi, mais je ne l'ai pas vue moi-même. Elle s'est enfuie. On croit qu'elle s'est noyée dans le lac.

Tama resta un moment silencieuse. Elle regarda les objets qu'elle tenait et les reposa, en essuyant ses mains salies. Puis elle dit :

– Pauvre Hina. J'étais jalouse d'elle, de l'amour que Kiyoyori lui portait ainsi qu'à sa défunte épouse. J'ai tenté d'être une mère pour elle, mais cette petite était si froide, elle me repoussait toujours et me préférait Haru et son père. On m'avait dit qu'elle était morte, comme mon fils. Mais que faisait-elle là-bas ?

– Vous connaissez Yukikuni no Takaakira ? Le bras droit d'Aritomo ?

– J'en ai entendu parler.

– Il a emmené Hina là-bas. Il l'avait sans doute trouvée dans la demeure de notre famille à Miyako. Pour une raison ou pour une autre, il a décidé de l'épargner.

– Sans avertir Aritomo ?

Elle avait peine à y croire. Comment expliquer une conduite aussi imprudente ? Puis elle se rappela que

Hina était exceptionnelle par son intelligence et aussi, elle devait l'avouer, par sa beauté. Elle sentit sa vieille jalousie se réveiller. Elle était à la fois triste et soulagée que l'objet de cette jalousie ait péri.

– Exactement, dit Masachika. Je me doutais que vous comprendriez tout ce que cela implique.

– Mais comment pouvez-vous être certain que c'était elle, si vous ne l'avez pas vue ?

– D'après le récit de l'espion Kakizuki, il ne pouvait s'agir que d'elle. Et puis, j'ai trouvé le coffret contenant les yeux. Hina a dû les emporter en quittant Matsutani. Par la suite, Takaakira a confirmé mes doutes. Il m'a même interrogé ouvertement au sujet de Hina.

– Je me demandais comment vous étiez entré en possession des yeux.

– J'ai aussi trouvé ce sabre. Le reconnaissez-vous ? Se pourrait-il que ce soit celui de Kiyoyori ?

Sortant le sabre de son fourreau, il le lui tendit.

– C'est possible, répondit-elle. Il m'est vaguement familier, mais la poignée et le tressage ne me disent rien, pourtant. Aurait-il été refondu après sa mort ? Il aurait dû brûler avec lui.

Elle effleura la poignée.

– Vous savez, les gens racontent qu'il n'est pas vraiment mort, mais qu'il vit sous une autre forme et reviendra le moment venu.

Masachika ne dit rien.

– Il faut tout de suite nous mettre au travail, reprit Tama en retournant au jardin.

Alors qu'ils se dirigeaient vers le portail, elle demanda :

– Masachika, êtes-vous du côté des Miboshi, maintenant, ou soutenez-vous toujours les Kakizuki ?

– Les Kakizuki sont condamnés, répondit-il. Il faudrait être idiot pour prendre leur parti. Mais je soutiens avant tout le domaine et la dame de Matsutani.

Elle sourit.

– J'imagine que j'ai déjà abandonné les Kakizuki, puisque ce sont les Miboshi qui ont donné suite à ma requête.

– Je suis maintenant au service d'Aritomo. Ma mission ici consiste principalement à parler à Shikanoko en son nom.

– Shikanoko n'est rien, assura Tama. C'était un petit sauvage que le bandit Akuzenji avait trouvé dans la forêt. Votre frère l'avait épargné, car il le jugeait inoffensif.

– Il inquiète pourtant sire Aritomo et tout le monde à Miyako, répliqua Masachika.

Lorsqu'ils franchirent le portail, Tama s'inclina devant les yeux puis devant chaque pilier en murmurant des remerciements.

De l'autre côté du portail, le moine Eisei les attendait.

– Je suis venu vous aider à faire entendre raison aux esprits, annonça-t-il.

– Le problème est réglé, répliqua Masachika. Ils sont de nouveau à leur poste.

– Mais vous vouliez que je récite des prières et des incantations !

Le visage d'Eisei était invisible sous son voile noir, mais sa voix était déçue.

Ils entendirent des chuchotements derrière eux. Eisei se retourna aussitôt. Les piliers du portail frémissaient.

– Shikanoko !

– Shikanoko arrive.

– Qui est Shikanoko ? demanda Eisei.

– C'est..., commença Masachika.

Eisei le fit taire d'un geste.

– Je sais qui c'est. Mais écoutons ce qu'ils disent.

– Shikanoko est l'héritier de notre maître.

– Oui, notre maître lui a transmis son pouvoir.

– Qu'est-ce que cela signifie ? s'étonna Eisei.

– À vous de le découvrir !

Ils entendirent tous une rumeur de sabots et se tournèrent vers l'est. Masachika sortit son sabre de son fourreau.

Tama avait décrit Shikanoko comme un petit sauvage, et elle ne reconnut pas tout de suite le chef des cavaliers qui mettait pied à terre. Non seulement il avait grandi et forci, mais il semblait maintenant plein d'autorité. Les hommes de Masachika les encerclèrent, en brandissant leur sabre ou en bandant leur arc.

– Que personne n'attaque, ordonna Masachika. Il doit rester indemne.

Shikanoko regarda de son côté en esquissant un sourire légèrement railleur, mais il ne lui parla pas, non plus qu'à Tama. En fait, on aurait cru qu'il ne les voyait pas. Il passa devant eux, s'arrêta au portail et s'agenouilla face aux yeux. Une étrange créature ressemblant à un loup le suivit comme son ombre, jusqu'au moment où l'un des compagnons de Shikanoko mit pied à terre et rappela l'animal. Son visage était couvert de cicatrices terribles, comme s'il avait été brûlé.

Tama s'aperçut qu'Eisei regardait fixement l'inconnu. Quand le moine retira son voile de soie, elle vit qu'il avait exactement les mêmes cicatrices. Les deux jeunes hommes sourirent. Leurs visages dévastés avaient la même expression, la même émotion brillait dans leurs yeux.

Shikanoko se leva. Lui aussi avait les larmes aux yeux. Il les essuya et dit doucement :

– Hidarisama, Migisama. Je suis heureux de voir que vous obéissez de nouveau à votre vieux maître.

Tama comprit qu'il s'adressait aux esprits gardiens,

bien qu'ils n'aient pas manifesté leur présence. Et il connaissait leurs noms, que même Hisoku avait ignorés.

Levant sa main droite, Shikanoko lança d'une voix plus forte :

– Jato !

Le sabre que Masachika tenait vola jusqu'à Shikanoko et se glissa dans sa main, comme s'il le reconnaissait.

– Comment êtes-vous entré en possession de ce sabre ? demanda Shikanoko à Masachika.

Celui-ci répondit en haussant les épaules :

– Il est tombé entre mes mains.

Après un instant de réflexion, Shikanoko déclara :

– C'était le sabre de votre frère, qu'on a refondu pour moi.

– Le sabre de Kiyoyori ? Comment vous l'êtes-vous procuré ? Il a certainement été détruit dans les flammes avec son maître ?

Shika éclata de rire.

– Ni le sabre ni son maître n'ont été complètement détruits, répondit-il.

Il brandit l'arme et, l'espace d'un instant, Tama craignit qu'il n'abatte Masachika sans autre forme de procès. Mais il lança :

– Je ne pense pas que vous soyez venu uniquement pour me rendre Jato. Vous avez un message pour moi ?

À ce moment, elle admira vraiment Masachika, car il proclama sans manifester la moindre peur :

– Je suis Matsutani no Masachika. Sire Aritomo, protecteur de la cité de Miyako, m'envoie vous dire qu'il détient la fille de Hidetake, Akihime, la Princesse de l'Automne. Si vous vous rendez et retournez auprès du seigneur que vous avez fui, le prince abbé du Ryusonji, la princesse sera épargnée. Si vous refusez ou faites la moindre tentative pour la délivrer, elle sera exécutée de la façon la plus cruelle qu'on puisse imaginer. J'ai reçu également l'ordre de mon seigneur d'obtenir de vous toute information que vous pouvez avoir sur l'endroit où se trouve le prétendu empereur Yoshimori.

Tama vit Shikanoko tressaillir légèrement au nom d'Akihime, mais il se contenta de dire :

– J'ignore où se trouve Yoshimori, mais où qu'il soit, il est le véritable empereur. Vous aurez beau torturer et tuer, vous ne pourrez rien y changer. Mais je vous permets de prendre mon sabre en échange de celui de Kiyoyori. Il s'appelle Jinan, le Second Fils, comme vous, comme votre prétendu empereur. Je n'ai pas d'autre message.

15

TAKAAKIRA

Tandis qu'un déluge s'abattait sur la capitale et qu'il attendait le retour de Masachika, Yukikuni no Takaakira réfléchit profondément à la situation critique du pays, au déséquilibre auquel il était en proie et au mécontentement manifeste du ciel. Il s'efforça de mettre de côté son chagrin pour Hina et ses inquiétudes au sujet de Masachika, afin de servir de son mieux sire Aritomo en clarifiant le problème et en redressant la situation.

Par moments, il regrettait d'avoir épargné Hina. Il voyait clairement tout ce qu'il avait mis en péril pour elle : sa position au côté d'Aritomo, son domaine de Yukikuni, sa propre vie. Il aurait dû faire tuer Hina dès qu'il avait posé les yeux sur elle, dans cette maison même. Puis il se rappelait la joie délicieuse dont elle l'avait comblé, son intelligence, sa grâce et sa beauté, et l'amour et le chagrin le consumaient.

Il rêva qu'elle était vivante, et se réveilla plein d'espoir. Mais il savait que si jamais elle vivait encore, il devrait tôt ou tard la faire mettre à mort. Il espérait pour son propre bien qu'elle se soit noyée, car c'était une fin aussi douce que rapide.

Il sentait partout sa présence. Chaque fois qu'il entrait dans une pièce, il lui semblait qu'elle venait de la quitter. Il entendait ses pas dans la véranda, sa voix dans le jardin. Pour lui échapper, et aussi parce qu'il voulait revoir la jeune Akihime, laquelle défiait à la fois sire Aritomo et le prince abbé, et qu'il se souvenait avoir eu l'intuition qu'une puissance mauvaise était tapie au cœur du Ryusonji, il décida de se rendre au temple.

Sa visite précédente remontait à l'été dernier, juste après le premier typhon. À présent, une pluie torrentielle enveloppait la ville d'un voile morose. Des vagues écumeuses soulevaient les eaux du lac, qui menaçaient de déborder et de rejoindre celles du fleuve, lesquelles ne cessaient de monter.

Le prince abbé l'accueillit avec cordialité. Le prêtre s'abstint de parler du mauvais temps, comme si l'on pouvait vaincre l'hostilité des éléments en les ignorant. Il s'informa de la santé de sire Aritomo et pria Takaakira de l'assurer de son respect et de son dévouement.

– Nous aurons bientôt l'occasion de nous réjouir,

déclara-t-il. Je suis certain que Shikanoko va venir au secours de notre prisonnière. Quand il sera entre nos mains, nous aurons tôt fait d'apprendre où se trouve Yoshimori. Une fois qu'ils seront tous morts, l'harmonie sera rétablie.

« Mais c'est lui le véritable empereur », songea une nouvelle fois Takaakira. Aussitôt, il s'efforça de dissimuler sa pensée au regard pénétrant du prince abbé.

– Je voudrais voir la princesse, dit-il.

Il fut horrifié en la découvrant prostrée dans une petite cage, les mains liées. Il lui semblait incroyable qu'elle fût encore vivante. Devant ses membres distordus et son corps brisé, il crut voir Hina. Voilà ce que subirait Hina, si jamais elle tombait aux mains d'Aritomo.

« Puisse-t-elle être morte, pria-t-il. Puisse-t-elle s'être noyée. »

– Était-il nécessaire de se montrer aussi cruel ? demanda-t-il au prince abbé, qui observait Akihime avec un mépris glacé.

– Alors qu'elle sait où se trouve Yoshimori, elle refuse de nous le dire. Il faut punir son obstination, abattre sa volonté. Et quand il saura ses souffrances, Shikanoko viendra se livrer à nous.

Takaakira la regarda avec une pitié mêlée de dégoût. Il aurait eu tant de questions à lui poser, non pas sur Yoshimori mais sur son séjour à Nishimi.

Quelles avaient été les occupations de Hina ? Lisait-elle encore la Chambre au Trésor du Kudzu ? Où en étaient ses études de musique et de poésie ? Parlait-elle de lui ? Il aurait voulu savoir tout ce qui s'était passé durant les mois où il avait été absent. Et où se trouvait le coffret en bois de rose contenant les yeux du vieillard ? D'un coup, il se rendit compte qu'il risquait de s'effondrer et de se mettre à pleurer.

Il s'efforça de cacher sa faiblesse au prince abbé. En pensant au vieillard, il se rappela qu'il avait eu l'intention de l'interroger, avant d'être envoyé à Nishimi. Son excitation à l'idée d'avoir un endroit où mettre Hina à l'abri, puis son absence loin de la ville, le lui avaient fait oublier.

– Qu'est devenu le joueur de luth ? demanda-t-il.

– Il est toujours ici, répondit le prince abbé. Il joue et chante encore, mais il a perdu l'esprit.

– Je voudrais lui parler seul à seul.

Le prêtre lui lança un regard aigu.

– À quoi bon ? Vous ne pourrez rien en tirer.

– Je veux m'assurer qu'il n'est pas à la source d'un possible déséquilibre. Peut-être n'a-t-il pas obtenu une réparation convenable pour le mal qu'on lui a fait. Nous devons tout envisager.

– J'imagine que vous le trouverez dans le cloître. Vous pourrez lui parler avant de quitter le temple.

Son ton dédaigneux irrita Takaakira. « Ce prêtre est

plein d'arrogance et de suffisance », songea-t-il. Il se surprit à se demander si le seigneur de Minatogura ne se porterait pas mieux sans lui.

Sesshin était assis en tailleur à l'abri du cloître, le luth sur les genoux, le visage tourné vers le ciel. Ses lèvres remuaient, comme s'il priait. Devant ce vieux visage aux orbites vides, Takaakira frissonna. Les yeux de cet homme connaissaient ses secrets les plus intimes, toutes ses erreurs et ses faiblesses, au point de le faire pleurer. Sesshin savait-il ce que voyaient ses yeux, ou était-il séparé d'eux à jamais ?

S'agenouillant près du vieillard, Takaakira dit d'une voix claire, afin de ne pas l'effrayer :

– Maître Sesshin, je suis Yukikuni no Takaakira.

Sesshin ne réagit pas. Il n'était quand même pas sourd, de surcroît ? Takaakira reprit d'une voix plus forte :

– Allez-vous bien ? Avez-vous besoin de quelque chose ?

Sesshin répondit enfin :

– C'est bien aimable à un puissant seigneur comme vous de s'inquiéter de mon bien-être. Je n'ai ni désirs ni besoins.

Il n'avait pas l'air sénile du tout.

– Allez-vous bien, sire Takaakira ? ajouta-t-il.

– Pas trop mal.

– Et sire Aritomo ? Il va bien ?

– Je crois qu'il est en bonne santé.

– Dites-lui d'en profiter, car il va bientôt être très malade.

– Vous pourriez perdre votre langue ou être mis à mort, lança Takaakira d'un ton d'avertissement.

Loin d'être intimidé, Sesshin sembla trouver cette observation amusante et se mit à rire en silence. Il resta un moment à hocher la tête, si bien que Takaakira eut l'impression qu'il divaguait et lui faisait perdre son temps.

– Puisque vous avez eu la bonté de vous enquérir de ma santé, dit soudain Sesshin, je vais vous mettre en garde. Le prince abbé s'est montré récemment très aimable avec moi, mais pendant des années il a voulu me tuer. Savez-vous pourquoi ? Parce que moi seul étais susceptible de lui tenir tête. Nous étions des égaux, autrefois, n'est-ce pas incroyable ? Et maintenant, il va faire venir au Ryusonji la seule personne capable de l'abattre. Oui, sa chute est imminente. Et celle d'Aritomo suivra tôt ou tard.

– Que dites-vous là ? s'exclama Takaakira. Le Ryusonji va-t-il être attaqué ? Par Shikanoko ?

Sesshin prit le luth et joua quelques notes plaintives. Son visage, qui l'espace d'un instant avait brillé de jeunesse et d'intelligence, paraissait de nouveau vieux et hébété. Il se mit à chanter d'une voix indistincte. Takaakira ne comprit pas les paroles, mais il lui sembla qu'il s'agissait de la chanson qu'il avait déjà entendue, à propos de l'enfant-dragon. Il regarda de l'autre côté de la cour, à travers les trombes d'eau, en direction du lac.

Sesshin se mit à chanter plus clairement.

Il dort sous le lac,
L'enfant-dragon,
Mais il se réveillera
Et déploiera de nouveau ses ailes,
Quand viendra l'Enfant du Cerf.

– L'Enfant du Cerf va-t-il venir ? demanda Takaakira d'un ton pressant. Est-ce Shikanoko ?

Un sourire flotta sur les lèvres de Sesshin.

Takaakira comprit qu'il n'en tirerait plus rien. Il prit congé, se leva et se dirigea vers le portail principal. Les cours étaient désertes. Il entendait psalmodier à l'intérieur du temple, mais il ne vit personne. Toutefois, alors qu'il avait franchi le portail pour rejoindre l'endroit où attendait sa voiture, dont le bœuf avait de la boue jusqu'au jarret, il vit s'avancer vers lui le jeune moine au visage dévasté qui était parti avec Masachika.

Le moine le reconnut.

– Sire Takaakira ? Je suis Eisei. Vous êtes venu rendre visite à notre abbé l'année dernière.

– Oui, je me souviens de vous. Vous êtes allé à Matsutani, n'est-ce pas ? Quelles nouvelles rapportez-vous ?

– Sire Masachika est en route pour la demeure de sire Aritomo.

– Dans ce cas, je dois me dépêcher de retourner là-bas.

Eisei regarda à la ronde d'un air nerveux. Puis il observa Takaakira, comme s'il avait envie de lui parler mais n'osait pas.

Le seigneur l'invita d'un geste à se mettre à l'abri sous les avant-toits du mur. La pluie ruisselait sans trêve autour d'eux. Le bœuf poussa un meuglement lugubre en remuant ses jambes.

– Où est Shikanoko ? demanda Takaakira à voix basse.

– Pas loin d'ici. Il est accouru dès qu'il a appris la situation de la princesse.

– A-t-il envoyé un message ?

– Il a envoyé son sabre. C'est une sorte de message. Il s'appelle Jinan.

– Second Fils ?

– Oui, comme notre actuel empereur.

« Masachika n'osera jamais le dire à notre seigneur ! » songea Takaakira.

– Et combien d'hommes l'accompagnent ? reprit-il.

– Un seul. Son ami Nagatomo. Il y a tant de rivières en crue qu'il aurait été impossible de déplacer une armée entière.

– Il s'est donc rendu volontairement vulnérable ? s'exclama Takaakira avec incrédulité.

– Si on libère la princesse, il se livrera.

– Mais il va certainement tenter de la secourir ?

– Seigneur, il faut que je vous dise quelque chose. Tant pis si vous ou mon maître décidez de me faire exécuter. Shikanoko a des pouvoirs extraordinaires, beaucoup plus que ne l'imagine mon maître. S'il pénètre dans le Ryusonji, il le détruira.

C'était exactement ce qu'avait dit Sesshin quelques instants plus tôt.

– Mais plus important encore, continua le moine, Yoshimori est le véritable empereur. On ne peut rien y changer.

– Comment se fait-il que votre opinion ait évolué à ce point ? s'étonna Takaakira. Quand vous êtes parti, vous étiez un loyal serviteur du prince abbé. Et maintenant, vous pourriez le trahir ?

– Ce n'est pas trahir quelqu'un que de lui dire qu'il se trompe. Peut-être n'existe-t-il pas plus grande preuve de loyauté. En revoyant Shikanoko, mes yeux se sont dessillés. Je croyais le haïr car mon visage a été brûlé par son masque, mais ce n'était pas lui qui méritait ma haine. Il ne m'a pas forcé à le porter. Au contraire, il m'a mis en garde, de même qu'il a tenté de protéger Nagatomo.

En prononçant ce nom, Eisei changea soudain d'expression.

– Nous avons les mêmes cicatrices, déclara-t-il. Nous nous appelons nous-mêmes les Jumeaux Brûlés.

– Vous comptiez voir le prince abbé maintenant ? demanda Takaakira.

– Oui, j'ai l'intention de lui parler comme je viens de le faire avec vous.

– N'y allez pas tout de suite. Il vous châtierait avec sévérité. Je vais d'abord m'entretenir avec sire Aritomo et intercéder pour Shikanoko. Pouvez-vous entrer en contact avec lui, peut-être par l'intermédiaire de votre ami Nagatomo ?

Eisei hocha la tête.

– Dans ce cas, dites-lui d'attendre d'avoir de mes nouvelles. Je viendrai vous retrouver ici demain à midi. J'espère parvenir à les sauver tous deux, lui et la princesse.

Les propos du jeune moine avaient confirmé Takaakira dans ses doutes et il avait pris sa décision. Le Ryusonji et le prince abbé étaient bel et bien au cœur des souffrances du pays. Il était de son devoir d'en informer son seigneur, et ce serait sa plus grande preuve de loyauté. Montant dans sa voiture, il ordonna au palefrenier de se rendre au plus vite au palais.

Il rencontra Masachika dans l'antichambre. Elle était pleine de guerriers désirant présenter des requêtes ou attendant des ordres. Masachika salua Takaakira plutôt poliment, en évoquant brièvement les difficultés de son voyage, mais ils n'eurent pas le temps d'en dire davantage avant d'être appelés dans la salle d'audience.

Aritomo semblait encore plus tendu et soupçonneux que de coutume. Un tressaillement nerveux continuel sous son œil gauche révélait son insomnie. Sentant sa colère prête à exploser à tout moment, les deux hommes se montrèrent aussi nerveux que déférents.

Masachika tira son sabre de sa ceinture et le présenta des deux mains en s'inclinant sur lui.

– Shikanoko m'a remis son sabre, seigneur. Permettez-moi de vous l'offrir.

Quand Aritomo prit l'arme pour l'examiner avec attention, son visage s'éclaira légèrement.

– Il est magnifique. Je n'en ai jamais vu de pareil.

– Je crois qu'il a été forgé dans les montagnes, expliqua Masachika. Peut-être par des *tengus*, peut-être par un sorcier.

« Vous ne voulez pas dire son nom à notre seigneur ? » pensa Takaakira – mais il garda le silence.

– Donc, vous avez ramené ce petit parvenu avec vous ?

– Il nous a suivis. Il ne doit pas être loin de la capitale, maintenant. Il n'a emmené qu'un seul homme avec lui. J'ai sa parole qu'il se livrera si la princesse est libérée.

– Bien joué, Masachika, dit Aritomo qui semblait avoir retrouvé sa bonne humeur. Pour vous témoigner ma gratitude, je vais vous donner ce sabre.

Masachika s'inclina jusqu'au sol.

– Je dois également informer sire Aritomo que je me suis réconcilié avec mon ancienne épouse. J'ai pris possession de Matsutani et ramené à la raison les esprits hostiles qui le rendaient inhabitable. Le domaine est maintenant entièrement aux mains des Miboshi. Si vous me faites confiance, je pourrai reconquérir aussi Kuromori et Kumayama.

– Sire Aritomo, intervint Takaakira. Pourrais-je vous parler seul à seul ?

Aritomo leva la main.

– Tout à l'heure. Vous avez ramené les esprits à la raison ? Comment ? Je sais que vous avez emmené un des moines du prince abbé avec vous. Vous a-t-il aidé ?

– J'ai procédé moi-même, seigneur. Il suffisait en fait de remettre en place quelque chose qui avait été perdu.

– Comme c'est mystérieux, dit Aritomo.

Ses narines frémirent et il remua nerveusement sa mâchoire.

– Je ne suis pas un expert en ésotérisme. Il va falloir que vous m'expliquiez clairement.

– L'épouse de Kiyoyori, dame Tama, a fait arracher les yeux à un vieux sage appelé Sesshin. Quand elle l'a chassé, il a fait en sorte de les placer en haut du portail de l'ouest, où il avait lui-même installé précédemment les esprits gardiens. Après le tremblement de terre, les yeux ont disparu et les esprits se sont échappés. Comme j'ai réussi à remettre les yeux en place, les esprits ont repris leur poste.

– Tout cela est certes très satisfaisant, mais comment êtes-vous entré en possession des yeux ?

Takaakira sentit ses aisselles se tremper soudain de sueur, alors qu'il avait affreusement froid. Son cœur battait la chamade.

Masachika dit avec lenteur :

– La fille de Kiyoyori les avait emportés avec elle à Nishimi. Je les ai trouvés là-bas.

Les yeux d'Aritomo étaient exorbités. Il avait regardé Masachika avec attention, en guettant comme toujours la moindre tentative pour lui cacher la vérité, mais à présent c'était Takaakira qu'il fixait.

Takaakira sentit une vague de chaleur monter en lui, enflammer son visage. Il aurait voulu expliquer ce qu'était Hina, pourquoi il l'avait épargnée, mais face à son seigneur il comprit qu'aucun argument, aucune excuse ne tiendrait.

– Vous avez caché la fille de Kiyoyori pendant tout ce temps ? s'écria Aritomo avec incrédulité. Où est-elle, maintenant ?

– Elle s'est enfuie lors de la capture de la Princesse de l'Automne, déclara Masachika. Il semble qu'elle se soit noyée. Mais elle a laissé le coffret contenant les yeux de Sesshin.

Aritomo semblait ne pas l'écouter. Son visage était livide, ses yeux en larmes.

– Je vous ai fait confiance comme à personne d'autre, chuchota-t-il. Nous avons été des amis intimes pendant des années, toute notre vie. Est-il vrai que vous m'avez trahi ?

Takaakira était hors d'état de répondre. Il sentit ses propres yeux devenir brûlants. Quand il parvint enfin à parler, il dit :

– Il est vrai que j'ai découvert la fille de Kiyoyori et ai fait croire à tout le monde qu'elle était morte, alors que je l'avais épargnée et emmenée à Nishimi. J'ai désobéi à vos ordres. Il n'y a pas eu de trahison, mais il n'y a pas non plus d'excuse à ma conduite et je ne vous demande pas de fermer les yeux ni de me pardonner. Permettez-moi de mettre fin à mes jours, c'est ma seule requête. Mais d'abord, je dois vous supplier de m'écouter. Vous êtes en train de commettre une terrible erreur…

« Je vais mourir, pensa-t-il, je peux tout dire… »

Mais même au seuil de la mort, il craignait la colère d'Aritomo.

– Au nom de notre amitié passée, j'accède à votre requête, déclara Aritomo d'une voix brisée. Mais faites-le maintenant, tout de suite, autrement je vous ferai brûler vif avec la princesse.

– Maintenant ? dit Takaakira. Ici ?

Les pensées se bousculaient dans son esprit. « Je ne me doutais pas, en m'habillant ce matin, que je mettais ces vêtements pour la dernière fois. Ils vont être maculés par mon sang. Je ne dois pas hésiter ni reculer. Je dois me comporter avec bravoure. Jamais plus je ne verrai le Pays des Neiges. Retrouverai-je Hina sur l'autre rive du fleuve de la Mort ? Je ne peux plus rien faire pour Shikanoko et la princesse. »

– Je vous autorise à vous servir du poignard ayant appartenu au noble Hidetake, lança Aritomo d'un ton affectueux, comme s'il faisait un cadeau précieux à son ami.

Takaakira prit l'arme, dont il admira le manche constellé de joyaux et la lame d'acier plissé au tranchant admirable. « Je ne sentirai presque rien », songea-t-il en dénouant sa ceinture et en ouvrant ses robes pour découvrir son ventre. Il fut pris d'une tendresse soudaine pour sa peau sans tache, ses muscles durs. Il se sentait désolé pour son propre corps et la blessure irrémédiable qu'il s'apprêtait à lui infliger.

– Pardonnez-moi, murmura-t-il.

Il enfonça de toutes ses forces le poignard puis le tourna pour faire une entaille de biais, en sentant son propre sang brulant sur ses mains. Il osa enfin lancer à voix haute :

– Yoshimori est le véritable empereur !

Il lui semblait ne pas avoir senti le coup de poignard, mais bientôt le supplice commença. Son corps si fort et en bonne santé refusait de mourir. Aritomo le regarda jusqu'au bout.

Quand son esprit s'échappa enfin et commença sa traversée du fleuve aux Trois Branches, le dernier son qu'entendit Yukikuni no Takaakira fut les sanglots d'Aritomo.

16

AKI

Un matin, Aki entendit des chevaux hennir, et elle fut certaine que c'étaient les siens, qui avaient appartenu autrefois à Shikanoko puis avaient été ses compagnons sur la route. Elle ne se reconnaissait plus dans celle qu'elle était alors, si libre et courageuse. La souffrance l'avait brisée. Souffrance de l'accouchement, de la torture, à quoi s'ajoutait son chagrin pour l'enfant qu'elle ne reverrait jamais. Cependant, les chevaux rallumèrent en elle comme une lueur d'espoir. Elle se rappela la nuit au carrefour, l'esprit qui avait parlé dans l'obscurité – Kiyoyori, le seigneur de Kuromori. Le poulain était né le même jour que son fils.

La pièce où se trouvait sa cage faisait partie du temple, malgré son usage, et elle abritait des statues dorées de l'Illuminé et des sculptures en bois de divers saints, ainsi que des seigneurs de l'enfer. Il semblait particulièrement pervers de se livrer à de telles cruautés sous leurs yeux. En observant leurs silhouettes, Aki se demandait pourquoi ils ne descendaient pas de leurs piédestaux pour venir à son secours.

– Aidez-moi, chuchota-t-elle.

Le lendemain, elle remarqua que quelqu'un avait placé un arc en catalpa parmi les objets sacrés au pied des statues. Elle avait amèrement regretté son arc, qu'elle avait abandonné à Nishimi. En regardant mieux, elle s'aperçut que c'était lui qu'elle avait sous les yeux. Il avait été transporté ici miraculeusement. Elle sentit la paix l'envahir, car cela devait signifier qu'elle avait été pardonnée. Elle pensa à sa boîte *ge*, qu'on lui avait donnée en même temps que l'arc et qu'elle avait laissée à Kai. Pour se réconforter, elle se remémora sa vision de Kai et Yoshi, imagina leur vie ensemble, avec les musiciens et les saltimbanques faisant leurs numéros autour d'eux. Si elle mourait maintenant, personne ne saurait jamais où était Yoshimori. Et elle ne s'attendait pas à survivre.

Souvent, elle avait de la fièvre. À un moment, elle ouvrit les yeux et crut voir un guerrier, un des hommes de sire Aritomo, qui la regardait avec pitié. Mais qu'avait-elle à faire de la pitié, à présent ?

Pendant le reste de la journée, les tortionnaires d'Aki

la laissèrent tranquille, car un autre prisonnier les occupait. Du fond de sa cage en bois, dans les profondeurs du temple, elle entendit des bruits auxquels elle ne pouvait que trop aisément associer des images. Ils éveillaient des souvenirs dans ses propres membres : les blocs de pierre avec lesquels on les écrasait, les cordes qui les tordaient, les barres de fer incandescentes. Elle ignorait qui était la malheureuse victime. Il ne cria pas, ne parla pas, même si elle surprit, après que les bourreaux eurent terminé leur besogne, un gémissement presque imperceptible et les mots d'une prière.

Se rendant compte qu'elle n'entendait plus la musique du luth qui avait été pour elle un tel réconfort pendant ses tourments, elle se persuada que le prisonnier torturé était le joueur de luth. Elle pleura et pria pour lui.

Cette nuit-là, elle se réveilla trempée et s'aperçut qu'elle saignait. Elle ne savait si c'étaient ses règles ou si les blocs de pierre avaient provoqué une hémorragie interne. La douleur lancinait son corps entier, en une sensation brûlante scandée de brusques accès d'une souffrance atroce. Elle implora qu'on lui apporte de l'eau et des chiffons, mais personne ne vint.

Elle se mit à sangloter sans retenue, en pensant à son fils. Bara avait essayé de lui dire quelque chose, à propos de Hina qui se serait enfuie avec lui, mais

Masachika lui avait déclaré ensuite qu'ils s'étaient tous deux noyés. Et elle pleura sur sa propre vie qui touchait à sa fin, sa vie si brève, si remplie de fautes, de chagrins et de remords.

Une veilleuse était allumée devant les statues, mais sa lueur n'éclairait qu'à peine la pièce. Cela faisait des semaines qu'on n'avait pas vu la lune. Le ciel était couvert de nuages bas et épais, et les nuits étaient sombres. Des ombres vacillantes passaient sur le visage des statues, en leur donnant une expression de pitié et d'horreur.

– Ce n'est pas de pitié dont j'ai besoin, mais de secours ! lança Aki.

L'une des ombres sembla se matérialiser et s'avança vers elle. Elle sentit son cœur palpiter soudain, irradiant de souffrance son corps entier.

Un garçon s'immobilisa devant les barreaux de la cage, les yeux fixés sur elle.

Oubliant ses entraves, elle se leva à demi, et ses bras se tordirent si violemment qu'elle ne put retenir un cri de douleur.

Il lui fit signe de se taire, puis contourna sans bruit la cage et s'agenouilla de façon à pouvoir lui parler tout bas.

– Êtes-vous la princesse ?

Elle hocha la tête. Il fronça le nez, et elle se rendit compte qu'elle devait sentir très mauvais.

– Je saigne, dit-elle. Pourriez-vous m'apporter des chiffons et de l'eau ?

– Ne vous inquiétez pas de ça pour l'instant, répliqua-t-il. Croyez-moi, j'ai connu des puanteurs bien pires que la vôtre.

Même les bourreaux ne lui avaient jamais parlé aussi brutalement. Ils continuaient de s'adresser à elle avec politesse et de l'appeler princesse, alors même qu'ils tordaient ses membres et brûlaient sa chair.

– C'est Shikanoko qui m'envoie, continua le garçon.

Le cœur d'Aki s'emballa et elle fut un instant incapable de parler.

– Où est-il ? demanda-t-elle enfin.

– Pas loin. Je dois explorer le temple et trouver le moyen le plus pratique pour vous délivrer.

– C'est impossible. Dites-lui de ne même pas essayer. Personne ne peut attaquer le Ryusonji. Personne ne peut tenir tête au prince abbé.

– Vous avez peut-être raison. Je n'avais pas imaginé à quel point cet endroit était bien protégé. Il m'a fallu beaucoup de temps pour entrer, et encore je n'y suis arrivé que parce que ceux qui ont installé les protections n'avaient pas prévu les gens comme moi.

– Qui êtes-vous ?

– Ma mère m'a appelé Kiku.

Il tourna autour de la cage en examinant la porte et les fermetures, dénoua les cordes entravant les bras d'Aki. Puis il émit un petit bruit, comme un gecko, et un autre garçon, de taille et d'aspect presque identiques, émergea furtivement de l'ombre.

– Shikanoko nous a dit d'apporter des remèdes aussi bien que des poisons, expliqua Kiku en s'accroupissant près d'Aki. Nous ne l'avions pas fait, la dernière fois. Qu'as-tu à nous proposer, Kuro ?

– De quoi a-t-il besoin ? demanda l'autre garçon en observant Aki.

– *Elle*, il s'agit d'une femme. C'est la princesse.

– Désolé, il fait si sombre. Je ne savais pas qu'on torturait les femmes.

– Il nous faut quelque chose pour atténuer la douleur et arrêter l'hémorragie, déclara Kiku.

– Une potion qui étanche le sang ferait-elle l'affaire ?

– Essayons toujours.

Kuro donna un petit flacon à Kiku. Celui-ci tourna avec douceur la tête d'Aki et versa dans sa bouche le contenu du flacon, qui était amer et visqueux.

– Êtes-vous en train de m'empoisonner ? demanda-t-elle.

– Nous pouvons le faire, si vous voulez, répliqua Kuro.

– Ne sois pas stupide, dit Kiku. Shikanoko la veut vivante. C'est cela qu'on appelle *sauver*. On ne sauve pas un mort.

S'adressant à Aki, il observa :

– Il ne comprend pas encore grand-chose à ce qu'implique le fait d'être humain. Il faut tout lui expliquer.

– Je serai bientôt morte.

– Alors nous allons rentrer et dire à Shikanoko de ne pas s'inquiéter ? s'exclama joyeusement Kuro.

– Il ne faut pas qu'il risque sa vie pour moi, déclara-t-elle. Dites-lui de retrouver l'empereur. Mais avant de partir, pourriez-vous m'apporter cet arc ?

Kiku s'approcha d'une statue et le ramassa.

– Shisoku en avait plusieurs, dit-il. Ce sont des objets magiques ?

Il le lui jeta à travers les barreaux de la cage. Elle sentit sous ses doigts la forme familière de l'arc, et il lui rendit un peu courage. Elle pinça doucement la corde.

À cet instant, un bruit s'éleva dans la pièce voisine, comme si quelqu'un gémissait en faisant un cauchemar.

– Qui est-ce ? chuchota Kiku.

– Le joueur de luth, je pense. Un vieillard qui chante des ballades et des épopées guerrières.

– On le torture, lui aussi ?

– Quelles méthodes utilisent-ils ? s'enquit Kuro. Qu'est-ce qui est le plus douloureux ?

Kiku le gifla.

– Nous nous renseignerons plus tard. Pour l'instant, nous devons décider de ce que nous allons faire.

Le vieillard se mit à chanter.

L'enfant-dragon a volé trop haut,
Il était encore si jeune, mais il a grandi,
Ses ailes sont fortes, maintenant,
Son souffle ardent.
Ardent il va surgir du lac du Ryusonji.

Ils écoutèrent tous, immobiles. Aki avait le cœur serré par l'émotion poignante de cette voix humaine, si fragile et brisée qu'elle fût, qui s'élevait au cœur de la souffrance et des ténèbres.

– Jolie chanson, dit Kiku.

– J'aimerais bien voir un dragon, ajouta Kuro.

Puis Kiku s'écria :

– On vient !

Il arracha l'arc à la jeune femme.

Des torches illuminèrent la pièce, des moines armés entrèrent en courant et fouillèrent dans tous les coins, derrière les statues, en prononçant des incantations et des formules magiques.

– Qui vous a détachée, princesse ? hurla l'un d'eux à Aki.

Sans répondre, elle regarda à la lueur des torches les garçons voltiger comme des chauves-souris, en apparaissant et disparaissant. Par moments, elle en voyait trois ou quatre à la fois, puis plus un seul.

Les moines s'efforçaient de les acculer dans un coin. Elle en vit trois semblant pris au piège, mais l'un d'eux se volatilisa à l'instant où les moines allaient le saisir. Kiku bondit vers le haut, s'accrocha à une poutre et se glissa dans un trou au plafond, par où ils avaient dû entrer. Il appela son frère, et Kuro sauta avec une agilité stupéfiante pour attraper sa main tendue.

Quelqu'un prononça un mot unique, au seuil de la pièce. Une présence calme et puissante.

Le prince abbé était en train d'imposer son autorité sur son domaine spirituel et sur les intrus qui s'y étaient introduits. Mais c'était trop tard. Les garçons avaient disparu.

– Ils se sont échappés, seigneur, dit l'un des moines.

– Je les ai laissés partir. Ils reviendront avec Shikanoko.

– De quelles créatures s'agit-il ? Sont-ils humains ?

– Pas vraiment. Je ne sais pas exactement d'où ils sortent, ni pourquoi ils apparaissent maintenant, mais ce sont des démons, au moins en partie.

– Ils pouvaient créer des reproductions d'eux-mêmes et se rendre invisibles.

– J'ai entendu parler de ces choses, répliqua le prince abbé.

– Qu'est-ce que cela signifie ?

– Rien du tout, assura-t-il d'un ton brusque.

Néanmoins il sembla à Aki que sa voix était troublée.

Il se dirigea vers la cage.

– Elle saigne, déclara-t-il. Tant qu'on ne l'aura pas brûlée, cet endroit ne pourra retrouver sa pureté.

17

SHIKANOKO

Shikanoko, Nagatomo et les deux garçons avaient pris un logement à la périphérie de la ville, non loin du Ryusonji. Ils s'étaient mêlés aux centaines de fuyards abandonnant les campagnes inondées pour aller prier et présenter des suppliques dans les nombreux temples et sanctuaires de la capitale. Shika avait laissé à Kuromori son armure et son casque à ramure. Quant aux chevaux avec lesquels ils étaient accourus de si loin, il les avait échangés contre le gîte et le couvert.

Cette nuit-là, Eisei lui fit parvenir un message annonçant qu'il amènerait le lendemain Takaakira, qui voulait rencontrer Shika, et Kiku et Kuro partirent explorer le Ryusonji. Toutefois, les garçons ne revinrent pas avant le lever du jour, et Eisei n'arriva qu'en fin d'après-midi.

– J'ai attendu sire Takaakira pendant des heures, dit

le jeune moine à Shikanoko. Puis j'ai appris qu'il était mort. Aritomo lui a ordonné de se tuer. Le prince abbé a dû célébrer un rite de purification et les funérailles auront lieu dans quelques jours. Toute la ville est en émoi. C'était le plus proche ami d'Aritomo, et il était très populaire. Personne ne comprend ce qui s'est passé, mais c'est certainement arrivé parce qu'il a osé intercéder pour vous auprès de sire Aritomo.

Eisei ajouta après un silence :

– Je crois vraiment qu'il avait l'intention de vous aider. Il voulait épargner la princesse et sauver votre vie. Hier, il a parlé un bon moment avec Sesshin. Après quoi, le prince abbé a fait torturer aussi Sesshin, je ne sais dans quel dessein. Ce n'est qu'un vieillard qui perd la tête.

– Je suis surpris qu'il se soit montré si clément envers lui jusqu'à présent, répliqua Shika. Ce sont des rivaux de longue date.

– Mais il est sans défense, maintenant. Est-ce parce qu'il vous a transmis tout son pouvoir ?

– Comment le savez-vous ?

– Ce sont les esprits du portail de Matsutani qui nous l'ont dit.

– Ils racontent beaucoup de bêtises. De toute façon, je me demande s'il existe en ce monde un pouvoir capable de m'aider, maintenant, ou de sauver la princesse.

– Qu'allez-vous faire ? demanda Nagatomo.

– Laissez-moi réfléchir un moment, je déciderai ensuite.

Kiku et Kuro avaient mis du temps à s'échapper du Ryusonji. Ils étaient revenus surexcités et s'étaient montrés d'une loquacité insolite. À présent, Kuro était occupé par ses créatures venimeuses – il avait le mille-pattes sur ses mains et le serpent dans ses cheveux. Kiku, lui, arpentait nerveusement la chambre.

– Savez-vous que Mu me manque, je crois bien ? lança-t-il soudain en s'immobilisant devant Shika.

– Moi aussi, il me manque, dit Shika.

Pendant tout l'hiver, il avait été inquiet pour les trois autres garçons. Il avait envoyé Chika voir ce qu'ils devenaient, après la fonte des neiges, dans l'intention de les ramener à Kumayama auprès de lui. À présent, il se réjouissait qu'ils soient restés dans la cabane de Shisoku. Ils y seraient plus en sécurité, après sa mort.

– Vous devez retourner dans la forêt, dit-il à Kiku. Quoi qu'il puisse m'arriver.

– Que va-t-il se passer ? s'étonna Kiku.

– Je l'ignore encore. Laissez-moi tranquille un moment, j'ai besoin de réfléchir.

– Eh bien, ne réfléchissez pas trop longtemps. Il a dit qu'il allait la brûler.

– Il devra attendre que les funérailles de sire Takaakira

aient eu lieu, observa Eisei. Cela nous donne un peu de temps.

– Que pouvez-vous me dire d'autre sur elle ? demanda Shika.

– Elle va très mal, répondit Kiku. J'ai rapporté son arc. Il était sur l'autel de la pièce où elle est prisonnière.

Shika prit l'arc et le regarda avec émerveillement. Il savait qu'il était une source de pouvoir pour elle.

– Je voudrais pouvoir le lui rendre, dit-il.

Kiku esquissa un de ses rares sourires.

– Peut-être allons-nous le faire.

– Il y a un dragon dans le lac, intervint Kuro.

– Oui, la mort de Tsumaru l'a réveillé, déclara Shika.

– Tsumaru ? lança Kiku d'un ton interrogateur.

– Le fils de sire Kiyoyori. Il n'était qu'un enfant quand il est mort.

– Sire Kiyoyori, notre père ?

– Oui.

– C'était donc notre frère ? Nous devrions le venger !

Kiku sourit de toutes ses dents, comme si ce mot aussi bien que cette idée lui plaisaient énormément.

– Encore une chose, à propos de nos pères. Sesshin, le vieillard qui joue du luth, doit lui aussi être brûlé. Nous devrons également le sauver.

*

Shika entreprit de se préparer, en accomplissant les rites que lui avaient enseignés Shisoku et Sesshin. Il sortit le masque et le purifia avec de l'encens, puis fit de même pour ses armes et pour lui-même. Il jeûna pendant le reste de la journée. La nuit venue, il s'assit sur la petite véranda et resta éveillé, à écouter le crépitement régulier de la pluie, à implorer ses maîtres et ses professeurs, les vivants et les morts, Sesshin, Kiyoyori, Shisoku, dame Tora, de venir à son aide.

Il entendit Nagatomo et Eisei converser en chuchotant, dans une intimité paisible, et les garçons se chamailler un instant à mi-voix au sujet du serpent. Puis tous s'endormirent.

Gen s'était couché, la tête près des pieds de Shika. Ni endormi ni éveillé, il frissonnait de temps à autre. À l'aube, le faux loup poussa un cri bref. Shika entendit les oiseaux s'éveiller dans les grands arbres entourant le Ryusonji. Leur chant signifiait pour lui le pouvoir de la forêt. Tout lui parlait, l'appel des oiseaux, le vent, la pluie, chaque arbre dont les branches s'agitaient, ruisselantes. Pourtant, il sentait sa propre faiblesse, la vieille douleur dans son bras droit, et soudain il entendit en lui la voix du sorcier de la montagne : « Il a pu vous enseigner beaucoup de choses, mais pas la fragilité. » Il n'avait pas compris sur le moment ce que Shisoku voulait dire, mais maintenant tout s'éclairait. Il était aussi fragile que le masque, et comme lui il avait été brisé. Il le toucha du bout des doigts, en suivant les cicatrices minuscules aux endroits où il s'était ressoudé, le dessin du bois rompu. L'appliquant sur son visage, il se concentra sur le temple et se glissa sous les énormes volets encore clos, à travers les cours et les salles qu'il connaissait si bien. « J'arrive ! Êtes-vous là ? »

D'un coup, il se heurta à l'esprit et à la volonté de son ancien maître, dont il perçut pour la première fois l'immensité véritable, dense et impénétrable, subtile et insaisissable. Rien de ce qu'il possédait ne pouvait l'emporter sur le prince abbé, ni le masque, ni Jato, ni Kodama, l'écho rêvé d'Ameyumi. Il recula avec horreur, conscient de tout ce qui l'attendait : l'anéantissement ou l'esclavage, le supplice de son corps et de son âme.

Se relevant, il ôta le masque et regarda le jardin. Il brûlait d'envie de fuir, mais c'était impossible. Il n'avait d'autre choix que d'avancer, même si cela signifiait qu'il rejoindrait Akihime dans la mort. Et sa voie était celle de la fragilité, non de la force.

Un cliquetis détourna son attention. Nagatomo avait trouvé un plateau de go et essayait d'apprendre à jouer aux garçons, avec des cailloux lavés par la pluie qu'ils avaient chipés au jardin. Ce bruit lui rappela son père. Lui aussi avait joué son va-tout et perdu. À présent, son fils était condamné à faire comme lui.

Ils le regardèrent tous trois avec espoir.

– Alors, quel est votre plan ? demanda Kiku.

– Je vais aller au Ryusonji tout seul, les mains vides, déclara Shika. Comme je vous l'ai dit, vous devez retourner à la cabane du Bois Obscur. Nagatomo, je vous délie de vos obligations envers moi. Vous n'êtes plus à mon service, si je puis employer ce mot pour une période aussi brève.

– Vous plaisantez ! s'écria Nagatomo d'un air alarmé.

– Ce n'est pas un plan ! renchérit Kiku. Pourquoi ne voulez-vous pas de notre aide ? Nous nous sommes déjà introduits dans le temple, nous pouvons le refaire.

– Il vous laissera entrer, mais vous ne pourrez pas ressortir, répliqua Shika.

– Je refuse de quitter votre service, proclama Nagatomo. Je vais venir avec vous.

– Je vous confie les garçons et Gen. Faites en sorte qu'ils arrivent tous trois à bon port.

– Je ne crois pas que Gen acceptera de vous laisser, dit Nagatomo.

Le faux loup secoua la tête et lança :

– Ja-ais.

– Et Jato ? demanda Kiku. Et votre masque ? Vous n'allez pas les abandonner ?

– Je vous ai dit qu'il fallait que je me présente au temple les mains vides, comme un homme de rien. Si je meurs aujourd'hui, Nagatomo pourra prendre Jato et mon arc, Kodama. Toi et Kuro, vous devrez rapporter le masque dans la cabane et le placer sur l'autel.

– Pourrons-nous l'utiliser ? s'enquit Kuro en fronçant les sourcils.

– Seulement si vous avez envie d'avoir le visage brûlé comme Nagatomo et Eisei, répondit Shika. N'essayez pas ! Moi seul peux le porter.

– Dans ce cas, vous devriez le prendre avec vous, observa Kiku. Et ne parlez pas de mourir !

– Tu l'as dit toi-même un jour, rétorqua Shika. Tout le monde meurt, au bout du compte.

– Et l'arc de la princesse, que nous vous avons rapporté avec tant de peine ? s'exclama Kuro.

Cette fois, Shika hésita, car ce n'était pas à lui de disposer de cet arc.

– J'imagine que vous devriez également le ramener dans la forêt, dit-il enfin. Si jamais la princesse meurt, elle aussi.

S'agenouillant devant le sabre et le masque, il les remercia, renonça à eux. Il se lava le visage et les mains, dénoua ses cheveux, les peigna et les rattacha, brossa de son mieux la boue maculant ses vêtements. Puis il serra dans ses bras les garçons et Nagatomo, en leur recommandant de partir sur-le-champ. Il s'éloigna alors dans la ville trempée de pluie. Gen le suivit en grognant tout bas, comme s'il se plaignait, mais Shika n'aurait su dire s'il en avait après la pluie ou le comportement de son maître.

L'entrée principale du Ryusonji était entourée de fidèles venus prier le prince abbé de faire cesser la pluie. Ils s'écartèrent à son approche, en regardant avec une surprise effrayée le jeune homme et l'étrange loup.

Eisei se tenait sous le portail, comme s'il les attendait, et dit aux gardes de les laisser entrer.

– Vous êtes venu seul ? chuchota-t-il.

Shikanoko hocha la tête.

– Où sont Nagatomo et vos garçons ?

– Je leur ai dit de rentrer chez eux.

Eisei le fixa avec stupeur.

– Vous voulez simplement vous livrer ? Je pensais que vous alliez le défier !

– Je vais me livrer en échange de la vie de la princesse.

– Ils ne la laisseront jamais partir, pas plus que vous, tant qu'ils n'auront pas découvert où se trouve Yoshimori. Et même alors, ils vous tueront sans doute.

– Dans ce cas, nous mourrons ensemble. Allez lui dire que je suis arrivé.

Il attendit dans la cour extérieure, avec Gen qui se pressait contre ses jambes.

Du côté sud, un sanctuaire dédié au dieu cheval abritait un étalon d'un blanc immaculé, qu'on y vénérait et honorait comme un dieu vivant. Un garçon s'efforçait de laver les jambes du cheval, mais la pluie les éclaboussait sans cesse de boue. Le cheval trépignait d'impatience. Il tourna la tête en respirant profondément, puis il poussa un hennissement plein d'une joie mêlée de défi.

– Nyorin, chuchota Shika, qui reconnut aussitôt son ancien étalon.

Il voulait le toucher une dernière fois avant de mourir. S'approchant de lui, il tendit la main, sans savoir comment le cheval allait réagir. Nyorin baissa la tête et laissa Shika le serrer dans ses bras. Puis il hennit de nouveau, encore plus fort. Un hennissement lui répondit dans les écuries – Risu.

Elle était attachée à l'entrée. À côté d'elle, le poulain était libre d'entraves. Risu poussa un autre hennissement à l'adresse de Shika, tandis que le poulain l'observait de ses yeux curieux et hardis.

– Sire Kiyoyori, dit-il en voyant avec stupeur l'incarnation de l'esprit qu'il avait rappelé des rives du fleuve de la Mort voilà tant de mois déjà.

Le poulain hennit d'une voix aiguë, et Risu frotta son nez contre Shika comme pour lui montrer qu'elle lui avait pardonné.

– Merci, murmura-t-il.

Eisei revint et lui lança :

– Venez avec moi.

Risu hennit encore à leur adresse, tandis que le poulain accourait pour les suivre puis repartait vers sa mère, en faisant voler le gravier sous ses sabots.

Dans la salle principale du temple, on psalmodiait le sutra du dragon, dont Shika répéta machinalement les paroles familières. Puis il entendit derrière eux la voix de son vieux maître chantant d'un ton plaintif.

L'enfant-dragon, il a volé trop haut…

Un coup le fit taire, puis on entendit la voix du prince abbé :

– Pour la dernière fois, espèce de vieux crétin obstiné, dites-moi comment vous avez transmis votre pouvoir à Shikanoko, autrement je vous brûle avec la princesse !

Eisei déclara :

– Ils sont dans la salle des interrogatoires.

Tandis qu'ils approchaient, Shika entendit Sesshin répliquer :

– Maintenant que je l'ai transmis, je ne peux plus le reprendre. Et vous pouvez me brûler, mais vous n'arriverez pas à me détruire.

– Que voulez-vous dire ?

La voix du prince abbé était enrouée par l'épuisement,

au point d'être méconnaissable. L'interrogatoire devait avoir duré toute la nuit.

– Je l'ai trouvé, mon vieil ami. Le secret que nous avons cherché tous deux toute notre vie. Les éléments capables de duper la mort en se combinant.

– Vous ne pouvez pas mourir ? s'exclama le prince abbé avec une incrédulité mêlée d'envie.

– Je ne crois pas que je le puisse. En fait, je n'imaginais pas que ce serait un tel fardeau, mais il n'existe pas de bien sans mélange en ce monde, de même que le mal n'est jamais absolu. Tout est ombre et soleil, ténèbres et lumière.

– En quoi consiste cette magie ? S'agit-il d'une potion ? D'une incantation ?

– Elle était consignée dans l'un de mes livres, mais ils ont tous brûlé à Matsutani.

– Vous ne vous en souvenez pas ? Votre mémoire a toujours été infaillible.

– Je suis un vieillard, je me rappelle bien peu de choses.

La voix de Sesshin se fit soudain joyeuse et il s'exclama :

– Ah, vous voilà, mon garçon !

Se retournant d'un bond, le prince abbé vit Eisei faisant entrer dans la pièce Shika et Gen.

– Shikanoko, dit-il en l'observant. Nous vous attendions.

Incapable de résister à ce regard, Shika sentit sa volonté vaciller et se soumettre. Puis il fut bouleversé par les mots de Sesshin. *Mon garçon…* C'était le vieil aveugle qui était son véritable maître. Au fond de lui, le noyau de pouvoir se mit à rayonner.

Le prêtre lui lança :

– Vous êtes venu vous rendre ?

– J'ai déjà été fait prisonnier par votre moine Eisei, répliqua Shika.

– Vous allez vous soumettre et cesser de me défier ?

– Montrez-moi Akihime, promettez-moi de la relâcher, et je ferai tout ce que vous me demanderez.

– C'est trop tard. Vous auriez dû venir plus tôt. Le bûcher est déjà prêt. Sire Aritomo assistera au spectacle.

– Dans ce cas, vous pouvez me brûler avec elle.

Entendant un bruit léger dans un coin, il se tourna dans cette direction. Il ne l'avait pas remarquée dans l'obscurité, à genoux, les mains attachées dans le dos, le visage renversé en arrière. Son cou mince était si pâle. Elle bougea la tête et l'aperçut. Dans son regard, il ne lut pas la confiance ou le pardon, mais l'acceptation tranquille de leur destinée.

– Je le ferai avec plaisir, déclara le prince abbé d'une voix où plus rien ne dissimulait la cruauté. Mais d'abord, je vais obtenir de vous ce que je désire. Où est le masque ?

– Je ne l'ai pas apporté. En fait, je l'ai renvoyé.

Le prince abbé esquissa un sourire.

– Il est impossible de le renvoyer. N'oubliez pas que je l'ai pourvu de sortilèges afin d'être sûr que ni lui ni vous ne pourriez m'échapper.

– Cependant je suis venu sans lui.

Le prince abbé se tut un instant. Il semblait déconcerté. Puis il demanda :

– Et ces jeunes démons qui sont entrés ici la nuit dernière ? Vous ont-ils accompagné ? Se cachent-ils quelque part ?

– Eux aussi, je les ai renvoyés, répondit Shika d'un ton ferme.

– Je suis certain qu'on peut les retrouver facilement. Eisei m'a raconté ce qu'il avait appris à Matsutani. Sesshin vous a transmis son pouvoir, encore que je ne comprenne toujours pas comment il a fait. Est-ce ce pouvoir qui vous rend maître de ces démons, ou est-ce le masque ?

– Ni l'un ni l'autre. Ce sont mes fils. Je les ai élevés.

– Les fils ne cessent de désobéir à leur père, déclara le prince abbé.

Dans son dos, Shika entendit son vieux maître soupirer.

– Votre bon cœur vous perdra, mon garçon, je vous l'ai déjà dit. Je vous avais demandé de tuer ces démons.

– Faites approcher Sesshin, ordonna le prince abbé. Et la princesse. Je veux qu'ils voient comment je traite ceux qui me désobéissent et tentent de me tenir tête.

On leur détacha les mains avant de les traîner en avant.

– J'aurais fait de vous mon disciple, dit le prince abbé à Shikanoko. Peut-être même mon successeur. Pourquoi m'avez-vous fui ?

Shika entendit le chagrin dont vibrait sa voix.

– Je ferai tout ce que vous ordonnerez, je vous donnerai tout ce que vous voudrez, si vous épargnez Akihime, dit-il en tombant à genoux.

Le prince abbé lui fit signe d'approcher.

– Venez ici.

Shika s'avança à genoux. Le prêtre s'agenouilla, prit dans ses mains la tête de Shika et la leva, puis il posa sa bouche sur celle du jeune homme, exactement comme Sesshin l'avait fait.

Un gong retentit au loin, un nuage de parfum et d'encens enveloppa Shika. L'espace d'un instant, il se demanda si l'opération magique n'allait pas se répéter à l'envers. Les serpents se réveillèrent dans ses veines, le fauve rugit dans son cerveau, mais ils refusaient d'être arrachés à lui. Il avait beau y consentir, eux se révoltaient.

Shika tenta de se dégager, mais le prince abbé le maintenait d'une main de fer. Il ne pouvait plus respirer. Il sentit une morsure dans sa chair. Toute son horreur refoulée des rituels secrets du Ryusonji resurgit.

Il entendait les pensées du prince abbé aussi distinctement que s'il avait parlé.

« Et maintenant, je vais vous envoyer en enfer ! »

Au milieu de l'obscurité l'engloutissant peu à peu, la corde d'un arc vibra.

Il comprit aussitôt. C'était l'arc en catalpa d'Aki qui invoquait des esprits. Il l'avait laissé dans sa chambre. Comment avait-il pu apparaître miraculeusement ici ? À cet instant, le prince abbé le lâcha et le jeta par terre.

– Vous me résistez encore ? s'exclama-t-il. Vous refusez de me le donner ?

La voix de Sesshin s'éleva, comme très loin de là :

– Je lui ai transmis mon pouvoir, c'est vrai. Et j'ai fait comme vous l'avez deviné, quand vous avez tenté de le lui prendre. Mais je ne lui ai pas appris à le transmettre à son tour. Si jamais je le lui apprends, ce ne sera pas avant longtemps.

Shika avait un goût de sang dans la bouche. Pendant un instant, il se sentit tellement étourdi et nauséeux qu'il se demanda s'il pourrait se tenir debout. Puis il sentit sur ses mains la langue de Gen qui le léchait, l'encourageait.

La corde de l'arc vibra de nouveau. Akihime s'écria :

– Enfant-dragon ! Venez à notre secours !

Tournant la tête vers elle, Shika ne vit pas comme tout à l'heure une prisonnière suppliciée, mais une belle vierge consacrée. Puissante, pure et dangereuse. Un soulagement profond l'envahit : son instinct ne l'avait pas trompé. À travers la fragilité qui était en lui, la force d'Akihime avait pu se manifester.

Alors qu'il se levait péniblement, l'air sembla s'ouvrir et le masque apparut, avec sa ramure dont l'un des bois était rompu, avec sa surface laquée, ses lèvres rouges, les trous des yeux aux longs cils noirs. Il semblait plus expressif que jamais. Il dit à Shika : « Tu as tenté de me quitter, mais c'est impossible. Je suis ici, maintenant. Mets-moi sur ton visage. »

– Mettez-le ! lança Kiku en se matérialisant et en lui tendant des deux mains le masque.

Les garçons lui avaient désobéi. Kuro avait apporté l'arc d'Aki, et Kiku le masque. L'arc les sauverait peut-être, mais il craignait que le masque ne soit sa perte.

– Je n'en ai pas besoin, déclara-t-il en reculant.

Mais le masque s'élança vers lui et se fixa lui-même sur son visage.

Kiku s'éclipsa en laissant derrière lui l'ombre de son second moi.

– Ne vous avais-je pas dit qu'il me reviendrait ? lança le prince abbé.

Il prononça une incantation. Shika riposta machinalement par une autre incantation. Il entendit en lui comme un feulement approbateur et sentit sa bouche comme purifiée par une saveur douce-amère. Mais il savait qu'il ne pouvait l'emporter sur le prince abbé au Ryusonji même, au cœur de la puissance du prêtre.

Les yeux rivés sur l'adversaire, ils commencèrent leur combat. Shika dut de nouveau surmonter sa terreur en pénétrant dans les profondeurs de l'esprit et de l'âme du prince abbé. Il vit se déployer les forces que le prêtre pouvait lancer contre lui. Il hésita, tel un cerf aux aguets dans la forêt sentant l'odeur du chasseur, conscient de sa ramure brisée, apercevant déjà le fourré où il serait pris au piège.

Leurs esprits s'observaient, cherchaient mutuellement leurs points faibles. Shika sentit la force subtile de son adversaire plus âgé. Il vit passer sous ses yeux des visions de tourments et de souffrances sans fin. Des démons surgirent des gouffres infernaux pour le narguer.

– Bientôt, vous serez dans nos mains ! se moquèrent-ils en lui révélant tous les supplices de l'enfer.

D'antiques sorciers le menacèrent :

– Vous avez osé tenir tête à l'un d'entre nous et vous révolter contre lui ? Votre âme est damnée pour l'éternité !

Et ils lui montrèrent les immensités stériles et désolées qui l'attendaient à jamais.

Gen était à son côté en cette dimension comme dans l'autre. Le faux loup dit soudain :

– Il manque quelque chose.

Shika se raccrochait au pouvoir de la forêt, au monde qui existait bien avant que les hommes soient créés et durerait longtemps après leur disparition, un monde qui se reformait et se renouvelait sans cesse. Il invoqua le cerf dont il était devenu l'enfant, le chêne le plus imposant et le trèfle le plus délicat, l'aigle et le gros-bec, le loup et la belette, le serpent et le mille-pattes. En entendant Gen, il comprit l'espace d'un instant que les gardiens du prince abbé étaient faux, une illusion tapageuse mais privée de substance, moins réelle que les animaux artificiels de Shisoku. Il manquait quelque chose. Quelque chose avait abandonné le prince abbé au moment où il en avait le plus besoin.

Démons et sorciers s'acharnèrent en hurlant contre lui, en une cacophonie infernale. Peut-être étaient-ils faux, mais il était incapable de leur résister. Peut-être manquait-il quelque chose, mais il lui était inutile de le savoir. Il sentit la fureur du prince abbé et, plus redoutables encore, sa pitié et ses regrets, son affection de père, ses sages conseils de maître, son pouvoir incomparable d'initié – tout cela dont serait privé à jamais Shika, l'enfant indocile, le disciple rebelle. Il allait crier : « Pardonnez-moi ! Je me rends. Je n'aurais jamais dû tenter de m'opposer à vous. » À cet instant, la corde d'un arc vibra de nouveau doucement au milieu du vacarme et de la confusion.

Aki pinça une nouvelle fois la corde de l'arc en criant :

– Enfant-dragon ! Représentant des dieux en ce lieu ! Pardonnez-moi de vous avoir offensé. Prenez ma vie pour me punir, mais venez maintenant à notre secours !

Shika entendit au loin le poulain hennir désespérément. « Tsumaru ! semblait-il hurler. Tsumaru ! »

Tsumaru, l'enfant-dragon. D'un coup, Shika comprit ce qui manquait. Le prince abbé n'était plus maître du pouvoir du dragon. Le Ryusonji lui-même l'avait abandonné.

Les gardiens l'entourèrent.

– Tsumaru n'est qu'un enfant mort ! gémirent-ils. Il n'y a pas de dragon.

Son esprit frémit, son corps frissonna. « Je suis perdu, pensa-t-il. J'ai échoué. »

– Oui, railla le prêtre. Au bout du compte, il n'y a rien. C'est ce qui vous attend : l'anéantissement total. Vous avez cru que vous pourriez me détruire, mais nous allons tomber ensemble dans l'abîme.

– Au moins, vous serez détruit ! cria Shika en un ultime défi.

Soudain, une langue de feu parcourut les illusions en les brûlant et en les carbonisant comme des insectes sur une bûche enflammée. La terre trembla. Un grondement s'éleva dehors et il y eut un coup de tonnerre juste au-dessus de leurs têtes. Trois boules de feu fracassèrent les murs. Elles tournoyèrent dans la pièce, crépitantes et éblouissantes, puis convergèrent brusquement vers la silhouette du prince abbé.

Il s'enflamma instantanément, telle une colonne incandescente. Les rugissements du dragon remplirent la pièce et les moines s'enfuirent, terrifiés. Le feu effleura le visage de Shika, mais le masque le protégea. Alors qu'il tombait à genoux pour rendre grâce, une vapeur jaillissant soudain du lac bouillonnant l'enveloppa comme une brume brûlante, qui troubla sa vision. Il leva les mains vers son visage, mais le masque semblait ne faire plus qu'un avec sa peau. Il comprit alors que la forêt réclamait son dû. Elle lui avait donné son pouvoir, et il allait maintenant devoir payer. C'était à ce prix que le prince abbé avait été vaincu.

Une profonde tristesse l'envahit, comme s'il savait déjà tout ce qu'il allait perdre. Quand sa vision s'éclaircit, il regarda autour de lui. Des flammes léchaient les poutres du plafond et la pièce était pleine de fumée. Aki et Sesshin gisaient sur le sol. Il ne pouvait voir leur visage. Eisei était adossé au mur, les yeux rougis.

Sesshin leva la tête et s'écria :

– Shikanoko ! Il faut que vous tuiez les démons. Je vous l'ai déjà dit.

– Quels démons ? demanda Shika, hébété, les oreilles bourdonnantes.

– Les lutins, les garçons… Les enfants de dame Tora.

– Ce sont aussi vos enfants, répliqua Shika. Et les miens, et ceux de sire Kiyoyori.

– Faites vite, mon garçon, ou vous le regretterez toute votre vie.

Kuro et Kiku avaient rejoint Shika. Se retournant, le serpent à la main, Kuro lança :

– Pourquoi Shikanoko nous tuerait-il ? Il nous a élevés. C'est notre grand frère.

Il jeta le serpent vers Sesshin. L'animal vola dans l'air en sifflant et en ondulant, la gueule ouverte, prêt à mordre.

Il tomba juste devant le vieillard et sembla disparaître dans une fente du parquet.

Shika s'avança vers Aki, qui gisait au sol, tremblante. Elle tenait encore l'arc en catalpa. Il voulut la prendre dans ses bras, mais elle le repoussa avec douceur. Une nouvelle fois, il sentit la tristesse le submerger. Il avait beau avoir couché avec elle, l'avoir désirée éperdument, il la connaissait à peine.

– Shikanoko, chuchota-t-elle. Je suis désolée.

– C'est à moi de vous présenter des excuses. Pourrez-vous jamais me pardonner ?

– Je vous pardonne.

Elle parut vouloir ajouter quelque chose, mais ses forces l'abandonnaient. L'arc lui échappa des mains.

– Où est Yoshimori ? demanda Shika d'un ton pressant. Nous allons le retrouver et tout rentrera dans l'ordre.

– Oui, il faut que vous le retrouviez. Promettez-le-moi. Mais je ne peux pas rester, ma vie est finie.

– Non ! cria-t-il, bien qu'il vît qu'elle était brûlante de fièvre. Nous pouvons vous guérir. Sesshin ! Kuro !

Personne ne lui répondit.

Le corps d'Aki frissonna, s'arc-bouta, et elle poussa un cri. Baissant les yeux, il vit que le serpent avait plongé ses crochets dans sa cheville. Le venin se répandait déjà dans ses veines.

– Akihime ! cria-t-il en comprenant qu'elle allait mourir sous ses yeux.

Il regarda autour de lui.

– Sesshin, mon maître, aidez-moi ! Kuro, existe-t-il un antidote ?

– Il n'y a pas d'antidote, répondit Sesshin. Je vous avais prévenu.

– Vous auriez mieux fait de vous taire, vieillard, lança Kiku. Vous avez contrarié Kuro. Quand il est contrarié, il a envie de faire du mal aux gens. C'est sa nature, et je suis comme lui.

Shika pouvait à peine parler. Il lui fut impossible de regarder Kiku ni Kuro.

– Partez, chuchota-t-il. Que je ne vous revoie jamais.

– Mais vous nous reverrez, déclara Kiku. Vous savez que nos vies sont liées. Vous savez que nous réalisons vos désirs secrets.

Il ne les entendit pas vraiment, ne les vit pas se rendre invisibles avant de sortir. Il continuait de serrer Aki contre lui, tandis que ses larmes ruisselaient de ses yeux à travers les trous du masque.

– La princesse est morte, dit Sesshin.

– Non ! sanglota-t-il. Non, c'est impossible !

– Seigneur, dit Eisei à côté de lui. Elle a rendu l'âme.

Sesshin reprit :

– Soyez reconnaissant pour cet instant, car il fait partie de votre parcours. Il vous montre la vraie nature de l'existence. Tout est voué à la souffrance, tout est promis à disparaître.

– Pourquoi deviez-vous être épargné, vous qui êtes vieux, aveugle et impuissant ? Pourquoi n'êtes-vous pas mort à sa place ?

– Tel n'est pas mon destin. C'est le sien et le vôtre. Vous avez pris pleinement possession de vos pouvoirs. Vous avez vaincu le prince abbé, avec l'aide de la princesse. L'enfant-dragon en personne a répondu à son appel, puis il vous a reconnu et vous a aidé. Je suis fier de vous, mon garçon.

Shika aurait voulu le tuer, en cet instant, mais le vieillard ne serait pas mort.

Eisei toucha son bras.

– Nous devons partir. L'incendie gagne du terrain.

« Où puis-je aller ? songea-t-il. Il ne me reste plus rien. »

Eisei souleva Aki. En voyant bouger un bras de la jeune fille, Shika sentit son cœur tressaillir d'espoir, mais il se rendait bien compte que la vie l'avait désertée.

– Et le vieillard ? demanda Eisei. Vient-il avec nous ?

– Non ! s'écria Shika.

– Je dois rester ici, déclara Sesshin. Ma place est désormais au Ryusonji.

La cour extérieure était envahie par les eaux. Nagatomo attendait avec Jato et Kodama, les armes de Shika. Nyorin trépignait nerveusement dans le sanctuaire. Shika entendit Risu hennir au loin. Le poulain accourut vers lui au petit galop, en le regardant avec éloquence de ses énormes yeux assombris.

Prenant à Nagatomo l'arc et le sabre, il lança :

– Détachez l'étalon blanc et la jument brune.

– Mais ils appartiennent au dieu cheval, objecta Eisei.

– C'étaient mes chevaux, auparavant. Ils seront de nouveau à moi.

Il espérait que les chevaux allaient l'attaquer et le tuer, mais Nyorin l'accompagna docilement et Risu le suivit, en hennissant à son adresse comme autrefois.

Ils attachèrent le corps d'Aki sur le dos de l'étalon. Les trois chevaux baissèrent la tête. Ils avaient les yeux humides, comme s'ils pleuraient.

Shika les mena à travers la ville inondée, où l'eau leur montait jusqu'aux jarrets. L'Enfant du Cerf retournait au Bois Obscur.

PERSONNAGES

PERSONNAGES PRINCIPAUX

Kumayama no Kazumaru,
appelé plus tard **Shikanoko** ou **Shika**
Nishimi no Akihime, la Princesse de l'Automne, **Aki**
Kuromori no **Kiyoyori**, le seigneur de Kuromori
Dame Tama, son épouse, la dame de Matsutani
Masachika, le frère cadet de Kiyoyori
Hina, appelée parfois Yayoi, sa fille
Tsumaru, son fils
Bara ou Ibara, servante de Hina
Yoshimori, appelé aussi Yoshimaru, l'Empereur Caché, **Yoshi**
Takeyoshi, appelé aussi Takemaru, fils de Shikanoko et d'Akihime, **Take**
Dame Tora
Shisoku, le sorcier de la montagne
Sesshin, un vieux sage
Le prince abbé
Akuzenji, dit le Roi de la Montagne, un bandit
Hisoku, un serviteur de dame Tama

LE CLAN DES MIBOSHI

Sire Aritomo, chef du clan, appelé aussi le **seigneur de Minatogura**
Yukikuni no Takaakira
La dame de Yukikuni, son épouse
Takauji, son fils
Arinori, seigneur de la région d'Aomizu, un capitaine de navire
Yamada Keisaku, père adoptif de Masachika
Gensaku, membre de la suite de Takaakira
Yasuie, un guerrier de Masachika
Yasunobu, son frère

LE CLAN DES KAKIZUKI

Sire Keita, chef du clan
Hosokawa no Masafusa, un parent de Kiyoyori
Tsuneto, un guerrier de Kiyoyori
Sadaike, un guerrier de Kiyoyori
Tachiyama no Enryo, un guerrier de Kiyoyori
Hatsu, son épouse
Kongyo, chef des serviteurs de Kiyoyori
Haru, son épouse
Chikamaru, appelé plus tard Morochika, **Chika**, son fils
Kaze, sa fille
Hironaga, un dignitaire de Kuromori
Tsunesada, un dignitaire à Kuromori
Taro, domestique de la maisonnée de Kiyoyori à Miyako

LA COUR IMPÉRIALE

L'empereur
Le prince Momozono, le prince héritier
Dame Shunmei'in, son épouse, mère de Yoshimori
Daigen, son frère cadet, plus tard empereur
Dame Netsue, mère de Daigen, sœur du prince abbé
Yoriie, un serviteur
Nishimi no Hidetake, père d'Aki, père adoptif de Yoshimori
Kai, sa fille adoptive

AU TEMPLE RYUSONJI

Gessho, un moine guerrier
Eisei, un jeune moine, plus tard l'un des **Jumeaux Brûlés**

À KUMAYAMA

Shigetomo, père de Shikanoko
Sademasa, son frère, oncle de Shikanoko, devenu le seigneur du domaine
Nobuto, un de ses guerriers
Tsunemasa, un de ses guerriers
Naganori, un de ses guerriers
Nagatomo, son fils, ami d'enfance de Shikanoko, plus tard l'un des **Jumeaux Brûlés**

À NISHIMI

Dame Sadako et **dame Masako,** professeurs de Hina
Saburo, un palefrenier, aimé de Bara

LES GENS DU FLEUVE

Dame Fuji, la maîtresse des bateaux de plaisir
Asagao, musicien et amuseur
Yuri, Sen, Sada et **Teru,** jeunes filles du couvent
Sarumaru, **Saru,** acrobate et montreur de singe
Kinmaru et **Monmaru** acrobates et montreurs de singe

LA TRIBU DE L'ARAIGNÉE

Kiku, plus tard maître Kikuta, fils aîné de dame Tora
Mu, son deuxième fils
Kuro, son troisième fils
Ima, son quatrième fils
Ku, son cinquième fils
Tsunetomo, un guerrier au service de Kiku
Shida, épouse de Mu, une femme-renarde
Kinpoge, leur fille
Unagi, un marchand à Kitakami

ÊTRES SURNATURELS

Tadashi, un *tengu*
Hidari et **Migi,** esprits protecteurs de Matsutani
L'enfant-dragon
Ban, un cheval volant
Gen, un faux loup
Kon, un faucon magique

CHEVAUX

Nyorin, l'étalon blanc d'Akuzenji, puis de Shikanoko
Risu, une jument brune dotée d'un mauvais caractère
Tan, leur poulain

ARMES

Jato, le sabre-serpent
Jinan, Second Fils
Ameyumi, Arc-en-ciel
Kodama, Écho

Table

Extrait

Livre 3
L'Empereur invisible

1
HINA (YAYOI)

Elle n'y voyait rien, ses poumons menaçaient d'éclater. Encore un instant et elle allait ouvrir la bouche, avaler les eaux mortelles du lac. Des fragments de sa brève existence lui revinrent : le visage de sa mère, les dernières paroles de son père, la voix de son frère appelant au secours avant de disparaître. Elle faisait partie des rares survivants du massacre de Miyako. À présent, sa vie était terminée, elle et Takemaru, le bébé qu'elle serrait désespérément contre elle, allaient rejoindre les morts. Les larmes lui montèrent aux yeux, mais elles se perdirent dans le flux et le reflux du lac Kasumi.

Puis des silhouettes obscures furent soudain à côté d'elle, des bras vigoureux la saisirent. On la tira vers la lumière, et par miracle elle ne lâcha pas le bébé. En suffoquant, secouée de haut-le-cœur, elle aspira goulûment l'air dans ses poumons. Des mains se tendirent du haut du bateau et lui prirent Take. Il était pâle et inerte, mais quand on la hissa à son tour à bord, elle l'entendit hurler, indigné et hors d'haleine. Il était vivant.

Le bateau se cabra comme un animal dans le violent vent d'ouest. Elle vit l'équipage baisser en hâte la voile couleur d'ocre, qui s'abattit sur le pont tandis que le timonier se battait avec la rame à la poupe. On sortit de l'eau les hommes qui avaient plongé pour la sauver. Arrachant leurs vêtements trempés, ils s'avancèrent en riant, nus. Des singes les accueillirent par des cris et des jacassements, en dansant au bout de leur corde. Le soleil, à l'orient, brillait d'un éclat éblouissant. Elle fut entourée par une petite foule. Les hommes qui n'étaient pas nus étaient tous habillés en rouge. Ils ressemblaient à des êtres d'un autre monde, et elle eut peur de s'être noyée. Mais quand des femmes la dépouillèrent de ses lourdes robes, leurs mains lui parurent bien réelles et elles se récrièrent d'une voix tout humaine sur la beauté des étoffes. Elle fut enveloppée comme le bébé dans des fourrures, des peaux d'ours et de loup, puis on glissa dans ses mains un bol contenant un breuvage chaud, à l'odeur étrange.

Les hommes hissèrent de nouveau la voile de

chanvre, qui claquait dans l'air et leur résistait en ondulant comme un serpent. Les singes crièrent de plus belle. Au milieu de ce tumulte, l'un des garçons s'approcha d'elle. Il tenait à la main le luth, qui jouait encore mais plus doucement, sur le fond du vent mugissant et des vagues déchaînées, et dont le bois de rose incrusté d'or et de nacre miroitait au soleil.

– Qui êtes-vous ? demanda-t-il à voix basse. Que faites-vous avec Genzo ?

Elle sentit des bribes de souvenirs affluer. La mère de Take, Akihime, la Princesse de l'Automne, avait dit que l'instrument était Genzo, le luth de l'empereur. Elle lui avait aussi promis de lui révéler où se trouvait l'enfant empereur, mais elle ne l'avait pas fait. Se pouvait-il qu'il se trouvât maintenant devant elle ? C'était évident, le luth avait révélé son identité. Toutefois, elle devait cacher qu'elle savait qui il était.

Elle le regarda en secouant la tête, comme si elle ne comprenait pas, puis tendit les mains. Il plissa les yeux et lui lança l'instrument. Devant son trouble, elle eut envie de le rassurer, mais elle n'osa rien dire. De toute façon, comment devrait-elle s'adresser à lui ? Alors qu'elle songeait à des formules honorifiques et déférentes, les marins crièrent rudement au garçon de venir les aider. Un autre garçon l'avait rejoint, en tenant un manuscrit fait de pages cousues ensemble.

– Yoshi a attrapé le luth et moi ceci, déclara-t-il en

le lui tendant. C'est lourd ! Comment une fille comme vous a-t-elle pu le lancer aussi loin ?

Elle lui arracha le manuscrit. Des ailes avaient dû pousser dessus et le faire voler, elle ne voyait pas d'autre explication. Elle savait déjà que la Chambre au Trésor du Kudzu était ensorcelé. Le glissant sous son bras, elle observa le luth. Il poussa un soupir, comme s'il allait se mettre à jouer. Elle l'agrippa avec son autre main.

Autour d'elle, les cris redoublèrent. Les garçons s'éloignèrent en hâte et le luth se calma. Il conserva toute sa beauté mais se soumit aux doigts de la jeune fille et lui permit de jouer. Ce n'était plus une musique surgissant de lui en une explosion de joie sauvage et irrépressible.

– C'est une musicienne ! s'exclama l'un des hommes qui l'avaient sauvée. Il faut que nous l'amenions à dame Fuji.

Les autres se tournèrent du côté de Nishimi, qu'on n'apercevait plus qu'à peine au-dessus de la surface agitée du lac.

– Elle doit appartenir à une famille noble. Quelqu'un va s'apercevoir de sa disparition et venir la chercher.

– C'était la demeure de sire Hidetake, lança le rameur. Il est mort.

– Se pourrait-il que ce soit sa fille ? Celle qu'on appelle la Princesse de l'Automne ?

SHIKANOKO

Les quatre livres qui forment l'épopée
à paraître dans la même année.

Livre 1 : L'Enfant du Cerf

Livre 2 : La Princesse de l'Automne

Livre 3 : L'Empereur Invisible

Livre 4 : L'Héritier de l'Arc-en-ciel

Note de l'auteur

Ce livre s'inspire en partie des grandes épopées guerrières du Japon médiéval : *Le Dit des Heike*, le *Taiheiki*, *Le Dit de Hôgen*, *Le Dit de Heiji*, le *Jôkyû-ki* et *La Vengeance des frères Soga*. Je leur ai emprunté des descriptions d'armes et de vêtements et je suis redevable à leurs traducteurs anglais, Royall Tyler, Helen Craig McCullough et Thomas J. Cogan.

Je voudrais remercier particulièrement Randy Schadel, qui a lu les premières versions des volumes et m'a fait beaucoup de suggestions précieuses.

Lian Hearn

L'auteur

Lian Hearn est le pseudonyme d'un auteur pour la jeunesse célèbre en Australie où elle vit avec son mari et leurs trois enfants. Elle est diplômée en littérature de l'université d'Oxford et a travaillé comme critique de cinéma et éditeur d'art à Londres, avant de s'installer en Australie. Son intérêt de toujours pour la civilisation et la poésie japonaises, pour le japonais qu'elle a appris, a trouvé son apogée dans l'écriture du *Clan des Otori*.
Avec l'épopée de *Shikanoko*, Lian Hearn nous ramène aux sources du *Clan des Otori*.

Le papier de cet ouvrage est composé de fibres naturelles, renouvelables, recyclables et fabriquées à partir de bois provenant de forêts gérées durablement.

Mise en pages : Maryline Gatepaille

Loi n° 49-956 du 16 juillet 1949
sur les publications destinées à la jeunesse
ISBN : 978-2-07-507643-2
N° d'édition : 307681
Dépôt légal : avril 2017
Imprimé en Italie en Mars 2017
par Grafica Veneta